Holly Goldberg Sloan

Glück ist eine Gleichung mit 7

HOLLY GOLDBERG SLOAN

GLÜCK IST EINE GLEICHUNG MIT 7

Aus dem Englischen
von Wieland Freund

Carl Hanser Verlag

Die Originalausgabe erschien 2013 unter dem Titel
Counting by 7s bei Dial Books for Young Readers,
an imprint of Penguin Group Inc., New York.
Published by arrangement with RED MAN PRODUCTIONS INC.

Die deutsche Übersetzung des Gedichts von William Carlos Williams
stammt von Joachim Sartorius und Karin Graf und ist dem Band »Paterson«
(Carl Hanser Verlag 1998) entnommen.

1 2 3 4 5   19 18 17 16 15

ISBN 978-3-446-24553-2

Satz: Greiner & Reichel, Köln
Fotografien am Kapitelbeginn: © David Malan/Getty Images;
© Kletr/Shutterstock
Druck und Bindung: Friedrich Pustet, Regensburg
Printed in Germany

FSC
www.fsc.org
MIX
Papier aus verantwortungsvollen Quellen
FSC® C014889

Für Chuck Sloan & Lisa Gaiser Urick,
2 der 7 …

KAPITEL 1
WILLOW CHANCE

Ein Genie schießt auf etwas,
das sonst niemand sehen kann, und trifft.

Wir sitzen draußen vor dem *Fosters Freeze* an einem meergrünen Picknicktisch aus Metall.
Wir alle vier.
Wir essen Softeis, das man in ein Behältnis aus flüssiger Schokolade gefüllt hat (die dann zu einer knusprigen Waffel aushärtet).
Ich verrate keinem, dass der Grund, warum das funktioniert, Wachs ist. Oder, um genauer zu sein: lebensmitteltaugliches Paraffin.
Sobald die Schokolade auskühlt, nimmt sie die edle Vanille gefangen.
Unser Job ist es, sie zu befreien.
Normalerweise esse ich keinerlei Eis in Waffeln. Und wenn doch, dann zwanghaft präzise, damit es keinen einzigen Tropfen Unordnung gibt.
Aber nicht heute.
Ich bin an einem öffentlichen Ort.
Mir fallen Dinge nicht mal auf.
Und meine Eiswaffel ist eine große, tropfende Sauerei.
Im Augenblick bin ich wohl eher jemand, der anderen Leuten auffällt.
Wieso?
Na ja, zunächst mal spreche ich gerade Vietnamesisch, was nicht meine »Muttersprache« ist.

Ich sitze hier, in der Nachmittagssonne, und gebrauche mein bisschen Vietnamesisch, wann immer ich kann, was, wie sich herausstellt, ziemlich oft ist.
Ich rede mit meiner neuen Freundin Mai, und sogar ihr immermürrischer und unheimlicher-weil-älterer großer Bruder Quang-ha sagt ein paar Worte in ihrer jetzt bloß noch halb geheimen Sprache zu mir.
Dell Duke, der uns in seinem Auto hergefahren hat, ist still.
Er spricht kein Vietnamesisch.
Ich schließe ungern Leute aus (sonst bin ich es, die immer ausgeschlossen wird, also weiß ich, wie sich das anfühlt), aber es ist okay, wenn für Mr. Duke nur die Beobachterrolle bleibt. Er ist Sozialbetreuer, und Zuhören spielt beim Sozialbetreuen eine große Rolle. Sollte es jedenfalls.
Mai übernimmt den Löwenanteil beim Reden und Essen (ich gebe ihr meine Waffel, sobald ich nicht mehr kann), und trotz der Sonne auf unseren Gesichtern und der süßen Eiscreme, die unsere ganze Aufmerksamkeit verlangt, ahne ich, dass dies ein Tag ist, den ich nie vergessen werde.

Siebzehn Minuten, nachdem wir angekommen sind, sitzen wir wieder in Dell Dukes Auto.
Mai möchte in Hagen Oaks vorbeifahren, das ist ein Park. Große Gänse leben da das ganze Jahr über. Sie findet, ich sollte sie sehen.
Weil sie zwei Jahre älter ist als ich, sitzt sie dem Irrtum auf, alle Kinder würden gern fette Gänse oder Enten anstarren und so.
Versteht mich nicht falsch. Ich weiß Wasservögel zu schätzen.
Aber im Fall des Hagen Oaks Parks interessiert mich der Beschluss der Stadt, einheimische Pflanzen dort anzupflanzen, weit mehr als die Vögel.
Aus Dells Gesichtsausdruck (ich kann seine Augen im Rückspiegel

sehen) schließe ich, dass er weder das eine noch das andere sonderlich aufregend findet, aber beim Park fährt er trotzdem vorbei.
Quang-ha hat sich in den Sitz gefläzt und ist, vermute ich, bloß froh, nicht mit dem Bus fahren zu müssen.
Keiner von uns steigt aus in Hagen Oaks, weil Dell sagt, dass wir jetzt nach Hause müssen.
Als wir vorhin zum *Fosters Freeze* gefahren sind, habe ich meine Mom angerufen, um ihr zu sagen, dass ich später aus der Schule komme.
Als sie nicht abgehoben hat, habe ich ihr eine Nachricht hinterlassen.
Das Gleiche habe ich auf dem Handy von meinem Dad gemacht.
Komisch, dass ich nichts von beiden gehört habe.
Wenn sie mal nicht drangehen können, rufen sie immer gleich zurück.
Immer.

Als Dell Duke in meine Straße einbiegt, parkt ein Polizeiwagen in unserer Einfahrt.
Die Nachbarn auf der Südseite sind ausgezogen, und ihr Haus wird zwangsversteigert. Auf einem Schild im Vorgarten steht: IN BANKBESITZ.
Die Nachbarn auf der Nordseite wohnen zur Miete, ich habe sie in sieben Monaten und vier Tagen genau einmal gesehen, was genau an dem Tag war, an dem sie eingezogen sind.
Ich starre das Polizeiauto an und überlege, ob jemand in das leer stehende Haus eingebrochen ist.
Hat Mom nicht gesagt, ein leeres Haus in der Nachbarschaft schaffe Probleme?
Das würde allerdings nicht erklären, warum die Polizei in *unserer* Einfahrt steht.
Als wir näher kommen, kann ich zwei Beamte im Wagen sitzen

sehen. Und so wie sie da sitzen, sieht es aus, als säßen sie schon eine ganze Weile da.
Ich spüre, wie sich mein ganzer Körper verspannt.
Auf dem Vordersitz sagt Quang-ha:
»Was machen die Cops da in eurer Einfahrt?«
Mais Blick schnellt von ihrem Bruder zurück zu mir. Das Gesicht, das sie macht, sieht aus wie ein Fragezeichen.
Ich schätze, sie fragt sich gerade, ob mein Dad Sachen klaut oder ob mein Cousin ein Schläger ist. Vielleicht komme ich ja aus einer kriminellen Familie.
Wir kennen uns nicht besonders gut, also wäre das alles durchaus möglich.
Ich bin still.
Ich komme zu spät nach Hause. Haben sich meine Mom oder mein Dad solche Sorgen gemacht, dass sie die Polizei gerufen haben?
Ich habe ihnen Nachrichten hinterlassen.
Ich habe ihnen gesagt, dass alles okay ist.
Ich kann mir nicht vorstellen, dass sie so was tun würden.
Dell Duke hat noch nicht mal richtig angehalten, als ich schon die Tür aufreiße, was natürlich gefährlich ist.
Ich springe raus und stürze auf das Haus zu, ohne auch nur an meinen roten Rollkoffer mit den Schulsachen zu denken.
Ich bin gerade mal zwei Schritte weit auf der Einfahrt gekommen, als sich die Tür des Polizeiwagens öffnet und eine Polizistin erscheint.
Die Frau hat einen dicken Pferdeschwanz aus orange gefärbtem Haar.
Sie sagt nicht Hallo. Sie schiebt bloß ihre Sonnenbrille ein Stück tiefer und sagt:
»Kennst du Roberta und James Chance?«
Ich versuche zu antworten, aber meine Stimme gibt nicht mehr her als ein Flüstern:
»Ja.«

Ich würde gern noch hinzufügen: »Es heißt Jimmy Chance. Kein Mensch nennt meinen Dad James.«

Aber ich kann nicht.

Die Beamtin fummelt an ihrer Sonnenbrille herum. Trotz ihrer Uniform ist sie drauf und dran, sämtliche Autorität einzubüßen.

Sie murmelt:

»Okay ... Und du bist ...?«

Ich schlucke, aber mein Mund ist plötzlich ganz trocken, und ich kann spüren, wie sich ein Kloß in meinem Hals breitmacht.

»Ich bin ihre Tochter ...«

Dell Duke ist aus dem Auto gestiegen und zieht auf dem Bürgersteig meinen Rollkoffer hinter sich her. Mai ist ihm dicht auf den Fersen. Quang-ha bleibt, wo er ist.

Dann tritt der zweite Polizist, ein jüngerer Mann, heran und stellt sich neben seine Kollegin. Aber keiner von beiden spricht.

Bloß Stille.

Schreckliche Stille.

Und dann wenden sich die beiden Polizisten Dell zu. Sie sehen ängstlich aus. Der Beamtin gelingt es zu sagen:

»Und wie passen Sie ins Bild ...?«

Dell räuspert sich. Auf einmal scheint er aus jeder Körperdrüse zu schwitzen. Er kann kaum sprechen:

»Ich bin D-D-Dell Duke. Ich bin So-So-Sozialbetreuer. Ich k-k-kümmere mich um zwei dieser Kinder. Ich ha-ha-hab sie bloß nach Hause gefahren.«

Ich bemerke die augenblickliche Erleichterung der beiden Beamten. Die Polizistin nickt verständnisvoll und sagt:

»Betreuer? Sie weiß es also?«

Meine Stimme reicht gerade so, um zu fragen:

»Weiß was?«

Aber keiner der Polizisten will mich ansehen. Sie interessieren sich jetzt nur noch für Dell.

»Könnten wir einen Augenblick mit Ihnen reden, Sir?«
Ich sehe Dells schwitzige Hand den schwarzen Vinylgriff meines Rollkoffers loslassen, und er folgt den beiden Beamten, als sie sich von mir entfernen, auch vom Streifenwagen entfernen und auf den immer-noch-heißen Asphalt der Straße treten.
So wie sie sich dort zusammenrotten und mir im Licht der tief stehenden Der-Tag-geht-zu-Ende-Sonne den Rücken zukehren, sehen sie wie ein böses, dreiköpfiges Ungeheuer aus.
Und genau das sind sie auch, denn ihre Stimmen, obwohl gedämpft, lassen sich immer noch verstehen.
Fünf Wörter höre ich klar und deutlich.
»Es hat einen Unfall gegeben.«
Und dann im Flüsterton die Nachricht, dass die beiden Menschen, die ich auf der Welt am meisten liebe, für immer fortgegangen sind.
Nein.
Nein.
Nein.
Nein.
Nein.
Nein.
Nein.
Ich muss zurückspulen.
Ich will zurück.
Kommt irgendjemand mit?

KAPITEL 2
VOR ZWEI MONATEN

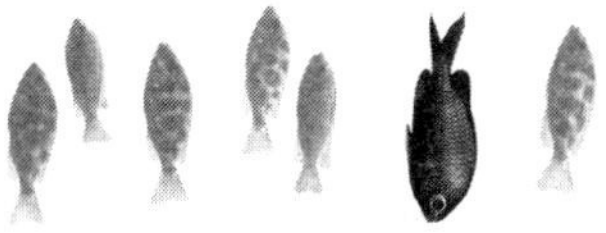

Ich komme auf eine neue Schule.
Ich bin ein Einzelkind.
Ich bin adoptiert.
Und ich bin anders.
Anders im Sinne von »seltsam«.
Aber ich weiß es, und das macht es weniger schlimm. Für mich wenigstens.
Kann man zu sehr geliebt werden?
Meine
Beiden
Eltern
L-I-E-B-E-N
Mich
Wahrlich
Wirklich.
Ich glaube, wenn man richtig lange auf etwas wartet, wird es noch schöner.
Die Korrelation von Wunsch und Erfüllung ließe sich zweifellos mittels einer mathematischen Formel quantifizieren.
Aber ich schweife vom Thema ab – was eines meiner Probleme ist und der Grund dafür, dass ich, obwohl ein Denker, nie der Lehrerliebling bin.
Niemals je.
Jetzt halte ich mich aber an die Fakten.
7 Jahre lang hat meine Mutter versucht, schwanger zu werden.

Das ist eine sehr lange Zeit, um an etwas zu arbeiten, zumal die medizinische Definition von Unfruchtbarkeit »zwölf Monate termingerechte körperliche Vereinigung ohne Ergebnis« lautet.
Und obwohl ich mich brennend für alles Medizinische interessiere, wird mir bei der Vorstellung, wie sie es über einen so langen Zeitraum und mit einer gewissen Regelmäßigkeit tun, übel.
Zwei Mal während dieser Jahre pinkelte meine Mutter auf einen Plastikstab und färbte das Diagnoseinstrument auf diese Weise blau. Aber beide Male konnte sie den Fötus nicht halten. (Wie befremdend klingt dieses Wort? *Fötus*. Wahnsinn.)
Ihr Kuchen backte nicht.
Und so kam ich ins Spiel.
Am 7ten Tag des 7ten Monats (ist es ein Wunder, dass ich diese Zahl liebe?) fuhren meine Eltern 257 Meilen weit nach Norden zu einem Krankenhaus, wo sie mich nach einem Kaltklima-Baum benannten und damit die Welt veränderten.
Oder doch wenigstens unsere Welt.
Kurze Unterbrechung: Wahrscheinlich waren es gar nicht 257 Meilen, aber für mich muss es so sein. (2+5=7. Und 257 ist eine Primzahl. Superspeziell. Es herrscht Ordnung in meinem Universum.)
Zurück zum Tag der Adoption. Wie mein Dad mir erzählt hat, habe ich kein einziges Mal geweint, meine Mutter aber den ganzen Weg über den Interstate Highway 5 nach Süden bis zur Ausfahrt 17B.
Meine Mutter weint, wenn sie glücklich ist. Ist sie traurig, ist sie bloß still.
Ich vermute, dass ihre emotionale Verdrahtung in diesem Bereich durcheinandergeraten ist. Wir kommen damit klar, weil sie ansonsten die meiste Zeit lächelt. Ziemlich breit.
Als meine Eltern es endlich bis zu unserem einstöckigen Stuckhaus in einem Neubaugebiet am Ende des San Joaquin Valley geschafft hatten, waren sie beide mit den Nerven am Ende.
Dabei hatte unser Familienabenteuer gerade erst begonnen.

Ich glaube, es ist wichtig, sich Bilder von den Dingen zu machen, die man im Kopf hat. Selbst wenn sie falsch sind. Und das sind sie fast jedes Mal.
Wenn ihr mich sehen könntet, würdet ihr sagen, dass ihr mich auf die Schnelle in keine ethnische Kategorie stopfen könnt.
Ich bin, was man einen »Menschen anderer Hautfarbe« nennt.
Und meine Eltern sind das nicht.
Sie sind zwei der weißesten Menschen der Welt (keine Übertreibung).
Sie sind so weiß, dass sie beinahe blau sind. Sie haben kein Durchblutungsproblem; sie haben bloß wenig Pigmente.
Meine Mutter hat feines rotes Haar und Augen, die blass-blass-blassblau sind. So blass, dass sie grau wirken. Was sie nicht sind.
Mein Dad ist groß und ziemlich kahl. Er hat Seborrhoische Dermatitis, weshalb seine Haut immer so aussieht, als hätte er Ausschlag. Mich hat das zu jeder Menge interessierter Beobachtungen und Recherchen veranlasst, aber für ihn ist es kein Zuckerschlecken.
Wenn ihr euch jetzt dieses Trio ausmalt und euch uns zusammen vorstellt, dann solltet ihr wissen, dass wir, obwohl ich meinen Eltern in keinster Weise ähnele, irgendwie wie eine ganz natürliche Familie aussehen.
Wenigstens finde ich das.
Und das ist alles, worauf es ankommt.

Außer der Zahl 7 habe ich noch zwei andere Obsessionen. Medizinische Befunde. Und Pflanzen.
Mit medizinischen Befunden meine ich menschliche Krankheiten.
Ich studiere mich selbst, klar. Aber *meine* Krankheiten sind unbedeutend gewesen und nicht lebensbedrohlich.
Ich studiere und protokolliere meine Mom und meinen Dad, aber was medizinische Diagnosen zu ihrem eigenen Zustand angeht, lassen sie mich kaum zum Zug kommen.

Der einzige Grund, warum ich regelmäßig das Haus verlasse (die erzwungenen Wege in das Straflager namens Schule und meinen wöchentlichen Bibliotheksbesuch nicht mitgerechnet), ist die Beobachtung von Krankheiten in der Allgemeinbevölkerung.
Am liebsten würde ich zu diesem Zweck ein paar Stunden täglich im Krankenhaus verbringen, aber es hat sich herausgestellt, dass das Pflegepersonal damit ein Problem hat.
Sogar wenn man sein Lager bloß im Wartezimmer aufschlägt und so tut, als läse man ein Buch.
Also gehe ich ins nächstgelegene Einkaufszentrum, wo es zum Glück auch die ein oder andere Krankheit zu beobachten gibt.
Aber ich kaufe nichts.
Schon als ich klein war, habe ich Feldstudien betrieben und diagnostische Lernkarten hergestellt.
Insbesondere fühle ich mich zu Hauterkrankungen hingezogen, die ich aber nur dann fotografisch dokumentiere, wenn der Betroffene (und meine Eltern) nicht hinsehen.

Meine zweite Leidenschaft: Pflanzen.
Sie leben, wachsen, vermehren sich, winden und schieben sich durchs Erdreich, immer und überall um uns herum.
Wir nehmen das so hin, ohne es überhaupt zu bemerken.
Macht die Augen auf, Leute!
Es ist nämlich unglaublich.
Wenn Pflanzen Töne machen würden, wäre alles anders. Aber sie kommunizieren über Farben und Formen und Größe und Struktur.
Sie miauen oder bellen oder zwitschern nicht.
Wir glauben, sie hätten keine Augen, aber sie sehen den Winkel, in dem die Sonne steht, und den Mond, wie er aufgeht. Sie *fühlen* den Wind nicht nur; sie verändern ihre Position seinetwegen.
Bevor ihr mich für verrückt haltet (jederzeit eine Möglichkeit), schaut nach draußen.

Jetzt gleich.
Ich hoffe, dass ihr nicht gerade auf einen Parkplatz oder auf eine Häuserwand blickt.
Ich stelle mir vor, ihr seht einen hohen Baum mit zarten Blättern. Euer Blick fällt auf das sich wiegende Gras eines großen Felds. Irgendwo in der Ferne schiebt sich Unkraut durch die Ritzen im Bürgersteig. Wir sind umstellt.
Ich bitte euch, auf eine neue Art darauf zu achten und das alles als Lebendig zu betrachten.
Lebendig mit einem großen L.

Meine Heimatstadt hat, wie große Teile des Kalifornischen Längstals, ein Wüstenklima und ist flach und trocken, und mehr als die Hälfte des Jahres über ist es sehr heiß.
Da ich nie woanders gelebt habe, sind für mich ganze Monate mit Tagen über 35 Grad etwas völlig Normales.
Wir nennen das Sommer.
Trotz der Hitze ist es ein unumstößlicher Fakt, dass die viele Sonne und der gute Boden dem Wachstum von Pflanzen extrem förderlich sind, wenn man denn noch Wasser zur Gleichung hinzufügt.
Und das habe ich gemacht.
Wo es vor unserem Haus mal ein Rechteck aus Rasen gab, steht jetzt zwölf Meter hoher Bambus.
Ich habe Zitrusbäume (Orange, Grapefruit, Limone) gleich neben meinem ganzjährigen Gemüsegarten.
Ich baue Trauben an, eine Auswahl an Rebsorten, einjährige und immerwährende Blumen und, in einem kleinen gesonderten Bereich, tropische Pflanzen.
Meinen Garten zu kennen heißt, mich zu kennen.
Er ist mein Allerheiligstes.

Es ist irgendwie tragisch, dass wir uns nicht an die frühesten unserer frühen Jahre erinnern.
Ich habe den Eindruck, diese Erinnerungen könnten der Schlüssel zu diesem ganzen »Wer bin ich?«-Problem sein.
Wovon handelte mein erster Albtraum?
Wie haben sich die ersten Schritte eigentlich angefühlt?
Wie genau verlief die Entscheidungsfindung, als es an der Zeit war, die Windeln abzulegen?
Ich habe ein paar vage Kleinkind-Erinnerungen, aber die erste Szene, die ich lebhaft im Gedächtnis habe, stammt aus dem Kindergarten; ganz gleich, wie sehr ich mich auch anstrenge, sie zu vergessen.
Meine Eltern hatten gesagt, im Kindergarten würde ich jede Menge Spaß haben.
Aber so war's nicht.
Der Kindergarten lag nur ein paar Blocks von unserem Haus entfernt, und dort habe ich zum ersten Mal das Verbrechen begangen, das System zu hinterfragen.
Die Erzieherin Mrs. King hatte sich gerade durch ein bekanntes Bilderbuch gepflügt. Es hatte die üblichen Kennzeichen von Büchern für Vorschulkinder: Wiederholungen, ein paar nervtötende Reime und verwegene wissenschaftliche Lügen.
Ich weiß noch, wie Mrs. King die Kinder fragte:
»Wie fühlt ihr euch nach diesem Buch?«
Die richtige Antwort wäre in Mrs. Kings Augen gewesen: »Müde!«, denn die aufgesetzt fröhliche Erzieherin nötigte uns, uns nach dem »Mittagsbilderbuch« zwanzig Minuten lang auf klebrige Gummimatten zu legen.
In der Regel fiel die Hälfte der Gruppe dabei in tiefen Schlaf.
Ich weiß noch genau, dass mit Ausnahme eines Jungen namens Garrison (der, ich bin mir sicher, an einer Form des Restless-Legs-Syndroms litt) jeder im Raum die Pause in der Horizontalen zu genießen schien.

Was dachten sich diese Kinder bloß?
In dieser ersten Woche, während meine Gruppe wegdöste, machte ich mir Sorgen über die Hygiene auf dem Linoleumboden.
Ich habe immer noch Mrs. King im Ohr, besenstielgerade und schrill: »Wie fühlt ihr euch nach diesem Buch?«
Danach gähnte sie ein paarmal übertrieben.
Ich weiß noch, wie ich meine Mitinsassen ansah und dachte: *Würde bitte jemand, irgendjemand, das Wort »müde« rufen?*
Ich selbst hatte in meinen fünf Kindergartentagen noch keine Silbe verlauten lassen und auch nicht die Absicht, das zu tun.
Aber nach Tagen, an denen ich von einem Erwachsenen mehr Lügen über die Welt zu hören bekommen hatte als in meinem ganzen Leben davor – alles von nachts den Kindergarten putzenden Feen bis zu schwachsinnigen Anleitungen für Erdbeben-Selbsthilfe-Sets –, hatte ich eine Art Belastungsgrenze erreicht.
Als also die Erzieherin mich ansprach: »Willow, wie fühlst du dich nach diesem Buch?«, da musste ich einfach die Wahrheit sagen:
»Richtig schlecht. Der Mond kann nicht hören, wie jemand gute Nacht sagt; er ist zweihundertfünfunddreißigtausend Meilen weit weg. Und Häschen leben nicht in Häusern. Außerdem finde ich die Illustrationen nicht sonderlich ansprechend.«
Ich biss mir auf die Unterlippe und lernte den metallischen Geschmack von Blut kennen.
»Aber vor allem fühle ich mich schlecht, wenn Sie aus dem Buch vorlesen, weil ich weiß, dass das heißt, dass wir uns gleich auf den Fußboden legen müssen – und die Keime dort könnten uns krank machen. Es gibt da etwas, das heißt Salmonellen und ist sehr gefährlich. Besonders für Kinder.«
An diesem Nachmittag lernte ich das Wort »Spinner«, denn so nannten mich die anderen Kinder.
Als meine Mom kam, um mich abzuholen, fand sie mich weinend hinter dem Müllcontainer auf dem Spielplatz.

In diesem Herbst wurde ich zu einer Erziehungsberaterin gebracht und die Frau machte mit mir einen Test. Sie schrieb meinen Eltern einen Brief.
Ich las ihn.
Darin stand, ich sei »hochbegabt«.
Sind Menschen manchmal auch »tiefbegabt«?
Oder »mittelbegabt«?
Oder einfach bloß begabt? Es ist möglich, dass jedes Etikett ein Fluch ist. Es sei denn, es klebt auf Reinigungsmitteln.
Denn meiner Meinung nach ist es keine sonderlich gute Idee, Menschen festzulegen.
Wir sind alle bunt gemixte genetische Eintöpfe.
Jeder Mensch besteht aus jeder Menge Zutaten, die ihn zu etwas machen, was einzigartig ist.
Mrs. Grace V. Mirman zufolge, der Erziehungsberaterin, bestand die Herausforderung für Eltern »hochbegabter« Kinder darin, Wissensgebiete zu finden, auf denen ihr Kind angeregt und ausgelastet wird.
Aber ich glaube, sie hatte unrecht.
Mich interessiert nämlich nahezu alles.
Der Wasserbogen eines Rasensprengers kann mich anregen. Ich kann eine schockierend lange Zeit in ein Mikroskop gucken.
Die Herausforderung für meine Eltern bestand darin, Freunde zu finden, die es mit jemandem wie mir aushielten.
All das führt zu unserem Garten.
Mom und Dad behaupteten, sie wollten mit ihm mein Leben bereichern. So kam es ja auch. Doch eines, denke ich, war von Anfang an klar.
Pflanzen reden nicht mit dir.

KAPITEL 3

Als Familie haben wir uns regelrecht aufs Anpflanzen und Wachsenlassen gestürzt.
Ich habe viele Fotos von frühen Ausflügen, um Samen zu kaufen und junge Pflanzen auszusuchen. Ich sehe wahnsinnig aufgeregt aus.
Frühzeitig legte ich mein Garten-Outfit fest.
Ich habe es in all den Jahren nicht verändert.
Man könnte sagen, es war meine Uniform.
Ich trug fast immer ein Khaki-Shirt und einen roten Panamahut gegen die Sonne. (Rot ist meine Lieblingsfarbe, weil sie in der Welt der Pflanzen von großer Bedeutung ist.)
Ich hatte hellbraune Hosen mit eingebauten Knieschützern. Und Schnürstiefel aus Leder.
Das ganze Outfit hatte vor allem praktische Gründe.
Mein widerspenstiges, langes, lockiges Haar war zurückgebunden und wurde mit einer Art Spange zusammengehalten. Zum Zweck der Nahbeobachtung hatte ich (wie alte Leute) eine Lupe.
Mit dieser Lupe und mittels chemischer Analyse fand ich im Alter von 7 heraus, dass die braunen Sprenkel auf den Gartenmöbeln Bienen-Aa waren.
Ich war sehr erstaunt, dass das noch niemand herausgefunden hatte.
In einer perfekten Welt hätte ich vierundzwanzig Stunden am Tag mit der Durchführung solcher Untersuchungen verbracht.
Aber Schlaf ist von entscheidender Bedeutung für die Entwicklung junger Menschen.

Ich berechnete damals meinen Biorhythmus und dass ich pro Nacht 7 Stunden und 47 Minuten Schlaf brauchte.
Nicht nur, weil ich ein zwanghaftes Verhältnis zur Zahl 7 hatte.
Was ja der Fall war.
Sondern weil meine innere Uhr so gestellt war. Das ist chemisch.
Wie alles andere auch, oder?

Ich lebte zu sehr in meinem Kopf, hieß es.
Vielleicht war ich deshalb nicht so gut in der Schule und hatte nie viele Freunde.
Aber der Garten war mein Fenster zu anderen Gemeinschaftsformen.
Als ich acht Jahre alt war, zog ein Schwarm wilder Grünbürzel-Papageien in die Toddy-Palme am hinteren Holzzaun.
Ein Paar baute ein Nest und ich konnte die Ankunft der Papageienbabys beobachten.
Jeder der kleinen Vögel tschilpte auf seine eigene, unverwechselbare Weise.
Ich bin mir ziemlich sicher, dass nur die Grünbürzel-Papageien-Mama und ich das wussten.
Als der kleinste Papagei aus dem Nest geschubst wurde, rettete ich das winzige Wesen und nannte ihn Plumps.
Dank sorgfältiger Handaufzucht, am Anfang rund um die Uhr, konnte ich ihm seine Papageieneltern ersetzen.
Als Plumps schließlich stark genug zum Fliegen war, führte ich ihn wieder in seinen Schwarm ein.
Das war enorm bereichernd.
Aber es war auch herzzerreißend.
Ich habe die Erfahrung gemacht, dass *herzzerreißend* und *bereichernd* oft Hand in Hand gehen.

In der Grundschule, auf der Rose Elementary, hatte ich eine echte Freundin.

Ihr Name war Margaret Z. Buckle.

Das Z. hatte sie erfunden, weil sie keinen zweiten Vornamen hatte, und sie hatte den festen Wunsch, als Individuum wahrgenommen zu werden.

Aber Margaret (nennt sie nie Peggy) zog im Sommer nach der fünften Klasse um. Ihre Mutter ist Erdöl-Ingenieurin und wurde nach Kanada versetzt.

Trotz der Entfernung ging ich davon aus, dass Margaret und ich uns auch weiterhin echt nahestehen würden.

Und anfangs war das auch so.

Aber ich schätze, die Menschen in Kanada sind viel offener als in Bakersfield. Hier waren es nur Margaret und ich gegen den Rest der Welt, dort oben hat sie alle möglichen Freunde.

Mittlerweile, bei den seltenen Gelegenheiten, wenn wir korrespondieren, bringt sie Dinge wie ihr neues Sweatshirt zur Sprache. Oder eine Band, die ihr gefällt.

Sie mag nicht mehr über Chiropterophilie reden, wie man die Bestäubung von Pflanzen durch Fledermäuse nennt.

Sie hat sich in eine andere Richtung entwickelt.

Wer kann ihr das zum Vorwurf machen?

Nachdem Margaret nach Kanada gezogen war, hoffte ich, die Sequoia Middle School würde mir neue Freundschaften erschließen.

Ich bin zwar klein für mein Alter, aber ich sah mich schon ein »Sequoia-Gigant« werden.

Allein die Tatsache, dass sie dort einen Baum als Maskottchen hatten, schien so vielversprechend.

Die Schule lag auf der anderen Seite der Stadt und sollte für mich ein Neuanfang sein, da die Kinder von meiner Grundschule alle auf die Emerson gingen.

Meine Eltern bekamen eine Sondergenehmigung von der Bezirksschulverwaltung, um mich hinschicken zu können.

Mom und Dad glaubten, dass es nie einen Lehrer gegeben hatte, der mich wirklich verstand. Ich glaube, es wäre richtiger zu sagen, dass *ich* nie einen meiner Lehrer verstanden habe.

Das ist ein Unterschied.

Kurz bevor die Schule im Herbst begann, war meine Vorfreude so groß wie kurz vor der Blüte meiner *Amorphophallus titanum*.

Ich hatte eine Phase, in der ich mit Begeisterung den seltenen Titanenwurz kultivierte.

Ursprünglich hatte seine seltsam aussehende Blüte mein Interesse geweckt.

Die tief violettroten Blütenblätter ähneln dem Samt, mit dem man Schmuckkästchen ausschlägt. Und der lange, aggressive gelbliche Stempel, der aus der Mitte ragt, sieht wie der gelbsüchtige Finger eines alten Mannes aus.

Doch berühmt ist die Pflanze für ihren Geruch. Denn wenn sich die Blüte öffnet, ist es, als träte eine Leiche aus dem Erdreich hervor.

Der Gestank ist einfach unbeschreiblich ekelhaft. Man muss sich wirklich erst daran gewöhnen.

Kein Tier (außer aasliebenden Insekten) mag auch nur in die Nähe kommen, geschweige denn von der stinkenden, exotischen weinfarbenen Blüte fressen.

Es ist das Gegenteil von Parfüm.

Ich ging davon aus, dass die Sequoia Middle School mein Leben verändern würde. Ich sah mich selbst als seltene Pflanze, bereit, versteckte Blätter zu entfalten.

Vor allem aber hoffte ich, dass ich die Schule nicht verpesten würde.

Ich versuchte, mich einzufügen.

Ich recherchierte über Teenager, weil ich ja bald selbst einer werden würde.

In allen möglichen Medien las ich über Teenager am Steuer, Teenager, die wegliefen, und die statistische Häufigkeit von Teenagern, die die Schule abbrachen. Das war eher schockierend.
Keine meiner Recherchen klärte mich wirklich über mein Interessengebiet Nummer eins auf:
Teenager als Freunde.
Sofern man den Medien Glauben schenken darf, sind Teenager zu sehr damit beschäftigt, Gesetze zu brechen und sich und die Menschen um sich herum in Lebensgefahr zu bringen, als dass sie irgendwelche Bindungen ausprägen könnten.
Abgesehen natürlich von jener Art Bindungen, die manchmal zu Teenager-Schwangerschaften führten.
Zu diesem Thema gab es wirklich jede Menge Informationen.

Kurz bevor ich auf die Sequoia kam, hatte ich eine Untersuchung.
Der Test lief viel, viel besser als erwartet, denn zum ersten Mal gab es einen echten medizinischen Befund.
Darauf hatte ich zwölf lange Jahre warten müssen.
Ich brauchte eine Brille.
Ja, ihre erforderliche Dioptrienstärke war gering.
Und ja, ihre Notwendigkeit war womöglich nur auf eine Überanstrengung zurückzuführen (offenbar fokussiere ich zu lange, was unmittelbar vor mir ist, ein Buch etwa oder einen Computerbildschirm, und schaue nicht oft genug in die Ferne, um zu refokussieren).
So oder so, ich beglückwünschte mich zu dieser Errungenschaft, denn ich hatte auf irgendeine Form von Myopie gehofft und jetzt hatte ich sie.
Nach der Untersuchung gingen wir zum Optiker und ich suchte mir meine Brille aus. Ich fühlte mich zu einem Gestell hingezogen, das wie das aussah, das Gandhi getragen hatte.
Es war rund und aus Draht und der Frau zufolge, die für diesen Teil des Prozesses verantwortlich ist, »sehr altmodisch«.

Für mich genau perfekt, denn ich wollte die schöne neue Welt der Schule in rein friedlicher Absicht betreten.

Eine Woche bevor der Unterricht begann, traf ich eine weitere schwerwiegende Entscheidung.

Wir saßen gerade beim Frühstück und ich schluckte einen großen Bissen meiner Gesund-in-den-Tag-Mahlzeit, die aus mit Leinsamen bestreuten Rote-Bete-Blättern (beides selbst gezogen) besteht, und dann sagte ich:

»Ich habe entschieden, was ich an meinem ersten Tag an der Sequoia anziehen werde.«

Mein Vater stand an der Spüle, wo er verstohlen von einem Donut abbiss. Ich tat, was ich konnte, um meine Eltern von Junkfood fernzuhalten, aber sie verheimlichten viele ihrer Essgewohnheiten vor mir.

Mein Dad würgte das Stück Fettgebäck hinunter und fragte:

»Und was wird es sein?«

Ich freute mich, dass er nachfragte.

»Ich werde mein Garten-Outfit tragen.«

Dad musste ein zu großes Stück Donut erwischt haben, denn er klang, als säße es ihm quer.

»Bist du sicher?«

Natürlich war ich sicher. Doch ich blieb ruhig.

»Ja. Aber ich werde keinen Feldstecher um den Hals tragen – wenn du das meinst.«

Meine Mom, die bis dahin die Spülmaschine ausgeräumt hatte, drehte sich um. Ich konnte ihr Gesicht sehen. Sie sah gequält aus. So als hätte sie gerade einen ganzen Stapel schmutzigen Geschirrs in den Schrank geräumt, was schon vorgekommen war.

Ihr Gesicht glättete sich und sie sagte:

»Was für ein interessanter Einfall, Süße. Allerdings frage ich mich … wird man in der Schule die Bedeutung verstehen? Womöglich wären lebhaftere Farben besser. Etwas Rotes vielleicht. Du magst doch Rot.«

Sie verstanden nicht.

Der erste Tag an der Schule war die Chance, mich neu einzuführen. Ich wollte den Leuten ein Gefühl für meine Identität vermitteln, doch gleichzeitig ein paar Basisbestandteile meines Charakters unter Verschluss halten.

Ich ließ mich zu einer Erklärung hinreißen:

»Es ist ein Statement über mein Verhältnis zur Natur.«

Ich sah sie Blicke tauschen.

An den Schneidezähnen meines Dads klebte Zuckerguss, aber das ließ ich unerwähnt, insbesondere nachdem er sagte:

»Natürlich. Du hast ja so recht.«

Ich schaute in meine Frühstücksschüssel und fing an, die Leinsamen zu zählen und dabei jede Zahl mit 7 zu multiplizieren:

7	14	21	28	35	42	49	56	63	70
77	84	91	98	105	112	119	126	133	140
147	154	161	168	175	182	189	196	203	210
217	224	231	238	245	252	259	266	273	280
287	294	301	308	315	322	329	336	343	350
357	364	371	378	385	392	399	406	413	420
427	434	441	448	455	462	469	476	483	490
497	504	511	518	525	532	539	546	553	560

Das ist eine Fluchttechnik.

Am Nachmittag drauf lag ein Exemplar der Zeitschrift *Teen Vogue* einfach so auf meinem Bett.

Zu der Zeit im Jahr drehten sich sämtliche solcher Publikationen um das Thema »Die Schule fängt wieder an«.

Das Teenager-Mädchen auf dem Cover mit Haaren in der Farbe von Bananen hatte das breiteste Lächeln, das ich je gesehen habe. Die Überschrift lautete:

SAGT DEIN OUTFIT, WAS DU SAGEN WILLST?

Niemand wollte die Zeitschrift dorthin gelegt haben.

KAPITEL 4

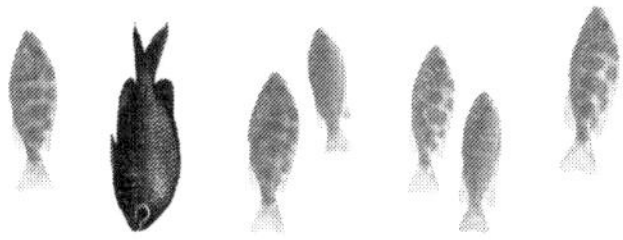

Meine Eltern hatten noch ein paar andere seltsame Vorschläge, bevor die Schule begann.

Ich kam zu dem Schluss, dass sie beide als Teenager traumatisiert worden sein mussten.

Am Morgen des ersten Tags an einer ganz neuen Schule packte ich meinen roten Rollkoffer (entworfen für Geschäftsreisende, doch gekauft für den Transport meiner Bücher und Ausrüstung) und wir gingen zum Auto.

Sowohl meine Mutter als auch mein Vater hatten darauf bestanden, mich zu fahren. Aber keiner von ihnen würde mich, so meine Anweisung, ins Schulgebäude begleiten.

Ich hatte den Grundriss der jeweiligen Gebäude begutachtet und mir von den Deckenhöhen über die Notausgänge bis hin zur Position der Steckdosen alles eingeprägt.

Ich war vorangemeldet für Englisch, Mathe, Spanisch, Sport, Sozialkunde und Naturwissenschaft.

Mit der Ausnahme von Sport wusste ich jede Menge über diese Fächer.

Ich hatte vorab berechnet, wie viel Zeit ich brauchen würde, um durch die Flure zu laufen, ebenso den Rauminhalt der Abstellkammern.

Ich konnte das komplette Sequoia-Schülerhandbuch aufsagen.

Als wir aus unserer Einfahrt bogen, war ich beklommen, aber eines wusste ich sicher:

Ich war auf alles vorbereitet.

Damit lag ich falsch.
Es war so laut dort.
Die Mädchen kreischten und die Jungen gingen körperlich aufeinander los.
So sah es jedenfalls aus.
Ich hatte mich erst vier Schritte weit in den Mob gewagt, als ein Mädchen näher kam.
Sie ging genau auf mich zu und sagte:
»Das Klo in Kabine zwei ist kaputt. Das ist so widerlich.«
Sie winkte in Richtung weiterer Fleischesser und dann war sie verschwunden.
Ich nahm mir einen Moment, um ihre Aussage zu verarbeiten.
Handelte es sich um eine Vorwarnung?
Ich konnte sie vor einer Reihe von Schließfächern mit zwei Mädchen reden sehen, und zwar mit einer anderen Intensität als mit mir.
Ich schaute durch den Schwarm und sah einen schmalen, dunkelhaarigen Mann einen Rollwagen ziehen, der vollgepackt war mit Reinigungsmitteln. An der Rückseite waren zwei Wischer festgemacht.
Ich starrte ihn an und mir wurde klar, dass er und ich ähnlich gekleidet waren.
Aber er zog einen Reinigungswagen, kein Gepäckstück mit Rollen, die über einen 360-Grad-Rotationsmechanismus verfügten.
Und dann kam mir ein erschütternder Gedanke: Es war möglich, dass das Mädchen glaubte, ich gehörte irgendwie zum Personal.

Ich hielt knappe drei Stunden durch.
Der Ort verursachte mir ernsthafte Übelkeit. Ich ging zum Sekretariat und bestand darauf, aus gesundheitlichen Gründen zu Hause anrufen zu dürfen.
Ich wartete draußen bei der Auffahrt, und allein Moms Auto zu sehen erleichterte mir das Atmen.
Als ich einstieg, sagte meine Mutter sofort:

»Erste Tage sind immer hart.«
Wäre ich die Sorte Mensch, die weint, bin ich sicher, dass ich es getan hätte, aber das ist nicht Teil meines Wesens. Ich weine fast nie. Stattdessen nickte ich bloß und starrte aus dem Fenster.
Ich kann so in mir selbst verschwinden.
Ich harkte nicht den Boden oder jätete die Blumenbeete und versuchte auch nicht, einen Ast zu pfropfen; ich saß im Schatten und hörte meine Japanischkassette.
In dieser Nacht fand ich mich am Fenster wieder, wo ich in den Himmel starrte und in 7er-Schritten zählte und dabei einen neuen Rekord aufstellte.

Ich versuchte, die Schule ernst zu nehmen.
Aber was ich dort lernte und was gelehrt wurde, hatte keine Schnittmenge.
Während meine Lehrer sich mit den Tücken ihres Themas abmühten, saß ich zu Tode gelangweilt auf der letzten Bank. Ich kannte den Stoff, also studierte ich meine Mitschüler.
Ich kam dabei zu ein paar Erkenntnissen über das Middle-School-Leben:
Kleidung war sehr wichtig.
In einer perfekten Welt würde, meiner Ansicht nach, in Bildungseinrichtungen jedermann Laborkittel tragen, aber davon waren wir hier ganz offensichtlich weit entfernt.
Der durchschnittliche Teenager war willens, einen äußerst unbequemen Aufzug zu tragen.
Meine Erfahrung ist, dass je älter man ist, desto mehr mag man das Wort »bequem«.
Das ist der Grund, warum die meisten älteren Menschen Hosen mit Gummizügen tragen. Wenn sie überhaupt Hosen tragen. Das könnte erklären, warum Großeltern so versessen darauf sind, ihren Enkeln Schlafanzüge und Bademäntel zu kaufen.

Die Outfits meiner Mitschüler waren, meiner Ansicht nach, entweder viel zu eng oder zu weit.
Offenkundig war der Besitz von etwas, was tatsächlich passte, nicht akzeptabel.
Haarschnitte und Accessoires waren entscheidend.
Die Farbe Schwarz war sehr beliebt.
Manche Schüler gaben sich viel Mühe herauszustechen.
Andere mühten sich genauso sehr, nicht aufzufallen.
Musik war eine Art Religion.
Sie schien Jugendliche zusammenzubringen oder zu spalten.
Sie war das Kennzeichen einer Gruppe und offenbar schrieb sie Verhaltens- und Reaktionsweisen vor.
Die Interaktion zwischen männlichen und weiblichen Exemplaren war intensiv und extrem unvorhersagbar.
Es gab mehr körperliche Berührungen, als ich erwartet hatte.
Manche Schüler hatten überhaupt keine Hemmungen.
Gesunde Ernährung spielte keine Rolle.
Das Wort »Deodorant« war bei mehr als der Hälfte der Jungen noch nicht bekannt.
Und das Wort »krass« wurde zu oft gebraucht.

Mein jüngstes schulisches Unglück währte erst 7 Tage, als ich zum Englischunterricht kam, wo Mrs. Kleinsasser gerade verkündete:
»Heute wird jeder an einem standardisierten Test für alle Schüler im Staat Kalifornien teilnehmen. Auf eurem Tisch findet ihr ein Heft und einen Bleistift. Schlagt die Hefte erst auf, wenn ich es euch sage.«
Mrs. Kleinsasser signalisierte, dass sie so weit sei, und ließ eine Uhr laufen.
Und plötzlich beschloss ich, der Sache meine Aufmerksamkeit zu schenken.
Ich nahm den Bleistift und fing an, die Kästchen auszufüllen.

Nach 17 Minuten und 47 Sekunden stand ich auf und ging nach vorn, wo ich der Lehrerin den Antwortbogen und das Heft gab.
Ich schlüpfte aus der Tür und es könnte sein, dass ich die ganze Klasse raunen hörte.

Ich hatte die volle Punktzahl erreicht.
Eine Woche später steuerte ich wieder Mrs. Kleinsassers Klassenraum an und sie wartete schon auf mich. Sie sagte:
»Willow Chance. Die Schuldirektorin Mrs. Rudin möchte dich sehen.«
Meine Mitschüler summten angesichts dieser Neuigkeit wie pollenschwere Arbeitsbienen.
Ich ging Richtung Tür, aber im letzten Augenblick drehte ich mich noch mal um.
Es muss offensichtlich gewesen sein, dass ich etwas sagen wollte, denn als ich sie ansah, verstummte die ganze Klasse.
Ich fand meine Sprache wieder und sagte:
»Die Leichenblume ist erblüht.«
Ich bin mir beinahe sicher, dass niemand das verstanden hat.

Ich nahm im Büro von Mrs. Rudin Platz, das weit weniger eindrucksvoll war als erhofft.
Die verunsicherte Frau lehnte sich gegen ihren Schreibtisch, ihre Stirn wies ein Muster aus gezackten, sich schneidenden Linien auf.
Ich hatte das sichere Gefühl, dass ich, wenn ich sie nur lange genug anstarrte, eine mathematische Formel für dieses Faltenmuster finden könnte.
Doch die Linien sortierten sich neu, bevor ich ihren Gesetzen auf die Spur kam, und die Direktorin sagte:
»Willow, weißt du, wieso du hier bist?«
Ich entschied, nicht darauf zu antworten, weil ich hoffte, das würde ihre Stirn zu einem erneuten Faltenwurf bewegen.

Ohne auch nur einmal zu blinzeln, starrte sie mich an.
»Du hast geschummelt.«
Ich hörte mich antworten.
»Ich habe bei gar nichts geschummelt.«
Direktorin Rudin atmete aus.
»In deiner Akte steht, dass man bei dir vor Jahren eine Hochbegabung festgestellt hat. Deine Lehrer können nichts dergleichen bestätigen. Und niemand sonst im ganzen Staat Kalifornien hat die volle Punktzahl erreicht.«
Ich spürte, wie mir das Blut ins Gesicht stieg. Ich sagte:
»Echt?«
Eigentlich aber wollte ich brüllen:
»Ihr linker Ellbogen weist einen Psoriasis-Befall Stufe fünf auf – ein erythrodermischer Befund, erkennbar an großen Flecken von intensiver Röte. Zur Behandlung würde ich eine 2,5-prozentige Kortisonsalbe und eine kontrollierte Bestrahlung durch Sonnenlicht empfehlen – ohne Sonnenbrand selbstverständlich.«
Tat ich aber nicht.
Ich hatte kaum Erfahrung mit Autoritätspersonen. Und null Erfahrung als praktische Ärztin.
Also verteidigte ich mich nicht.
Ich verstummte bloß.

Was folgte, war ein äußerst einseitiges, 47 Minuten langes Verhör. Die Direktorin, unfähig, den Betrug zu beweisen, aber sicher, dass er stattgefunden hatte, ließ mich schließlich gehen.
Allerdings nicht ohne mich vorher von Amts wegen zu einem Sozialberater zu schicken.
Zu so jemandem schickt man die echten Problemfälle.
Der Name meines Beraters lautete Dell Duke.

KAPITEL 5
DELL DUKE

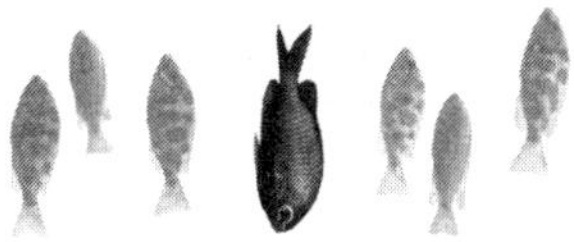

Ein Loser zielt auf das Falsche
und trifft.

Dell Duke konnte nicht fassen, dass er bei den Ackerbauern gelandet war.

In seinen Tagträumen hatte er sich Größeres ausgemalt.

Delwood war der Mädchenname seiner Mutter und ihm wurde er gleich nach der Geburt als Vorname aufgehalst. Aber dankenswerterweise wurde er nie Delwood gerufen.

Er war von Anfang an Dell.

Während Dell seinen Vornamen hasste, war er einigermaßen stolz auf seinen Nachnamen Duke.

Nur ein paar Verwandte wussten, dass dieser Name zwei Generationen zuvor noch Doufinakas gelautet hatte, aber so wie es Dell sah, hatte sein Vorfahr George das Richtige getan.

Dell deutete jedem, der es hören wollte, an, dass seine Familie etwas mit der Gründung einer Universität zu tun gehabt hatte. Und sie hatten auch mal eine Krone getragen.

Von früh an hatte Dell Arzt werden wollen, denn er mochte Fernsehserien über heldenhafte Menschen, die wöchentlich Leben retteten und dabei ihre perfekten Zähne und klasse Frisuren zur Schau stellten.

Außerdem klang »Dr. Dell Duke« gut. Es waren drei Ds. Das klang besser als zwei.

Und so wählte Dell im College Biologie, was nicht gut lief, weil er keine Fakten behalten konnte. Sie blieben nicht an ihrem Platz und verschwanden einfach aus seinem Bewusstsein.

Und sollten sie in sein Unbewusstes abgewandert sein, so hatte er dazu keinen Zugang.

Also wechselte er im zweiten Semester zum vierten Mal das Hauptfach und lief von der harten zur weichen Wissenschaft über.

Nach sechseinhalb Jahren machte Dell sein Examen schließlich in Psychologie.

Daraufhin bekam er, nach langem Suchen, einen Job in einer Einrichtung für betreutes Wohnen, als Beschäftigungstherapeut.

Dell wurde nach nur drei Monaten entlassen.

Die Senioren konnten ihn nicht leiden. Ihm fehlte aufrichtiges Mitgefühl und er hatte keine Lust auf ihre Krankengeschichten. Mehr als einmal wurde er gesehen, wie er panisch aus dem Freizeitraum floh.

Für die Arbeit mit Strafgefangenen hatte Dell zu viel Angst, also peilte er eine Karriere im Schuldienst an.

Dell besuchte Abendkurse und nach drei weiteren Jahren war er ausgebildeter Sozialbetreuer und damit war der Weg ins Bildungswesen frei.

Nur stellte ihn niemand ein.

Dell verschickte Hunderte Bewerbungen, und nachdem er drei Jahre in einer Bar gearbeitet hatte, wo er Wannen voller schmutziger Gläser zu übellaunigen Abwäschern trug, fügte er seinen Bewerbungen ein paar erstunkene und erlogene Berufserfahrungen hinzu und bekam seine Chance.

Bakersfield.

Auf dem Papier sah es unglaublich aus.

Der Landkarte nach würde er in Südkalifornien arbeiten. Er stellte sich ein Leben voller Surfboards vor, voller gebräunter Menschen, die auf seinem Balkon mit Meerblick mittelscharfe Mais-Chips aßen.

Aber im Kalifornischen Längstal gab es ganze Monate, in denen das Thermometer jeden einzelnen Tag auf 38 Grad stieg. Das Tal war flach und trocken und rundherum von Land umgeben.
Bakersfield war nicht Malibu.
Es war nicht mal Fresno.
Dell akzeptierte die Lage, belud seinen kaum fahrtüchtigen Ford und brach nach Süden auf.
Es gab keine Abschiedsparty, als er Walla Walla im Staate Washington verließ, denn niemandem machte es etwas aus, dass er wegzog.
Als Sozialberater des Schulbezirks Bakersfield City war Dell der Mann für die schwierigen Fälle.
Und damit waren Schüler gemeint, die in Schwierigkeiten geraten waren, fast ausnahmslos aufgrund von Verhaltensauffälligkeiten. Schüler, die genug Probleme gemacht hatten, um sie zur Seite zu nehmen.
Ein typischer Arbeitstag bestand für Dell darin, Dutzende E-Mails zu lesen, die die Schuldirektoren wöchentlich schickten.
Manche der Schüler wurden gemeldet, weil sie körperlich gewalttätig geworden waren. Das waren Kinder und Jugendliche, die auf andere losgingen, was automatisch zu einer Suspendierung führte, wenn sich der Vorfall auf dem Gelände der Schule ereignet hatte.
Man durfte durchaus jemanden zusammenschlagen, man musste nur zusehen, dass man es nicht in der Schulcafeteria oder auf dem Schulparkplatz tat.
In anderen Fällen ging es ums Schwänzen.
Dell kam es paradox vor, dass Kinder, die nicht zur Schule gingen, für ihr Fernbleiben bestraft wurden, indem sie nicht mehr zur Schule gehen durften.
Außer den gewalttätigen Schülern und den Schwänzern gab es Kinder, die Drogen nahmen, und Kinder, die klauten.
Aber diese Fälle schafften es nie zu einem Gespräch mit Dell. (Dell bedauerte, dass er die richtigen Rabauken nie zu Gesicht bekam. Er

fand, dass sie ausgeprägte Persönlichkeiten hatten und ziemlich unterhaltsam sein konnten.)

Es war der Rest der Versager, der zur Beratung geschickt wurde.

Insgesamt gab es drei Sozialberater, die diese Fälle übernahmen. Dell war der Neue, nachdem Dickie Winkleman nach zweiundvierzig Jahren in Rente gegangen war. (Dell war Dickie Winkleman nie begegnet, aber nach allem, was er gehört hatte, hatte der Kerl das Haus als gebrochener Mann verlassen.)

Als Neuer bekam Dell die Kinder zugeteilt, die die beiden anderen Berater nicht wollten.

Dell sah es so: Er bekam die Verlierer der Verlierer.

Aber für Dell war das okay, denn die Schüler, die er betreute, würden bestimmt nicht losrennen und herumerzählen, was für eine lausige Arbeit er leistete. Sie hatten sich schon gegen das System gewandt, bevor sie überhaupt bei ihm gelandet waren.

Treffer!

Dell war mittlerweile Mitte dreißig, und auch wenn er nicht sonderlich reflektiert oder gar nachdenklich war, wusste er doch, dass entweder er den Beraterjob schaffen würde oder der Beraterjob ihn.

Allerdings hatte Dell immer schon dieses Ordnungsproblem gehabt. Er konnte nichts wegwerfen, weil es ihm schwerfiel, zu entscheiden, was nun von Wert war und was nicht.

Außerdem mochte er die tröstende Wirkung von Besitz. Wenn er schon zu nichts und niemandem gehörte, so gehörte doch wenigstens etwas zu ihm.

Als er Dickie Winklemans alte Akten aus der Zeit, bevor alles digitalisiert worden war, durchblätterte, entdeckte Dell, dass Dickie die Kinder in Kategorien eingeteilt hatte.

So wie es aussah, hatte sein Vorgänger sie nach drei Aspekten bewertet:

Aktivität
Geduld
Konzentration

Berater Winkleman machte sich ausführlich Notizen und schrieb peinlich genaue Berichte, in denen er sich bemühte, die Fähigkeiten und Defizite seiner Schüler zu quantifizieren.
Dell war beeindruckt – und entsetzt.
Ausgeschlossen, dass er auch nur versuchen würde, es Winkleman nachzutun. Das sah nach viel zu viel Arbeit aus.
Dell würde sich seinen eigenen Weg durch das Unkraut verkorkster Schüler bahnen müssen.

Er brauchte nur drei Monate, um das Dell-Duke-Beratungssystem zum Laufen zu kriegen.
Er sortierte alle Schüler, die zu ihm kamen, in vier Untergruppen des Seltsamen.
Erstens waren da die AUSSENSEITER.
Dann die CHAOTEN.
Als Nächstes kamen die EINSAMEN WÖLFE.
Und schließlich die IRREN.
Selbstverständlich hätte Dell die Kinder keinesfalls in Kategorien einteilen sollen, aber was taugt ein Organisationsprinzip, das auf Schubladen verzichtet?
Etiketten waren wichtig. Und sie waren effektiv. Es wäre verrückt gewesen, über jedes einzelne dieser Kinder neu nachzudenken.
Nach dem Dell-Duke-Beratungssystem waren die Außenseiter die Sorte überkandidelter Kinder, die einfach nicht anders konnten, als sich komisch anzuziehen und sich wie ein Fisch auf dem Land aufzuführen.
Die Außenseiter hatten einfach keinen Plan. Und ein paar von ihnen waren als Babys wahrscheinlich mal fallen gelassen worden. In den

allermeisten Fällen *versuchten* die Außenseiter, sich einzufügen, sie schafften es nur einfach nicht.
Seine nächste Gruppe, die Chaoten, unterschied sich insofern von den Außenseitern, als die Chaoten origineller und den anderen normalerweise irgendwie voraus waren.
Sie waren *gern* chaotisch. Zu den Chaoten zählten die Künstler und Musiker. Sie hatten einen Hang zum Angeben und zu scharfem Essen. Sie kamen normalerweise zu spät, trugen oft Orange und konnten nicht mit Geld umgehen.
Und dann waren da die einsamen Wölfe.
Zu dieser Gruppe zählten die Aufrührer. Sie hielten sich selber für Rebellen oder Revoluzzer.
Der einsame Wolf war oft ein zorniger Wolf, wogegen ein Außenseiter häufig still und zurückhaltend war. Und die Chaoten schmierten sich ihr Butterbrot sowieso selber.
Und schließlich waren da noch, in Dells Sortierung des Seltsamen, die Irren.
Die Irren schlossen die Zombies mit ein, Kinder und Jugendliche, die einen mit leerem Blick anstarrten und überhaupt nicht reagierten, ganz gleich, wie sehr man sich bemühte, ihnen eine innere Regung zu entlocken.
Die Irren kauten verlässlich auf einer Strähne ihres Haars und fixierten, ohne zu zwinkern, einen Fleck auf dem Teppich, während direkt hinter ihnen ein Feuer loderte.
Irre waren Fingernägelkauer und vorzugsweise kratzten sie sich. Sie hatten Geheimnisse und wahrscheinlich waren sie nicht ganz dicht.
Unter dem Strich waren die Irren aufgrund ihrer Unberechenbarkeit eben einfach irre. Und Dells Überzeugung nach konnten sie gefährlich sein. Am besten ließ man einen Irren einfach in Frieden.
Spiel.
Satz.
Sieg.

Weil Dells Akten in die Hände von Leuten geraten konnten, die an höheren Stellen als seinem fensterlosen Raum in der einen Hälfte eines auf dem Gelände der Bezirksschulverwaltung abgestellten umgebauten Wohnwagens saßen, erfand er einen Code für sein einzigartiges System, das er für sich VKS nannte, eine Abkürzung für: DIE VIER KLASSEN DES SELTSAMEN.

Er arbeitete mit Nummern:

1 = AUSSENSEITER

2 = CHAOTEN

3 = EINSAME WÖLFE

4 = IRRE

Nach angestrengtem Nachdenken farbcodierte er sein System auch noch.

AUSSENSEITER waren gelb.

CHAOTEN waren lila.

EINSAME WÖLFE waren grün.

IRRE waren rot.

Dell veränderte die Schriftfarbe seiner persönlichen Ordner im Computer entsprechend.

Das ermöglichte es ihm, auf einen Blick zu erkennen, mit wem er es zu tun hatte.

Der Name *Eddie Von Snodgrass* erschien auf seinem Bildschirm, und bevor das zappelige Kind in der übergroßen Jacke auch nur auf den Sitz gerutscht war, wusste Dell, dass er die nächsten zweiundvierzig Minuten heimlich im Internet surfen konnte und dabei nur dann und wann mit dem Kopf nicken musste.

Einsame Wölfe brauchten nicht viel Feedback, weil sie gern zeterten und schimpften.

Und so checkte Dell, während Eddie V. sich über den chemischen Geschmack von Wasser in Plastikflaschen ereiferte, eine Webseite, die wackelköpfige Baseballspielerpuppen zu sehr vernünftigen Preisen anbot.

Dabei konnte Dell Fanartikel nicht mal leiden!
Aber das Dell-Duke-Beratungssystem war installiert und arbeitete, und zwar auch dann, wenn Dell es nicht tat.
Denn wenn ein Kind einmal kategorisiert war, konnte Dell das vom Bezirk vorgeschriebene Formblatt in null Komma nichts ausfüllen, indem er jedem aus einer bestimmten Kategorie dieselbe Bewertung gab.
Monate verstrichen. Bei Dell kamen und gingen die Kinder. Die Züge des Seltsamen fuhren nach Fahrplan.
Und dann, an dem Nachmittag, als Willow Chance ihn aufsuchte, kam seine komplette Kategorisierung zum Stillstand, als hätte jemand eine Heugabel ins Räderwerk einer überalterten Maschine geschleudert.

KAPITEL 6

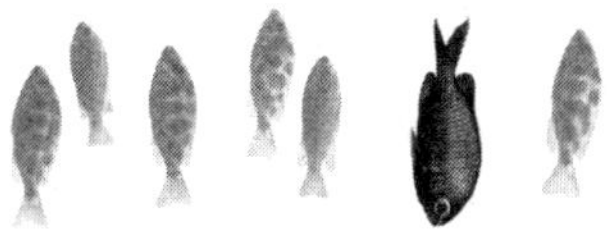

Ich saß im luftleeren Trailer und fixierte Mr. Dell Duke.

Sein Kopf war sehr rund. Die meisten menschlichen Köpfe sind nicht rund. Tatsächlich haben sehr, sehr wenige Köpfe eine echte Kugelform.

Aber dieser mollige, bärtige Mann mit den buschigen Augenbrauen und dem hinterhältigen Blick war die Ausnahme.

Er hatte dickes, lockiges Haar und gerötete Haut und mein Eindruck war, dass sein genetisches Erbe wenigstens zu Teilen in den Mittelmeerraum verwies.

Ich interessierte mich sehr für die Ernährungsgewohnheiten dieser Region.

Der Kombination von Olivenöl, herzhaftem Gemüse und aus Ziegenmilch hergestelltem Käse, dazu vernünftige Mengen Fisch und Fleisch, ist von zahlreichen Studien eine lebensverlängernde Wirkung bestätigt worden.

Aber Mr. Dell Duke sah gar nicht besonders gesund aus.

Meiner Ansicht nach trieb er nicht genug Sport. Ich konnte einen erheblichen Bauch unter seinem weit geschnittenen Hemd erkennen.

Und Übergewicht, das man in der Körpermitte mit sich herumträgt, ist schädlicher als Extrapfunde am Po.

Dennoch gelten, kulturell gesehen, Männer mit einem dicken Po als weniger attraktiv als Männer mit einem Bierbauch, was aus evolutionärer Sicht zweifellos ein Fehler ist.

Ich hätte gern seinen Blutdruck gemessen.

Das Erste, was er sagte, war, dass er nicht über meine Testergebnisse sprechen wolle.
Aber dann sprach er über nichts anderes.
Lange Zeit sagte ich kein einziges Wort.
Und deshalb redete er umso mehr.
Über jede Menge Nichts.
Es war heiß in seinem kleinen, stickigen Büro, und wie ich ihn so anstarrte, bemerkte ich, dass er langsam zerfloss.
Sogar sein Bart wirkte allmählich feucht.
Er kam immer mehr in Fahrt. Während er so sprach, sammelten sich kleine Speichelflecken in seinen Mundwinkeln.
Sie waren schaumig und weiß.

Mr. Dell Duke hatte ein großes Glas Jelly Beans auf seinem Tisch.
Er bot mir keine an.
Ich esse keine Süßigkeiten, aber ich war mir ziemlich sicher, dass er es tat.
Ich nahm an, dass es so aussehen solle, als hätte er die Jelly Beans, um sie den Kindern anzubieten – was er aber in Wahrheit nie tat, stattdessen veranstaltete er seine eigenen Jelly-Beans-Gelage.
Ich zog in Erwägung, die Zahl der Jelly Beans im Glas zu berechnen.
Das Volumen einer Jelly Bean ließ sich nach der Volumenformel für Zylinder berechnen: $\pi \times r^2 \times h = \pi \times 0{,}75^2 \times 2\,\text{cm} = 3{,}534$ Kubikzentimeter.
Aber Jelly Beans sind keine vollkommenen Zylinder. Sie sind unregelmäßig.
Also war diese Formel nicht korrekt.
Der Versuch, sie in 7er-Schritten zu zählen, hätte mir mehr Spaß gemacht.

Ich hatte meinen Eltern nichts von meinem Besuch bei der Direktorin Mrs. Rudin erzählt.
Und auch nicht, dass ich zu einer Art schulischem Bewährungshelfer namens Dell Duke musste.
Ich weiß nicht genau, warum.
Es war ihre Idee gewesen, die Schule zu wechseln, und ich wollte, dass sie glaubten, alles laufe gut.
Oder so gut wie möglich.
Also fühlte ich mich in der Pflicht, ein doppeltes Spiel zu spielen.
Mir ging es nicht gut dabei.
In meinem Alter ging es (der einschlägigen Fachliteratur zufolge) um die emotionale Loslösung von den Eltern. Ich schätze, dass Lügenlernen dafür eine gute Grundlage schuf.
Aber es war, als hätte ich etwas gegessen, das mir Magenprobleme machte. Und dieses brennende Gefühl ging über meinen Magen hinaus und wanderte nach oben, wo es sich in meinem Hals festsetzte.
Genau da, wo ich schluckte.
Meine Eltern wussten nichts von dem Test-Drama in der Sequoia, weil ich die Beweise vernichtet hatte.
Ich hatte die Nachricht der Schule auf unserem Anrufbeantworter zu Hause gelöscht. Meine Eltern vergaßen ständig, ihn abzuhören, also war das keine große Sache.
Betrügerischer war es, mich in Moms E-Mails zu hacken und die Nachricht der Direktorin zu meinem Termin mit dem Schulpsychologen selbst zu beantworten.
Ich würde mich also mit meinem Bauchgrimmen abfinden müssen, ich hatte es nicht besser verdient.

Irgendwann hörte der rundköpfige Mann zu reden auf.
Er war mit seinen Kräften am Ende.
Schützend verschränkte er die kurzen Arme über dem Ball seines

Bauchs und dann, nach noch mehr verschwitzter Stille (auf beiden Seiten), hatte er tatsächlich eine Idee:

»Ich sage ein Wort und dann sagst du das erste Wort, das dir in den Sinn kommt. Ich meine das Wort nicht als Frage – es ist etwas anderes. Wir wollen ganz schnell dabei sein, ja?«

Er sog eine Menge Luft ein und fügte hinzu:

»Stell es dir einfach als ein Spiel vor.«

Dell Duke hatte keine Ahnung, dass meine Erfahrung, was Spiele anging, äußerst begrenzt war.

Andererseits habe ich festgestellt, dass ich schockierend ehrgeizig bin.

Zum ersten Mal, seit ich das Büro betreten hatte, spürte ich eine Art schwacher Begeisterung.

Er wollte ein Sprachspiel spielen. Ich war mir sicher, dass ich ihn im Schach in weniger als sechs Zügen geschlagen hätte. Aber ich hatte bisher nur gegen den Computer gespielt und auch nicht oft, weil Schach eines dieser Dinge ist, die zwanghaft werden können.

Ich weiß das.

Ich habe einmal zwanzig Stunden lang durchgespielt und dabei Anzeichen einer leichten Psychose festgestellt.

Mr. Dell Duke beugte sich vor und sagte dramatisch:

»Schokolade.«

Ich interessiere mich für die gesundheitsfördernde Wirkung von Schokolade und sagte:

»Antioxidant.«

Er wippte einmal mit dem Fuß, so als würde er ein Gaspedal durchtreten, und sagte:

»Klavier.«

Ich sagte:

»Konzert.«

Mr. Dell Duke versuchte zu notieren, was er und was ich gesagt hatte, aber er kriegte es nicht hin.

Zum Glück gab er auf und entschloss sich, einfach weiterzuspielen.
Er sagte »Raum«. Ich sagte »Zeit«.
Er sagte »dunkel«. Ich sagte »Materie«.
Er sagte »schwer«. Ich sagte »Kraft«.
Er sagte »Auto«. Ich sagte »Suggestion«.
Er sagte »Maus«. Ich sagte »Pad«.
Er sagte »weiß«. Ich sagte »Rauschen«.
Er sagte »allein«. Ich sagte »Stellungsmerkmal«.
Er sagte »Samen«. Ich sagte »Embyro«.
Er sagte »Kreis«. Ich sagte »Zahl« und dann: »3,1415926535897932 3846264338327.«
Aber ich sagte das sehr, sehr, sehr schnell und hörte bei der zweiten 7 auf, weil das natürlich meine Lieblingszahl war.
Dann rief Mr. Dell Duke laut:
»Du Tier!«
Das machte mir Angst.
Lautes mag ich nicht. Ich war lange still, aber dann fand ich meine Stimme endlich wieder.
Ich sagte:
»Lemur.«
Und dann verschwamm sein Blick für eine Sekunde und er murmelte:
»Die Lemurenweibchen führen das Rudel.«

Das war eine zutreffende Aussage.
Kommt es im Rudel zum Streit, sind es die Lemurenweibchen, die ihn austragen. Aus diesem Grund bekommen weibliche Leittiere das beste Futter und den beliebtesten Schlafplatz.
Ich musterte ihn genau.
Nicht jeder weiß, dass ein Lemur ein Primat ist, den es nur auf Madagaskar gibt.

Es war möglich, dass Mr. Dell Duke nicht der Giftpilz war, für den ich ihn hielt.
Dann fuhr er sich mit beiden Händen durch den Wust seiner Locken, der davon doppelt so groß wurde.
Das ist mir mit meinen Haaren auch schon passiert.
Verwirrt verließ ich sein Büro.
Ich wusste, dass er wusste, dass ich anders war.
Mr. Dell Duke war nicht freundschaftstauglich, denn er war im falschen Alter und wir hatten, trotz der weiblichen Lemuren, offenbar nichts gemeinsam.
Aber als ich den Parkplatz der Bezirksschulverwaltung verließ, beschloss ich, zurückzukommen und ihn wiederzusehen.
Mr. Dell Duke testete mich.
Aber nicht so, wie er selber glaubte.
Mein Eindruck war, dass er mich irgendwie brauchte.
Ich mochte das Gefühl.

An diesem Abend fragten mich Mom und Dad beim Essen, wie es so in der neuen Schule liefe.
Ich sagte:
»Das Projekt macht Fortschritte.«
Meine Eltern lächelten, aber ihre Blicke waren immer noch ängstlich.
Die Stimme meiner Mutter klang angestrengter als sonst, als sie sagte:
»Hast du jemanden kennengelernt, der dir besonders gefallen hat?«
Für einen winzigen Augenblick fragte ich mich, ob sie von dem Test wusste.
Ich schob mir ein Stück von meinem Artischocken-Soufflé in den Mund und kaute fertig, bevor ich antwortete:
»Ich habe jemanden kennengelernt, der mich interessiert.«
Meine Eltern merkten auf. Das waren große Neuigkeiten für sie.
Mom versuchte, nicht allzu neugierig zu klingen:

»Kannst du uns ein bisschen mehr verraten?«

An dieser Stelle musste ich vorsichtig sein. Wenn ich keine kolossalen Bauchschmerzen kriegen wollte, musste das, was ich sagen würde, eine Spielart der Wahrheit sein.

»Unser erstes Treffen war heute Nachmittag. Betrachtet man es als Arzneimittelstudie, bin ich in Phase null – also wenn ein neues Mittel erst mal in einer subtherapeutischen Dosis getestet wird. Ich lasse euch wissen, wie es sich entwickelt.«

Und dann bat ich darum, mich vom Tisch entschuldigen zu dürfen.

KAPITEL 7

Dell bekam nur wenige Mädchen zu sehen.

Jungen hatten viel häufiger Ärger in der Schule.

Er war davon ausgegangen, dass »Willow« eine Art Spitzname war.

Er nahm an, dass es eigentlich »Willi-Oh!« hieße, ein zur Gewohnheit gewordener Seufzer.

Stattdessen hatte ihm ein zwölf Jahre altes Mädchen gegenübergesessen.

Irgendetwas stimmte nicht mit ihr.

Das sah er gleich.

Ihre Blicke flitzten durch den kleinen Raum und kamen auf seinem Bauch zur Ruhe, was ungezogen war.

Er wusste, dass er schwitzte, was einfach Teil seines Wesens war.

Aber er hatte das Gefühl, sie richte über ihn.

Dazu war sie nicht hier.

Hier war *er* der Richter.

Er musste sie so schnell wie möglich in eine der Kategorien des Seltsamen einordnen; auf diese Weise würde er ausblenden können, was immer als Nächstes in diesem Raum geschah.

Dell hatte auf seinen Computer geschielt, um noch einmal die E-Mail zu lesen, die ihm die Direktorin Rudin geschickt hatte.

Die Nachricht besagte, dass das Mädchen irgendwie betrogen hatte.

So einen Fall hatte er nicht oft.

Sie war also raffiniert.

Na schön, das war er auch.

Er würde der Sache auf den Grund gehen.

Sie war keine *Irre* und kein *einsamer Wolf* und kein *Chaot* und keine *Außenseiterin.*
Aber sie war super-*seltsam*, so viel war klar.
Er redete und redete und redete und sie saß immer bloß da, stumm, starrte ihn an, aber er wusste genau, dass sie zuhörte.
Er stellte ihr Fragen, aber sie gab keine Antwort.
Sie war klein, aber auch mächtig.
Sie hatte irgendeine Kraft oder Ausstrahlung, die sie von anderen unterschied.
Keiner seiner Tricks, wenn er sie überhaupt so nennen konnte, funktionierte bei ihr.
Und dann war ihm zum Glück die »Wortassoziation« eingefallen.
Das war eine Methode, die, wie er wusste, die anderen Berater einsetzten. Er hatte mal mitgehört, als die Fenster offen standen und die Klimaanlage nicht rauschte.

Dell schlief jeden Abend bei laufendem Fernseher ein.
Er hatte jede Menge Sendungen aufgenommen, weil ihn der Klang menschlicher Stimmen, insbesondere solcher, die ihn nicht anschrien, beruhigte.
Nichts aber ließ ihn schneller einschlafen als Bildungsfernsehen.
Und deshalb griff Dell, wenn es spät geworden war und er noch ein bisschen Schlaf kriegen wollte, nach der ödesten Doku, die er jemals aufgenommen hatte: einem Film über die Tierwelt Madagaskars.
Die Sendung war von Wissenschaftlern gemacht. Sie war voller Fakten und Gefühle, zwei Dinge, auf die Dell gut verzichten konnte.
Die einzige Sorte Tierfilm, die Dell tatsächlich bis zum Ende durchstand, war die, in der grimmige Raubtiere über großäugige Fellbündel herfielen.
Er mochte, wenn das Fellbündel es kommen sah.
Eine zünftige Jagd mit ein paar Fehlversuchen machte das Ganze noch ein bisschen spannender.

Ein männlicher Sprecher mit einer tiefen, heiseren (beinahe bösen) Stimme bereitete das Schlachtfeld. Die Musik schwoll an.
Und dann *Bamm!*.
Erledigt.
In der Madagaskar-Doku gab es nichts dergleichen. Es ging um eine Gruppe von Affen, die wie Eichhörnchen in Waschbär-Kostümen aussahen.
Es gab überhaupt nichts Spannendes in diesem Film und Dell war, seit er nach Bakersfield gekommen war, viele Male dabei eingeschlafen.
Er konnte sich nicht an eine einzige Einzelheit aus diesem Film erinnern, außer an das, was er am Ende ihrer ersten Sitzung zu Willow gesagt hatte:
»Die Lemurenweibchen führen das Rudel.«

Als sie ihre Sachen nahm und still durch die Tür ging, fiel Dell auf, dass seine haarigen Hände irgendwie zitterten.
So einem Kind war er noch nie begegnet.
Schnell rief er das elektronische Formular auf, das er nach jedem Termin mit einem Schüler auszufüllen hatte.
Aber zum ersten Mal, seit das System der vier Kategorien des Seltsamen in Betrieb war, machte Dell Duke keinen Gebrauch davon und kramte Dickie Winklemans drei Bewertungskriterien hervor:

Aktivität
Geduld
Konzentration

Willow konnte sich konzentrieren.
Sie schien über Geduld zu verfügen (sie hatte ihn die komplette erste Hälfte ihrer Sitzung labern lassen).
Nur ihr Aktivitätslevel konnte er nicht einschätzen.

Dell kopierte einen Absatz aus einer von Dickie Winklemans alten Akten. Es ging darin um einen Kind namens Wesley Nessbetter.
Dell fragte sich, ob es Wesleys Problem gewesen war, dass sein Nachname wie »Bettnässer« klang. So was konnte einen bestimmt aus der Bahn werfen.
In der Akte stand, dass Wesley normal wirke, aber eine eingehendere Untersuchung wegen möglicher Angststörungen nötig sei.
In Wahrheit wusste Dell, dass die Zwölfjährige mit den großen Augen (die ihm beim Rausgehen geraten hatte, seinen Blutdruck überprüfen zu lassen) alles andere als normal war.
Und zum ersten Mal in seinem Berufsleben war er nicht bloß motiviert.
Er war geradezu inspiriert.
Dell musste seinem System eine neue Kategorie hinzufügen.
Er musste den Farbkreis auf seinem Computer aufrufen und einen irgendwie metallischen Ton für dieses Mädchen finden.
Einen, der hervorstach wie auslaufende Goldtinte.
Denn Dell Duke glaubte, eine neue Kategorie des Seltsamen entdeckt zu haben:
GENIE.

KAPITEL 8

Seit man mich aus Mrs. Kleinsassers Klasse geholt und ins Büro der Direktorin geschickt hatte, behandelten mich Lehrer und Schüler anders.

Ein paar meiner Klassenkameraden hielten mich jetzt für eine Art Gauner und wollten Mustertests bei mir erstehen.

Ein Achtklässler, dem schon ein Bart wuchs, verlangte meine Hausaufgaben von letztem Dienstag.

Ich war derart überrascht, dass ich ihm meinen ganzen Hefter gab, den ich später oben auf dem Mülleimer neben der Jungentoilette in der Nähe der Turnhalle fand.

Der Achtklässler hatte eine halbe Packung Minzpastillen im Hefter gelassen, aber das war, glaube ich, kein Geschenk, sondern ein Versehen.

Zu meinem Erstaunen freute ich mich auf den langen Spaziergang von der Sequoia Middle School bis zu den Büros der Bezirksschulverwaltung, wo mein zweites Treffen mit Mr. Dell Duke anstand.

Das Gefühl, einen Termin zu haben, verlieh mir eine neue Zielstrebigkeit.

Selbst wenn es bedeutete, meine Eltern schon wieder anzulügen.

Aber in der zweiten Woche fiel mir das Lügen leichter als in der ersten, was natürlich traurig war.

Ich schloss daraus, dass jegliches Verhalten, ob nun gut oder schlecht, zur Gewohnheit werden konnte.

Das war wahrscheinlich auch der Grund, warum Leute es schafften,

Dixie-Klos zu leeren oder die Qualität von Katzenfutter zu testen, indem sie es allen Ernstes probierten.
Also kramte ich, als es zum Unterrichtsschluss läutete und die Schule explodierte (denn so fühlte es sich an), meine Sachen mit neuem Gusto zusammen. (Ich mag das Wort *Gusto*. Es sollte im Alltag häufiger Verwendung finden.)
Die Schultore flogen auf und die Schüler platzten aus dem Gebäude, als wäre drinnen ein Gefahrenguttransporter umgekippt.
Ich war jetzt Teil von all dem.
Auch ich musste mich beeilen, denn ich hatte eine Verabredung.

Als ich das Büro betrat, merkte ich gleich, dass Dell Duke sich diesmal anders vorbereitet hatte.
Er sah immer noch so aus, als hätte er eine Woche lang in seinen Kleidern geschlafen, aber sein Bart war getrimmt oder doch wenigstens gewaschen.
Und sein ziemlich vollgestopftes Büro war ein bisschen ordentlicher.
Was mich aber zum Lächeln brachte, als ich das Büro betrat, war ein kleiner silberner Rahmen auf dem Beistelltisch hinter seinem Schreibtisch.
Denn in dem Bilderrahmen steckte, wie ein verlorener Verwandter, das Foto eines Lemuren.

Er war nervös.
Er versuchte angestrengt, ein bisschen zu plaudern, aber dann platzte er doch einfach damit heraus:
»Was hältst du davon, den Test noch mal zu schreiben – den aus der Schule?«
Ich folgerte, dass er wegen dieser Idee so nervös war, also machte ich dem ein Ende.
»Ich schreibe ihn gleich sofort, wenn Sie wollen.«
Das machte ihn glücklich.

Er hatte einen Ordner mit verschiedenen Testbögen. Auf einmal war er noch aufgeregter und ich sollte ihm mit der Stoppuhr helfen.
Ich versuchte, ihm zu erklären, dass ich die angesetzten fünfzig Minuten nicht brauchen würde.
Er glaubte mir nicht, bis ich nach vierzehn Minuten mit dem ersten Test fertig war.
Nachdem er ihn korrigiert hatte, nahm ich den nächsten Bogen vom Stapel und erledigte ihn in zwölf Minuten und 7 Sekunden.
Wären die Bedingungen besser gewesen – ein Raum mit ordentlicher Ventilation und dazu ein Glas ungesüßter grüner Eistee –, ich hätte leicht zwei Minuten schneller sein können.
Ich stand auf, um zu gehen, weil meine Gesprächszeit zu Ende war, und Dell Duke lächelte. Ungehinderte Mundexpansion.
Er sagte, dass ich nicht einen einzigen Fehler gemacht hätte, in beiden Tests.
Ich sagte ganz nüchtern:
»Makellos.«
Vielleicht dachte er, wir würden ein Wortspiel spielen, weil er eine Faust machte und dann eine Bewegung, als würde er die Reißleine eines Fallschirms ziehen (obwohl ich das noch nie gemacht hatte, konnte ich mir doch vorstellen, mit welcher Begeisterung man einen Fallschirm öffnen würde).
Dann sagte er viel zu laut:
»Willow Chance!«

Mr. Dell Duke wollte nicht, dass ich eine ganze Woche auf unseren nächsten Termin wartete.
Er meinte, ich solle gleich am nächsten Tag, sobald er wieder im Büro war, wiederkommen.
Er sagte, dass er dann eine Überraschung für mich haben würde. Ich bin noch nie scharf auf Überraschungen gewesen, aber das sagte ich ihm nicht.

Ich hatte geplant, den Rest der Woche mit der Bestimmung des Säuregehalts meiner Gartenerde zu verbringen. Schließlich hatte ich viel Mühe darauf verwendet, den Boden bei einem pH-Wert von 6,5 zu halten. Dennoch versprach ich Dell, morgen wiederzukommen, weil er wegen der Tests so fassungslos war und sonst vielleicht deprimiert gewesen wäre.
Es war durchaus möglich, dass sich sein psychischer Zustand durch meine Besuche verbesserte.

Am Nachmittag darauf war ich fünf Minuten zu früh und wusste gleich, dass etwas anders war.
Die Tür des Trailers stand offen, aber nicht sperrangelweit wie sonst, sondern nur einen Spaltbreit.
Also spähte ich hindurch und entdeckte nicht Dell Duke. Ich sah zwei Körper.
Aber keine toten Körper.
Lebendige.
Ich trat zurück, doch einer der beiden, ein Teenager-Mädchen, hatte mich gesehen.
Und sie sagte:
»Ist okay. Du kannst reinkommen.«
Ich war mir nicht sicher, ob das eine gute Idee war.
Der Raum war vollgestopft, und obwohl es einen freien Stuhl gab, kam ich mir wie ein Eindringling vor.
Aber dann erhob sich das Mädchen und stieß die Tür ganz auf und sagte:
»Wir sind so gut wie weg.«
Ich konnte jetzt sehen, wie sich ein älterer Junge über ein Malheft beugte und konzentriert die vorgegebenen Flächen ausmalte.
Ich habe Malhefte nie verstanden.
Entweder malt man ein Bild oder man malt keins. Aber warum seine Zeit damit verschwenden, anderer Leute Kunstwerke zu kolorieren?

Ich wusste ja, dass Dell Duke auch mit anderen Schülern aus dem Bezirk Termine hatte, aber der Anblick der zwei Jugendlichen verursachte mir Unbehagen.
Das Mädchen sagte plötzlich:
»Mein Bruder geht erst, wenn er mit seiner Aufgabe fertig ist. Tut mir leid. Seine Sitzung war vor zehn Minuten zu Ende.«
Der Junge warf dem Mädchen einen feindseligen Blick zu, kehrte dann aber zu seiner fieberhaften Ausmalerei zurück. Das Mädchen fuhr fort:
»Mr. Duke ist sich ein Wasser holen gegangen. Aber er ist schon eine ganze Weile weg, also glaube ich das nicht.«
Ich nickte, sagte aber nichts.
Ich wunderte mich über das Verdachtsmoment in der Aussage des Mädchens und hoffte jetzt, dass Dell Duke nicht mit einer *Pepsi Light* in der Hand durch die Tür spaziert käme.
Ich nahm mir vor, ein Gespräch über Softdrinks mit ihm zu führen. Sie sind nicht gesund.

Ich war erschöpft, weil ich im Sportunterricht ständig dem Volleyball ausgewichen war, also setzte ich mich auf den einzigen freien Stuhl in Dells Büro.
Ich wollte nicht starren, aber das Teenager-Mädchen neben mir war optisch sehr interessant.
Wie ich war sie ethnisch nicht eindeutig festzulegen.
Auf den ersten Blick hätte sie Afroamerikanerin sein können. Ihre Haut war dunkel; ihr Haar war schimmernd schwarz und ein Wust aus Locken.
Ich hielt meinen Kopf starr geradeaus gerichtet und ganz still, verdrehte aber meine Augen, so weit es nur ging, um das Mädchen besser sehen zu können.
Während ich sie so von der Seite betrachtete, fragte ich mich plötzlich, ob sie nicht vielleicht indianisch war.

Ich interessierte mich sehr für die Kulturen der ersten Amerikaner.
War dieses Mädchen vielleicht vom Stamm der Cahuilla?
Die Cahuilla lebten in Südkalifornien und waren in Bakersfield einmal sehr zahlreich gewesen.
Es war möglich.
Aber nicht wahrscheinlich.
Plötzlich konnte ich mich nicht mehr bremsen. Ich drehte mich zu ihr um und fragte:
»Sprichst du Takic?«

KAPITEL 9
MAI & QUANG-HA

Ein Anführer bringt alle dazu,
in dieselbe Richtung zu schießen.

Nguyen Thi Mai war vierzehn Jahre alt und ging in die neunte Klasse der Condon High School; von da gesehen, wo Willow Chance wohnte, lag ihre Schule genau auf der anderen Seite von Bakersfield. Mai hatte einen Bruder namens Nguyen Quang-ha, der ein Jahr älter war.

Quang-ha war ein Problemkind.

Mai nicht.

Was immer sie tat, tat sie mit Entschlossenheit und Umsicht und diese Eigenschaft machte sie für andere anziehend.

Mai hatte echtes Selbstvertrauen. Oder war, wie sie es selber sah, mit einem starken Willen in eine Welt geboren worden, in der die meisten Menschen wischi-waschi waren.

Weder ließ sie sich von Erwachsenen einschüchtern noch von Fremden, ganz egal, wie alt sie waren.

Mai war nämlich, wie ihre Mutter den Leuten gern in Erinnerung rief, im Jahr des Drachen geboren; und das bedeutete Edelmut und Macht und Kraft.

Seit der zweiten Schulwoche nahmen die Geschwister donnerstagnachmittags den Bus zur Bezirksschulverwaltung, wo Quang-ha einen Termin in Dell Dukes fensterlosem Trailerbüro hatte.

Mai hatte das Busgeld, eine Flasche Wasser und zwei Snacks. Auch wenn sie ein Jahr jünger war als ihr Bruder, war sie schon lange sein Kindermädchen.
Mai wartete, bis Quang-ha mit seiner Sitzung fertig war, und dann fuhren sie zusammen zu *Happy Polish Nails*.
So hieß der Salon, den ihre Mutter führte.

Natürlich wusste Mai, dass sie und ihr Bruder in Bakersfield auffielen.
Ihre Mutter war in Vietnam geboren worden, als Kind eines schwarzen amerikanischen Soldaten. Darum war Mais Mutter, sie hieß Dung, eine Außenseiterin gewesen.
Dann hatte die US-Regierung dem Teenager-Mädchen Dung eine Chance gegeben, sie hatte ihre Heimat verlassen und war, einmal um die halbe Welt, nach Kalifornien gekommen. Nach einigen Jahren hatte sie zwei Kinder bekommen, mit einem Mann, der ursprünglich aus Mexiko stammte (und kurz nach Mais Geburt zu seinem kranken Bruder aufgebrochen und nie wiedergekommen war).
Als Dung erst einmal herausgefunden hatte, was ihr Name auf Englisch bedeutete, hatte sie ihn in Pattie geändert. Doch obwohl sie seit einundzwanzig Jahren in Amerika lebte, bekam sie immer noch an Dung adressierte Post. Ihre Kinder fanden das gar nicht toll.

Dell hatte seine wöchentlichen Beratungstermine (noch mehr als sonst) ignoriert.
Der unter dem Namen Quang-ha bekannten Pest hatte er ein Malbuch in die Hand gedrückt und ihm befohlen, drei Seiten auszumalen.
Dell war einigermaßen überrascht, dass die Aussicht, weiße Flächen mit Buntstiften auszufüllen, den feindseligen Teenager tatsächlich zu begeistern schien.

Ängstlich darauf achtend, dass ihn niemand dabei sah, war Dell dann zu seinem Auto geeilt und losgefahren. Ihm blieben fünfzig Minuten für sein Vorhaben.

Dell Duke kam ohne eine Flasche Wasser, dafür mit einer Transportbox in sein Büro zurück. Seine Stimme klang seltsam rau und schrill, als er sagte:
»Quang-ha, du solltest schon lange fertig sein. Ich hab dir gesagt, du musst um zehn vor vier gehen.«
Quang-ha malte weiter und machte sich nicht mal die Mühe aufzusehen.
Mai und Willow Chance starrten beide auf die gefängniszellenartige Klappe der sandfarbenen Box, hinter der sie eine extrem große orangene Katze sehen konnten.
Dell Duke blieb dabei:
»Du musst jetzt gehen. Mein nächster Termin ist da.«
Quang-ha arbeitete mit dem senffarbenen Buntstift, als würde er für jeden Strich extra bezahlt.
Das hätte Dell nicht überraschen sollen, schließlich war der Junge hier, weil er Anweisungen im Unterricht nicht Folge leistete und Schwierigkeiten mit seiner Selbstbeherrschung hatte.
Aber diesmal sah *Dell* nach Selbstbeherrschungsschwierigkeiten aus. Er lief tiefrot an, stellte die Transportbox auf den Schreibtisch und wurde laut.
»Schluss! Fertig! Kein Ausmalen mehr!«
Willow war wie festgeklebt an ihren Stuhl.
Und dann stand Mai auf. Sie war eine Art wilder Tiger, losgelassen in den luftleeren Raum.
»Wagen Sie nicht, uns anzuschreien! Er hat nichts Falsches getan. Wenn mein Bruder das Bild fertig malen will, dann *malt er es fertig*!«
Sie holte einmal tief Luft und donnerte weiter.
»Er ist zur Beratung gekommen, aber Sie waren die ganze Zeit weg.

Das ist nicht in Ordnung! Sie kommen zu spät zu Ihrem nächsten Termin, mit diesem Mädchen hier. Und *das* ist auch nicht in Ordnung! Und jetzt kommt noch was, an dem Sie zu kauen haben: Ich glaube kaum, dass Tiere auf dem Schulgelände erlaubt sind. Wir könnten Sie deshalb melden!«

KAPITEL 10

Ich spürte meinen Blutdruck steigen.
Aber das war ein gutes Gefühl.
Das exotisch aussehende Mädchen vor mir traute sich was.
Sie schrie Mr. Dell Duke an und der Ton in ihrer Stimme verlangte der Welt Aufmerksamkeit dafür ab, dass sie für ihren Bruder und für mich einstand.
Und es war hier, in diesem winzigen, stickigen Trailer am Rand der glutheißen Asphaltdecke des Parkplatzes der Bezirksschulverwaltung von Bakersfield, dass ich einem beeindruckenden Mädchen begegnete, das mich einzig und allein darin enttäuschte, dass sie nicht die Sprache der größtenteils ausgelöschten Cahuilla-Indianer sprach.
Ich begegnete Mai Ngyuen.

Dell Duke starrte uns an, sagte aber nichts.
Stattdessen zog er sein einziges Kaninchen aus dem Hut, wobei der Hut eine Transportbox und das Kaninchen eine Katze war.
Er schenkte uns allen ein zittriges Lächeln und öffnete die Metallklappe der Plastikbox.
Dann sagte er:
»Das ist mein Kater, Cheddar. Ich dachte, ihr würdet ihn gern kennenlernen.«
Also das war meine Überraschung.
Ich hatte ihm erzählt, dass mein Vater eine Tierhaarallergie hatte, weshalb ich keinen Hund, keine Katze und nicht mal eine Zwergziege haben konnte.
Das war Dell Dukes Versuch, mir zu gefallen. Mich zu binden. Er

brachte seine Katze mit. Es war ungewöhnlich, aber was wäre in diesem Raum und dieser Situation nicht ungewöhnlich gewesen?
Die Katze tat einige (zeitlupenartige) Schritte auf dem Tisch. Ich wusste, dass Katzen sich so lässig verhielten, weil sie nicht bedürftig waren.
Sie rannten nicht los, um jemanden stürmisch zu begrüßen und vor lauter Freude abzuschlabbern.
Sie wollten keine Anerkennung oder Aufmerksamkeit.
Sie apportierten nichts, duckten sich nicht und machten auch keine große Augen, die sagten: »Hab mich bitte lieb.«
Ihr großes Egal war nicht bloß reizvoll, es war geradezu verführerisch.
Denn Katzen schaffen es, dass man immer wieder um sie wirbt.
Wir alle sahen zu, wie Cheddar über den Schreibtisch schlenderte und seinen irre großen Körper an den drei Ein- und Ausgangskörben rieb (in denen Dell dienstlich aussehende Papiere stapelte, die er sehr wahrscheinlich irgendwann einfach ungelesen in den großen Schrank hinter seinem Schreibtisch stopfen würde).
Dann schnupperte der riesige Kater ein paarmal und erklärte den Ort für insgesamt unbefriedigend.
Als wäre gar nichts dabei, sprang er auf den Boden und sauste wie ein leuchtend bunter, bepelzter Fußball aus der Tür.

Wir sahen zu, wie Cheddar auf den Parkplatz schoss, und einen Augenblick später war der fette Kater verschwunden.
Geschlagene siebenunddreißig Minuten lang suchten wir alle unter Autos, hinter Hecken und rund um die Gebäude der Bezirksschulverwaltung nach dem vermissten Cheddar-Brocken.
Aber er war einfach nicht zu finden.
Dell behauptete, sich deshalb schrecklich zu fühlen, aber komischerweise machte es den Eindruck, als fühlten Mai und ich uns viel schlechter.

Schließlich, nachdem wir übereingekommen waren, die Suche abzubrechen, kehrten wir alle in Dells Büro zurück, um einen KATZE-VERMISST-Flyer zu machen.

Dell hatte kein einziges Foto von seinem Kater, was mir auch komisch vorkam, denn nach allem, was ich gelesen hatte, bereitete das Fotografieren ihres Haustiers Haustierbesitzern die allergrößte Freude.
Aber das Problem war gelöst, als Quang-ha eine perfekte Bleistiftzeichnung von Cheddar anfertigte, die dann das zentrale Element unseres KATZE-VERMISST-BITTE-HELFEN-SIE-FINDERLOHN-Flyers wurde.
Dell war dagegen, die Höhe des Finderlohns genau zu beziffern.
Ich dagegen glaubte, dass der ökonomische Anreiz entscheidend sei, insbesondere in einer Konsumgesellschaft.
Aber ich zog es vor, diesen Punkt nicht zu diskutieren.
Wir versammelten uns um den Kopierer im Hauptbüro und sahen gemeinsam zu, wie der Flyer vervielfältigt wurde.
Es war dort, dass es mir gelang, eine neue Empfindung zu identifizieren.
Ich war nie zuvor Teil eines echten Gemeinschaftsprojekts mit älteren Kindern gewesen.
Und obwohl es uns nicht gelungen war, einen vermissten Kater namens Cheddar zu finden, konnte ich doch nicht anders, als es für eine Errungenschaft zu halten, mich dort neben der vierzehn Jahre alten Mai und ihrem mürrischen großen Bruder zu sehen.
Ich versuchte nicht, jemand anderes zu sein als ich selbst, und trotzdem akzeptierten sie mich in ihrer Truppe.
Ich fühlte mich als Mensch.
Anders konnte ich es nicht beschreiben.

Mr. Dell Duke fuhr uns nach Hause.
Er sagte, dass er mich zuerst heimbringen müsse, und ich nahm an, das war deshalb so, weil er es für unangemessen hielt, allein mit einem Kind in seinem Auto zu sein.
Eltern müssen Schülern erst die Erlaubnis erteilen, sich mit jemandem, der für die Bezirksverwaltung arbeitet, außerhalb des Schulgeländes aufzuhalten.
Aber ich wollte keine roten Warnschilder aufstellen, auch wenn Rot meine Signalfarbe ist.
Einen Moment lang verlor ich mich in Gedanken, allerdings nicht in Gedanken über so etwas wie Zellstrukturen.
Ich ertappte mich dabei, mir Mais und Quang-has Zuhause vorzustellen.
Vielleicht lebte dort ja ein chronisch kranker Verwandter mit Interesse an regelmäßigen Untersuchungen durch einen jungen Menschen, der sich sämtliche Beschwerden klaglos anhören und alles peinlich genau notieren würde.
Oder vielleicht hatte das Apartment von Mais Familie eine Dachterrasse mit einem selbst gebauten Observatorium und einem schockierend guten Spiegelteleskop.
Ich saß auf dem Rücksitz und wollte sogleich die wichtigsten Kontaktdaten mit diesem älteren und faszinierenden Mädchen namens Mai austauschen.
In einem Augenblick schierer Fantasie sah ich mich plötzlich aus Dells schmuddeligem Auto steigen, in der Hand eine winzige Phiole mit einer Blutprobe von Mai, um ihr Genom zu sequenzieren.
Denn obwohl mir Mai während unserer Suche nach dem Kater verraten hatte, dass ihre Mutter aus Vietnam stammte, hatte ich die Vorstellung noch immer nicht völlig aufgegeben, dass sie etwas mit dem Stamm der Cahuilla zu tun haben könnte.
Das war eines meiner Geheimnisse. Als ich klein war, hatte ich mir oft vorgestellt, eine Indianerprinzessin zu sein.

Und als ich jetzt aus dem Autofenster die Straße sah, die ich mein Leben lang gekannt hatte, begriff ich, wie wichtig Herkunft war. Selbst wenn man seine eigene nicht kannte.

Ich war voller Energie.
Zu Hause ging ich in die Küche und mixte mir einen Drink aus heißem Wasser, einem Esslöffel Honig (von meinem Bienenstock auf der Terrasse) und einem Esslöffel hausgemachtem Essig (hergestellt aus sauren Äpfeln, braunem Zucker und destilliertem Wasser).
Während ich an dem würzigen Getränk nippte, spürte ich deutlich, dass dieser Tag, trotz der entlaufenen Katze, bisher ein Triumph gewesen war.
Dass ich eine Freundin hatte – obendrein eine, die älter war und auf die High School ging –, würde mir die Tür in eine neue Welt öffnen.
An diesem Nachmittag traf ich eine Entscheidung.
Ich würde alles über entlaufene Katzen und Vietnam lernen.
Es kam mir vor, als wäre ich über eine Mauer gesprungen, gegen die ich viel zu lange bloß angerannt war.

KAPITEL 11

Mai sah zu, wie Willow vom Rücksitz kletterte und ihren Rollkoffer die Einfahrt hinaufzog.

Quang-ha murmelte:

»Irgendjemand sollte ihr sagen, dass sie sich besser einen Rucksack kauft.«

Mai warf ihm einen strengen Blick zu, der ihn sicher zum Schweigen bringen würde.

Das Haus des komischen Mädchens hatte die gleiche Farbe wie das Shrimps-Curry, das ihre Mutter kochte. Es war ein verwegenes Gelb und stach aus der eintönigen Nachbarschaft heraus.

Was Mai aber eigentlich interessierte, lag hinter dem Haus.

Denn dort war es unheimlich grün.

Auf der einen Seite wuchs der Bambus drei Stockwerke hoch. Am anderen Ende des Grundstücks wiegten sich eine hoch aufgeschossene Palme und einige kleinere bläulich silberne Eukalyptusbäume im spätnachmittäglichen Wind.

Wie sie so auf das Haus und die Nachbargrundstücke starrte, kam es Mai vor, als wüchse da ein Dschungel hinter Willows Zuhause.

Keiner sonst hatte so was. Nicht in einer Gegend, die zweihundert Tage im Jahr ohne Regen auskommen musste.

Vielleicht, überlegte sie, hatten die Eltern des Mädchens ja eine Baumschule.

Ihr Bruder schien sich überhaupt nicht für Willow oder ihr Haus zu interessieren, aber Dells Nase klebte fast am Autofenster, als Willow einen Schlüssel aus einer Reißverschlusstasche ihres Rollkoffers zog. Jedes normale Kind hätte sich jetzt umgedreht und gewinkt oder

irgendetwas anderes getan, um den im Wagen Wartenden ein Zeichen zu geben.
Aber Willow schloss einfach die Tür auf, schlüpfte hinein und verschwand in dem Schatten des curryfarbenen Hauses, als wäre sie plötzlich unsichtbar geworden.
Es war faszinierend.
Kaum dass Willow weg war, prügelte Dell den Gang rein und trat so heftig aufs Gaspedal, dass der Ford einen Satz machte wie ein kaputtes Karussell.
Mais Augen wurden schmal, sie fragte sich argwöhnisch: Wollte er sie *so* dringend loswerden?
Interessant.
Sie hatte keine sonderlich gute Meinung von ihm, aber in der zurückliegenden Stunde hatte sie wegen der entlaufenen Katze Mitleid mit ihm gehabt.
Jetzt kehrte sie schnell zu ihrer ursprünglichen Ansicht zurück: In seinem Job war Dell Duke kein Naturtalent.

Nachdem Dell den Problemjungen und seine flammenwerfende Schwester abgesetzt hatte, schlug er den Heimweg ein.
Die Strecke führte ihn unmittelbar an der Bezirksschulverwaltung vorbei und da sah er im südlichsten Winkel des Parkplatzes auch schon Cheddar. Der Kater saß in der immer noch heißen Sonne auf einer früher einmal grünen Mülltonne.
Dell bremste nicht mal, um ihn genauer zu betrachten.
Es gab Ratten auf dem Gelände. Das war eine Tatsache.
Was Dell anging, konnte Cheddar auch hier seinen Beitrag leisten und dabei vielleicht das ein oder andere überflüssige Pfund verlieren.
Dell war im Internet auf ihn gestoßen, alte Leutchen hatten annonciert, dass er ihnen zugelaufen war.
Es war kein Tierheim, also kostete es nicht mal Gebühren. Dell

beanspruchte den Ausreißer einfach für sich und nahm sogar die Transportbox, die die alte Dame ihm anbot.
Sie schien derart beseelt, die Katze und ihren Besitzer zusammengeführt zu haben, dass Dell beinahe ein schlechtes Gewissen gehabt hätte.
Egal, er würde die KATZE-VERMISST-Flyer trotzdem in den Mülleimer stopfen. Er hatte den Kindern versprochen, sie ins Internet zu stellen, aber das hatte er nur getan, damit sie Ruhe gaben. Sie hatten ganz schön Angst um Cheddar gehabt.
Die Flyer lagen auf dem Armaturenbrett über dem Handschuhfach.
Jetzt, während er vor der roten Ampel wartete, musste er zugeben, dass ihn die Zeichnung, zusammen mit Quang-has hingebungsvoller Ausmalarbeit früher am Nachmittag, insgesamt irritierte.
Bisher war der Junge für ihn ein einsamer Wolf.
Er war grün kodiert.
Dass er künstlerisches Talent hatte, war schlicht unwahrscheinlich.
Andererseits hätte jeder, der Cheddars Porträt sah, erkennen können, dass dieses mürrische Kind visuell begabt war.
Dell nahm sich vor, Quang-has Kategorie zu ändern.
Der Junge würde von Grün zu Lila wechseln, zu den Chaoten.
Dell ertappte sich bei der Frage, ob nicht jegliche Kategorisierung zweifelhaft war.
Und das war tatsächlich SELTSAM.

In seinem mit allem möglichen Kram vollgestopften Apartment pellte sich Dell das stinkende Hemd vom Leib und goss sich ein großes Glas Rotwein ein.
Als Nächstes schob er einen gefrorenen, angeblich kalorienreduzierten Hackbraten in die Mikrowelle.
Auf der Packung stand, er reiche für drei Portionen.
Dell versuchte abzunehmen, aber am Ende aß er immer das ganze Ding.

Er umkurvte den sich türmenden Müll und nahm auf einem der Gartenstühle Platz, mit denen er sein Wohnzimmer möbliert hatte. Es war ihm unverständlich, wieso die Leute nicht begriffen, dass eine zünftige Gartenliege viel leichter zu verstellen und doch genauso bequem wie ein richtiges Sofa war.

Die meisten Gartenliegen hatten Räder, und falls einem ein Teller runtergefallen war – und wem passierte das nicht dann und wann? –, ließen sich ihre Kissen einfach abspritzen.

Unter normalen Umständen hätte Dell jetzt den Fernseher eingeschaltet und irgendeine Reality-Show angesehen und wäre, nach dem Hackbraten und genügend Wein, darüber eingeschlafen, üblicherweise mit offenem Mund, der sich dann in eine Art Überlaufrohr für rotstichigen Speichel verwandelte.

Auf herkömmlichem Mobiliar hätte dieser Speichel unweigerlich Flecken verursacht, aber so tropfte er auf das Plastik des Gartenstuhls, was der nächste Vorteil von Gartenmöbeln war.

Stunden später wäre Dell dann aufgewacht und hätte sich durch das Gestrüpp seiner Besitztümer bis in sein Schlafzimmer durchgeschlagen, wo er in seinen Schlafsack gekrochen wäre.

Der Schlafsack war auch ein Teil seines Lifestyles.

Einmal im Jahr brachte er ihn zur chemischen Reinigung. Vergesst Tagesdecken und Laken und Bett- und Kissenbezüge! Das moderne Leben hielt auch ohne Bettenmachen noch genügend Zumutungen bereit.

Aber heute Nacht nickte Dell nicht in einem Pool aus Spucke ein. Er lag in seinem Schlafsack wach, der ihm jetzt nach Braunbär zu riechen schien (ein Mix aus nassem Pelz und totem Laub und leeren Weinflaschen), und dachte an die Geschehnisse des Tages und an das kleine Genie.

KAPITEL 12

Ich hatte einen Plan.

Bisher war ich pünktlich zu meinen Terminen in Mr. Dell Dukes Büro erschienen, aber jetzt, wo ich wusste, dass Mai und ihr Bruder vor mir dran waren, wollte ich vor der Zeit dort sein.

Also ging ich die Woche drauf online und bestellte mir ein Taxi, das mich nach Unterrichtsschluss vor der Schule aufsammeln sollte.

Für mich war das ein tollkühner Akt.

Ich wartete vor einem Schild, auf dem SEQUOIA GIANTS stand, und das Taxi kam genau pünktlich.

Ich hielt das für ein gutes Zeichen.

Ich zog meinen Rollkoffer zur Wagentür, steckte den Kopf durch das offene Fenster und sagte:

»Ich hätte bitte gern Ihre Lizenz und außerdem einen Beleg über die ordnungsgemäße Instandhaltung von Bremsen und Licht gesehen.«

Der Fahrer hieß Jairo Hernandez und war sieben Jahre lang für ein Unternehmen namens *Mexicano Taxi* gefahren.

Ich war nervös, aber er schien genauso nervös zu sein.

Immerhin sah er nicht wie jemand aus, der mich kidnappen und zerstückeln würde.

Nachdem ich seine Papiere (die zu finden ihn einige Muhe kostete) geprüft hatte, kletterte ich auf die Rückbank.

Kaum waren wir losgefahren, griff er nach seinem Telefon und dem Headset und begann, mit jemandem (vielleicht in der Zentrale?) zu sprechen. Seine Stimme war gedämpft.

Es war ihm nicht klar, dass ich fließend Spanisch spreche, da Spanisch die zweite Sprache nach Englisch ist, die ich gelernt habe.

Und hier das, was er ins Mikrofon sagte:
»Erst hab ich gedacht, es ist eine kleine Frau, die zum Flughafen will – sie hatte ja Gepäck dabei. Aber dann, als ich näher komme, seh ich, dass es ein Mädchen ist. Ich sag dir, Mann, das ist so 'ne Art verdeckte Ermittlung. Sie wollte meine ganzen Papiere sehen! Ich wär ja aufs Gas gestiegen und abgehauen, aber sie hatte den Kopf schon im Fenster. Das ist echt heftig, Alter. Wenn sie jetzt schon Kinder einsetzen, um dich zu kontrollieren – was kommt dann als Nächstes?«

Zweierlei.
Ich hatte noch nie in einem Taxi gesessen.
Und ich war noch nie mit einem völlig Fremden Auto gefahren.
Auf einmal war ich ein Entdecker und jemand, der Risiken einging.
Ich spürte, wie mein Herz klopfte. Es fühlte sich gut an. Ein Lächeln breitete sich über mein Gesicht.
Ich war auf dem Weg zu einer neuen Freundin.
Zugegeben, die betreffende Person war zwei Jahre älter als ich und schien Probleme mit der Aggressionsbewältigung zu haben (so wie ihr Bruder Probleme mit Disziplin und Autoritäten hatte).
Aber jeder Wissenschaftler weiß: Kein lebendiges Wesen ist perfekt.

Nachdem wir am Parkplatz der Bezirksschulverwaltung angekommen waren, ich den vereinbarten Fahrpreis entrichtet und ein Trinkgeld von achtzehn Cent gegeben hatte, war ich äußerst zufrieden, denn ich hatte das alles ganz alleine gemacht.
Ich sah Jairo Hernandez fest in die Augen und sagte:
»Lassen Sie nie jemanden tun, was Sie selbst tun können.«
Und dann schlug ich die Autotür zu.
Ich hatte meine eigene Leistung gemeint, aber aus seiner Miene zu schließen, glaubte Jairo Hernandez, ich spräche von ihm.
Als ich um die Ecke bog, sah ich Mai auf der obersten Stufe vor Dells Trailer sitzen.

Vielleicht bildete ich mir das ja nur ein, aber ich hatte den Eindruck, dass sie sich freute, mich zu sehen.
Ich beschleunigte meine Schritte, wobei ich darauf achtete, nicht die Kontrolle über meinen roten Rollkoffer mit 360-Grad-Rotationsmechanismus zu verlieren.
Als ich den Container erreichte, konnte ich ihr endlich sagen, was ich ihr die ganze Woche über hatte sagen wollen:
»*Chị có khoẻ không?*«

Mai zufolge war die Satzmelodie meines Grußes genau richtig.
Ich hatte in den letzten sieben Tagen fünfundachtzig vietnamesische Redewendungen auswendig gelernt und mir dazu einen Großteil der Verbkonjugation angeeignet.
Ich probierte ein bisschen mehr davon an ihr aus.
Mai war schwer beeindruckt – nicht nur, weil ich all das sagen konnte, sondern auch, weil sie einmal zwei Wochen darauf verwendet hatte, der Mutter einer Freundin vier Worte Vietnamesisch beizubringen, ohne dass es am Ende geklappt hätte.
Also, meine Mühe hatte sich ausgezahlt.

Die Zeit raste nur so.
Wir plauderten, erst auf Englisch und dann teilweise auf Vietnamesisch.
Normalerweise fand ich Small Talk langweilig.
Ich bevorzuge »Large Talk«, wobei man auf der Basis von Fakten und Messbarem über Theorien und Konzepte spricht.
Aber ein Gesprächsthema zu finden, fiel uns ganz leicht, denn Mai fragte gleich nach meinem Garten hinter dem Haus.
Die Vegetation dort hatte sie fasziniert.
Ich erzählte ihr von einigen meiner Pflanzen und gab ihr einen kurzen Einblick in das ein oder andere meiner botanischen Hinterhofexperimente.

Und dann waren plötzlich vierzig Minuten vergangen und die Trailertür ging auf und Dell Duke erschien mit Quang-ha an seiner Seite.
Mr. Dell Dukes Augen weiteten sich, als er uns zusammen sah.
Er wollte wissen, wie lange ich schon da sei und worüber wir geredet hätten.
Dell Duke war heute nicht so nett, wie ich erwartet hatte. Ich hatte den Verdacht, er hätte die Geschwister Nguyen am liebsten eine Treppe runtergeschubst.
Mit einem steifen Lächeln sagte er:
»Also gut. Zeit für Willows Sitzung. Auf Wiedersehen, Kinder.«

Ich bestand darauf, die Trailertür offen zu lassen, sodass ich zusehen konnte, wie Mai und Quang-ha in der Ferne verschwanden.
Im letzten Augenblick, kurz bevor die beiden am Ende des Blocks um die Ecke bogen, drehte Mai sich um und winkte in Richtung Trailer.
Drinnen sehen konnte sie mich bestimmt nicht. Aber sie wusste, dass ich da war.
Plötzlich hatte ich einen Kloß im Hals.
Ich hatte eine neue Freundin. Ein Mädchen von der Highschool.
Sie kam mir wie ein Beschützer vor.
Es war wie Magie.

Ich machte es mir in meinem Stuhl bequem und hörte Dell Duke zu.
Er sagte, wir würden zu den Frage-und-Antwort-Spielen zurückkehren.
Diesmal würde er einen Industriezweig nennen und ich würde die projektierten Bilanzgewinne als »lang-« oder »kurzfristig« einschätzen.
Bevor wir anfingen, erklärte ich ihm, dass ich von Wirtschaft nur sehr wenig verstünde.

Tatsächlich halte ich Ökonomie für eine Sozial- und keine harte Wissenschaft und derart schwammiges Zeug interessiert mich nicht, also hatte ich mich bislang davon ferngehalten.

Aber er ging gar nicht darauf ein.

Er hatte sich auf unsere Sitzung vorbereitet und ein Klemmbrett voller hingekritzelter Notizen dabei.

Ich kann Wörter, die auf dem Kopf stehen, ziemlich gut lesen und konnte gleich sehen, dass den Notizen jegliche Gliederung abging. Sie wirkten ziemlich messiehaft, wimmelten von Durchgestrichenem und Pfeilen, die auf jede Menge eingekreiste Stichworte wiesen.

Ich beschloss, das zu ignorieren.

Das Erste, was er sagte, war:

»Pharmazeutische Unternehmen.«

Dell hatte mich angewiesen, mit »hohes Wachstum«, »mittleres Wachstum«, »kein Wachstum« oder »erodierender Markt« zu antworten.

Das war wirklich ein lausiges Spiel.

Ich ging davon aus, dass pharmazeutische Unternehmen wuchsen, weil doch ständig neue Medikamente entwickelt wurden und die Medizin rasante Fortschritte machte.

Das war einfach Fakt.

Also wäre die Antwort »hohes Wachstum« gewesen, insbesondere bei einer alternden Bevölkerung.

Aber ich sagte »erodierender Markt«, denn ich hatte beschlossen, das Umkehrspiel zu spielen.

Nur sagte ich ihm das nicht.

Ich wollte mal sehen, ob er auch aufpasste.

Aber es war traurig. Er kapierte es nicht und rief nicht einmal: »Du spielst ja das Umkehrspiel!«

Er schrieb meinen Müll einfach auf.

Auf dem Heimweg bewertete ich meine Situation.
Mein Leben auf der Sequoia Middle School war bisher eine einzige Enttäuschung gewesen.
Aber auf die neue Schule zu gehen, hatte die Termine bei dem rundköpfigen Sozialbetreuer nach sich gezogen, und das wiederum hatte mir ermöglicht, meine neue Freundin Mai kennenzulernen.
Und die Schule war weniger schlimm, seit ich herausgefunden hatte, dass ich, um vom Sportunterricht befreit zu werden (dem gewalttätigen Volleyball), nur eine Migräne vortäuschen musste.
Ich behauptete einfach, vor Schmerz beinahe zu erblinden, und schon wurde ich ins Krankenzimmer geschickt, um mich hinzulegen.
Ich wusste, dass die Krankenschwester dort, Miss Judi, mich mochte, denn wir sprachen immer über Grippewellen oder über die Wahrscheinlichkeit spontanen Nasenblutens.
Also war ich, als ich über den Citrus Court zu unserem Haus lief, sehr glücklich.

KAPITEL 13
JAIRO HERNANDEZ

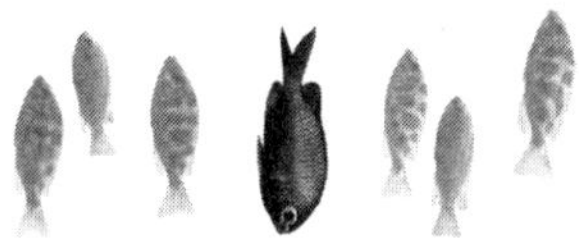

*Ein Pilger ist ein Reisender
mit spirituellem Ziel.*

Jairo sah zu dem Papierkram auf dem Beifahrersitz hinüber. Seine Lizenz. Der Beleg für die letzte Inspektion.
Als er mit dem Taxifahren angefangen hatte, sollte es nur was für den Übergang sein.
Und jetzt waren Jahre vergangen.
Jairo griff nach dem Headset und erklärte der Zentrale, er gehe jetzt in die Pause.
Er fuhr dann gleich zum Bakersfield College, wo er sich eine Broschüre zur Erwachsenenfortbildung besorgte.
Er würde sich über die Ausbildung zum Medizintechniker informieren.
Das Mädchen, das er am Nachmittag aufgegabelt hatte, hatte an seinem fahrbaren Käfig gerüttelt.
Bei ihren Abschiedsworten war ihm klar geworden, dass sie so etwas wie eine Schamanin war:
»Lassen Sie nie jemanden tun, was Sie selbst tun können.«
Sie war ein blinkendes Warnlicht.
Und Jairo achtete auf Zeichen.

Zum ersten Mal in seiner Laufbahn dachte Dell auf der Heimfahrt über seine Arbeit nach.
Das Schicksal hatte ihn Alberta Einstein begegnen lassen und jetzt musste er zusehen, wie er daraus einen Vorteil schlug.
Vielleicht konnte sie ihn cleverer machen?
In jedem Fall sah es so aus, als könne sie seine finanzielle Situation verbessern.
Eines war ganz sicher: Mit ihr war Tempo in sein Leben gekommen!

KAPITEL 14

Eine Woche später ging ich online und bestellte wieder einen Wagen bei *Mexicano Taxi.* Im Kästchen *Kommentare/Bemerkungen* fragte ich nach Jairo Hernandez.

Er war pünktlich und hatte seine Lizenz und seine Inspektionsbelege schon auf dem Beifahrersitz bereitgelegt.

Ich prüfte sie abermals, denn ich bin der Ansicht, dass man gründlich sein muss.

Als Jairo losfuhr, fiel mir zweierlei auf.

Erstens war er gerade beim Friseur gewesen. Die zweite Entdeckung war weit alarmierender.

Weil sein Haar hinten jetzt kürzer war, konnte ich einen Nävus auf seinem Nacken erkennen.

Das heißt, ich sah ein Muttermal.

Aber es war kein normal aussehendes Muttermal. Meiner Einschätzung nach wies es gefährliche Anzeichen auf: Es war asymmetrisch und an den ausgefransten Rändern rot und blau verfärbt.

Nur einer von hundert Säuglingen wird mit Muttermalen geboren. Ich bezweifle, dass die Eltern Spaß daran haben. Wer will schon ein Kind mit Flecken? Aber nahezu alle Muttermale erscheinen bis zum zwanzigsten Lebensjahr.

Und darum bedarf es, wenn ein neues Muttermal erscheint oder sich ein altes verändert, (medizinisch gesprochen) gesteigerter Aufmerksamkeit.

Ich wollte Jairo Hernandez keinen Schrecken einjagen.

Aber es bestand eine realistische Möglichkeit, dass er nichts von diesem böse aussehenden Muttermal wusste, weil es sich schließ-

lich in seinem Nacken befand, wo er es nicht ohne Weiteres sehen konnte.
Während wir also zu meinem Termin mit Mr. Dell Duke durch die Stadt fuhren, fixierte ich dieses Hautproblem.
Und sah mich veranlasst, das Folgende auf eine Karteikarte zu schreiben:

Sie müssen von einem Dermatologen eine Stanzbiopsie des Muttermals (Nävus) auf Ihrem Nacken durchführen lassen. Sollte das Ihre Privatsphäre nicht über Gebühr verletzen, würde ich gern einen Blick auf das pathologische Gutachten werfen. Ich werde nächste Woche zur selben Zeit ein Taxi ordern. Es ist wichtig, nehmen Sie diesen medizinischen Rat also bitte nicht auf die leichte Schulter.

Willow Chance

Ich gab ihm diese Nachricht, als ich aus dem Taxi stieg.

Mai und mir fiel es jetzt leichter, uns auf Vietnamesisch zu unterhalten. Ich hatte Aussprache und Tonfall verbessert, indem ich nachts obsessiv für Diplomaten entwickelte Audiokurse gehört hatte, die man sich im Internet runterladen konnte.
Es war, als hätten wir eine Geheimsprache, denn auf dem Schulgelände sprach außer Quang-ha sonst niemand Vietnamesisch.
Wir spazierten um die Gebäude und den Parkplatz, mit halbem Auge immer noch auf der Suche nach Cheddar, aber eigentlich redeten wir bloß.
Wir interessierten uns beide für Botanik, und ich versuchte, ein bisschen was von dem, was ich wusste, zu erklären, ohne dabei wie der Moderator vom *Discovery Channel* zu klingen.
Wir saßen unter einem der wenigen Bäume vor der Bezirksschulverwaltung, als ich auf Vietnamesisch zu ihr sagte:

»Du bist meine beste Freundin.«
Mai blieb still. Ich wusste, dass sie in der Schule viele Freunde hatte und dass sie ein Mädchen namens Alana für ihre beste Freundin hielt.
Ich war bloß ein Kind, und mir wurde klar, dass ich den Bogen überspannt hatte.
Was für ein Mensch sagte so etwas zu jemandem, den er erst ein paar Wochen kannte?
Also fügte ich hinzu:
»Ich habe die Schule gewechselt und im Moment bist du sozusagen meine einzige Freundin, du hast also gerade nicht besonders viel Konkurrenz.«
Und darüber musste Mai lächeln.

KAPITEL 15
ROBERTA & JIMMY CHANCE

Das Wort Eltern in der amerikanischen Gebärdensprache?
Die Geste für Mom, gefolgt von der Geste für Dad.

Roberta Chance hatte endlich einen Termin bei ihrem Arzt vereinbart.
Es war über ein Jahr her, dass sie eine Delle auf ihrer linken Brust entdeckt hatte.
Sie hatte sich vorgenommen, diese kleine Delle bei der Untersuchung zur Sprache zu bringen, aber Dr. Pedlar bemerkte die Delle, bevor sie überhaupt Gelegenheit dazu hatte.
Kaum dass sie wusste, wie ihr geschah, wurde sie schon zum Bakersfield Imaging Center am anderen Ende der Straße geschickt. Dr. Pedlar wollte, dass sie jetzt sofort hinging.
Es waren nur drei Blocks, also ließ Roberta das Auto stehen und ging zu Fuß.

Die Arzthelferin schien schon zu wissen, dass sie kommen würde, aber sie lächelte nicht, als sie ihr den lavendelfarbenen Kittel reichte.
Sonst lächelte so ziemlich jeder sie an, weil sie eben war, wie sie war.
Erst nach dem Ultraschall, als sie schon wieder ihre Straßenkleider anzog, hatte sie plötzlich das Gefühl, dass etwas nicht stimmte. Das war, als der Arzt sie in sein Büro bat.

War sie denn nicht bereits in seinem Büro?
Meinte er vielleicht den Raum, in dem er seine Buchhaltung machte und sein Mittagessen vom Imbissstand aß?
Roberta folgte Dr. Trocino durch einen engen Flur in einen kleinen Raum mit gerahmten rosa Engeln an der Wand.
Auf dem Schreibtisch stand eine Vase mit Seidenblumen, die vielleicht einmal hübsch ausgesehen hatten, jetzt aber ganz staubig waren und auf der Fensterseite ausgeblichen.
Hier, in einem Polsterstuhl, der sich feucht anfühlte, so als hätte ihn mal jemand vollgepinkelt und das Ding wäre nie wieder richtig getrocknet, verkündete der Arzt ihr die Neuigkeit.
Ihre Delle war ein Tumor.
Der Mund des Arztes bewegte sich und sie konnte hören, was er sagte, aber es bedeutete nichts, denn es passierte nicht ihr.
Und dann stand der Doktor auf und sagte, dass er ihr jetzt etwas Zeit gebe und dass sie ihren Mann anrufen solle.

Jimmy Chance arbeitete mit Baumaschinen. Er und Roberta hatten sich kennengelernt, als beide gleich nach der Highschool den LKW-Führerschein machten.
Roberta war die einzige Frau in den Theorieklassen, aber Jimmy wäre sie auch in einem Raum voller weiblicher Schönheiten aufgefallen, denn sie war offen und selbstbewusst.
Was ihn aber wirklich anzog, war, dass Roberta glücklich war, und das konnte man sehen.
Jetzt, als er das Büro verließ, um sie im Ärztezentrum abzuholen, hatte er das Gefühl, er sei der Kranke.
Was bedeutete das alles? Die Operation müsse sofort stattfinden, hieß es. Ihre Stimme am Telefon war so dumpf.
Das einzige andere Mal, dass Roberta so geklungen hatte, war, als der Mann in der Klinik gesagt hatte, sie könnten keine Kinder bekommen.

Seine Frau hatte genau zehn Minuten gebraucht, um sich für eine Adoption zu entscheiden, und danach war ihre Lebenslust sofort zurückgekehrt.
Es hatte vier Jahre gedauert, bis mit der Adoption alles geregelt war, aber am Ende war alles gut gegangen. Diesmal würde auch alles gut gehen. Es würde eine Lösung geben. Es musste. Seinetwegen. Willows wegen. Ihretwegen.
Ja. Ihretwegen.
Denn für sie würde er alles tun …

Roberta und Jimmy saßen draußen vor dem Ärztezentrum auf einer verdreckten Holzbank.
Sie lehnte sich zurück, und ihr wurde klar, dass sie sich gegen verkrusteten Vogeldreck lehnte.
Bekamen Vögel Krebs?
Jimmy hielt ihre Hand, aber sie blieben beide stumm.
Sie war dankbar dafür.
Es gab so viel zu sagen, aber eigentlich so wenig. Sie beide hatten sich vor langer Zeit mitgeteilt, was ihnen wichtig war.
Roberta lehnte ihren Kopf an seine Schulter, und wie sie da so saßen, stumm, dachte sie nicht an sich selbst. Oder an ihren Mann. Sie dachte an Willow.
Die Liebe, die sie für ihre Tochter empfand, machte es ihr jetzt buchstäblich schwer zu atmen.
Roberta schloss die Augen, um ihre Tränen hinter den Lidern gefangen zu halten. Sie hatte ihre Entscheidung getroffen.
Sie würden es ihr nicht sagen. Willow interessierte sich viel zu sehr für Medizin, um damit klarzukommen.
Sie würden sie einweihen, wenn es vorbei wäre.
Nach gefühlten fünf Minuten – in Wahrheit hatten sie mehr als eine Stunde so verbracht – standen die beiden auf und gingen.
Sie entschieden, Robertas Wagen auf dem Parkplatz am Ende der

Straße stehen zu lassen und Jimmys Pick-up zu nehmen, um zusammen zu seinem nächsten Termin zu fahren.
Bis diese Sache geklärt war, wollten sie jetzt nicht mehr allein sein.
Nie mehr.
Es war später Nachmittag und die Sonne brannte vom Himmel. Gereizte Autofahrer navigierten durch verstopfte Straßen und gaben keinen Zentimeter nach. Jedes Auto kämpfte für sich.
Aber Jimmy und Roberta waren in ihrer eigenen Welt, vorn in ihrem Pick-up. Sie fuhren die Eye Street hinunter und vor ihnen stand die Ampel auf Rot.
Jimmy wurde langsamer, aber bevor er ganz zum Halten kam, sprang die Ampel wieder auf Grün.
Normalerweise hätte er vor der Kreuzung zur Seite gesehen, ob vielleicht jemand käme.
Aber heute nicht.
Nicht jetzt.
Jimmys Hand tastete nach dem Arm seiner Frau und genau in diesem Moment, als sie einander berührten, löste sich die Welt buchstäblich auf.

Es war ein Fahrer vom medizintechnischen Lieferdienst, der sie mitten auf der Kreuzung in die Seite traf. Sein Lieferwagen war voller Sauerstofftanks und er war schon vierzig Minuten zu spät dran.
Der Fahrer sah die Ampel gelb werden und trat aufs Gas, weil er glaubte, noch so gerade unter der umspringenden Ampel durchzugleiten.
Stattdessen rauschte er direkt in einen Pick-up-Truck.
Jimmy starb am Unfallort, wurde aber dennoch in einen Krankenwagen geschoben und mit seiner Frau ins Krankenhaus gebracht.
Roberta hörte drei Stunden später auf dem Operationstisch auf zu atmen.
Der Fahrer lag im Koma.

Das einzige bei dem Zusammenprall nicht zerfetzte oder verbrannte Stück Metall, das vom Unfall übrig blieb, war ein dreieckiges Schild von der Stoßstange des Lieferwagens. Darauf stand in schwarzen Buchstaben:

SICHERHEIT GEHT VOR!
Bewerten Sie mich unter 0-800.
Ich bin Wagen 807.

KAPITEL 16

Mai und ich saßen heute draußen vor dem Trailer auf den Stufen. Als die Tür aufschwang und Dell und Quang-ha erschienen, stand ich auf und folgte Mai die Stufen hinab.

Dells Stirn wurde ganz runzelig.

»Was machst du da?«

Mai schenkte Dell ein krummes Lächeln.

»Willow möchte heute keine Sitzung. Aber vielleicht wollen wir ja alle ein Eis essen. Schokowaffeln wären schön.«

Dell sah aus, als hätte er soeben die Kontrolle über seinen Stuhlgang verloren. Er stotterte:

»Willow h-hat aber einen Termin. D-das ist nicht freiwillig.«

Ich sah in die Ferne. Quang-ha konnte ein Kichern nicht unterdrücken.

Dell wandte sich mir zu.

»Willow, du bist wegen Verhaltensauffälligkeiten hierherbestellt worden. Das ist nicht freiwillig.«

Ich sah ihm ins Gesicht.

»Ich wurde unter falschen Voraussetzungen einbestellt.«

Zum ersten Mal wirkte Quang-ha ernsthaft an den Vorgängen interessiert. Er sagte:

»Wozu braucht sie eine Beratung? Sie hängt mit meiner kleinen Schwester ab, also kann sie kein Problemfall sein.«

Dell schien in Panik zu geraten. Er blubberte los:

»Du – Ich … Wir müssen … darüber heute – «

Mai rettete die Situation. Sie fixierte den Berater (der jetzt komisch mit den Armen schlenkerte, fast so, als wollte er fliegen) und sagte:

»Wir wollen zu *Fosters Freeze*. Sie könnten uns hinfahren. Sie und Willow könnten im Auto reden.«
An Dells Gesicht konnte ich ablesen, wie schockiert er über die Dreistigkeit dieses Teenagers war.
Dann sagte Mai etwas auf Vietnamesisch zu mir und ich antwortete ihr auf Vietnamesisch. Sie sagte, dass sie glaube, unser Plan gehe auf. Ich sagte, dass ich das genauso sehe.
Dell und Quang-ha wirkten beide verblüfft. Ich nehme an, dass sie nicht damit gerechnet hatten, dass wir Vietnamesisch sprechen würden.
Und dann saßen wir auch schon in Dells staubigem Auto und verließen den Parkplatz Richtung *Fosters Freeze.*
Und damit fing alles Neue an …
Denn als ich das Büro der Schulverwaltung hinter mir kleiner werden sah, war ich mir sicher, dass es die alte Dynamik zwischen Dell und Mai und mir nicht mehr gab.
Und das Ende von etwas ist immer der Anfang von etwas Neuem.

KAPITEL 17
ZURÜCK IM JETZT

Nächste lebende Verwandte.

Das ist es, was sie wissen wollen. Nächste lebende Verwandte. Wer redet denn so?

Aber danach fragen sie mich.

Einer der nächsten lebenden Verwandten lebt im *Valiant Village,* wobei es sich um eine Pflegeeinrichtung für Demenzpatienten handelt.

Diese »Verwandte« ist die Mutter meines Vaters.

Meine Großmutter Grace sitzt in einem Stuhl in der Lobby vor einem Kamin, in dem kein Feuer brennt. Sie nimmt dort sogar ihre Mahlzeiten ein. Auf einem Tablett.

Ein Pfleger füttert sie.

G. G.s Ehemann starb an seinem sechsundsechzigsten Geburtstag an einem Herzinfarkt und danach ist sie allmählich aus der Spur geraten.

Sollte ich ihnen das erzählen?

Mein Dad hatte einen Bruder, aber der war älter und hat sich von seiner Familie entfremdet, nachdem er in Übersee einen Job in einer Firma gefunden hatte, die für das Militär arbeitete.

Seit Jahren hatte niemand von ihm gehört; mein Dad wusste nicht mal, ob sein Bruder noch am Leben war.

Ich habe versucht, ihn zu finden, als ich zehn war, und nach allen Informationen, die ich zusammenstückeln konnte, bin ich mir ziemlich sicher, dass er bei einem Unfall, in dem auch eine Frachtmaschine eine Rolle spielte, ums Leben gekommen ist.

Aber das habe ich meinen Eltern nicht erzählt.
Und meine Mutter war ein Einzelkind. Ihre beiden Eltern starben, als sie Ende zwanzig war. Ich bin ihnen nicht einmal begegnet.
Ich habe keine Tanten und Onkel und Cousinen. Diese Sorte Familie sind wir nicht. Wir hatten Pech und viele Krankheiten. Und jetzt das.
Ich kann jetzt nicht denken.
Ich kann mich nicht konzentrieren.
Ich kann nicht atmen.
Nein.
Nein.
Nein.
Nein.
Nein.
Nein.
Nein.
Nach jeder Menge Fragen ist alles, was ich dem Beamten sage, dies:
»Ich habe eine Großmutter, für die jeder Tag ein Dienstag ist.«

Die Schatten werden länger.
Ich sitze auf den Stufen vor dem Haus.
Die Tränen wollen nicht versiegen.
Dabei weine ich fast nie.
Ich bin nicht ich selbst.
Von jetzt an werde ich für immer jemand anderes sein.
Die beiden Menschen, die ich jetzt unbedingt brauche, die beiden Menschen, die diese schreckliche Nachricht zuallererst hören müssten, sind nicht da.
Meine Zähne klappern.
Ich will die Augen schließen und dass alles aufhört.
Es ist mir nicht mehr wichtig, ob mein Herz schlägt oder meine Lungen arbeiten.
Wozu die Mühe?

Mai hockt neben mir und ihre Hand fasst nach meiner Schulter.
Sie macht ein langes, gurrendes Geräusch. Es klingt wirklich wie der lang gezogene Ruf einer Taube. Und es kommt von irgendwo tief drinnen.
Ich versuche, mich ganz auf dieses Geräusch zu konzentrieren.
Es lässt mich, für einen Augenblick nur, an das leise Tschilpen des kleinen Grünbürzel-Papageienbabys denken. Vor Jahren, als es gerade aus dem Nest gefallen war.
Ich drehe mich zu Mai um und sehe, dass sie auch weint.

Die Polizeibeamten telefonieren, Dell Duke steht gleich neben ihren abgewinkelten Ellbogen. Sie telefonieren mit der Polizeistation. Mit dem Sozialdienst. Mit einem Dutzend verschiedener Sozialarbeiter und Behörden. Auf der Suche nach jemandem, der ihnen sagt, was jetzt zu tun ist.
Ich lausche nicht.
Aber ich höre sie.
Ich kann nicht mehr in 7er-Schritten zählen.
Ich höre eine Stimme in meinem Kopf und sie sagt: »Macht, dass das aufhört.«
Das ist alles, was ich weiß.

Die Polizisten fragen sich, ob sie mich in etwas, das »Schutzgewahrsam« heißt, nehmen sollten.
Oder ob sie mich, wenn sie keinen lebenden nächsten Verwandten ausfindig machen können, zu einem Freund der Familie bringen sollen.
Ich muss aufs Klo und dieses Bedürfnis ist immer drängender.
Ich hole den Haustürschlüssel hervor und gebe ihn Mai, die die Tür öffnet.
Als ich eintrete, bin ich mir sicher, dass meine Mutter in der Küche sein wird.

Mein Vater wird aus der Garage kommen und Moms Brille auf der Nase haben.
Das alles ist nur ein großes Missverständnis gewesen.
Aber das Haus ist dunkel und niemand ist da.
Es ist jetzt ein Haus bloß noch für Geister.
Es ist nur ein Museum der Vergangenheit.
Wir
sind
erledigt.

KAPITEL 18

Als Willow schließlich bereit war, ins Haus zu gehen, um die Toilette zu benutzen, folgte Mai ihr.

Drinnen reichte Mai ihr ein nasses, kaltes Handtuch für ihr Gesicht.

In der Küche fand sie in einer Schublade eine große Papiertüte vom Lebensmittelladen. Mai ging durch den Flur bis zu Willows Zimmer, wo sie einen Moment im Türrahmen stehen blieb und starrte.

Es sah überhaupt nicht wie das Zimmer einer Zwölfjährigen aus.

An allen Wänden reichten die Bücherregale bis zur Decke und sie waren voll bis oben hin. Es gab hier mehr zu lesen als in manchen Buchhandlungen.

Genau über dem Schreibtisch (auf dem ein Mikroskop und ein vielfach verkabelter Computer standen) hing eine Pinnwand voller Pflanzenfotos.

Mai ging zum Bett, wo ein roter Schlafanzug ordentlich gefaltet auf einer kaffeefarbenen Decke lag. Sie stopfte ihn in die Papiertüte.

Mai wollte gerade gehen, als ihr das oberste Buch vom Stapel auf Willows Nachttisch ins Auge stach.

Es lag aufgeschlagen auf dem Bauch.

Und am Buchrücken konnte Mai erkennen, dass es fast zu Ende gelesen war.

Sie ging einen Schritt darauf zu und sah, dass es aus der öffentlichen Bibliothek von Bakersfield stammte und *Alles über Vietnam* hieß.

Und das war der Moment, in dem Mai wusste, dass sie Willow mitnehmen würde.

Sie musste lügen.
Sie erzählte der Polizei, dass sie Willow seit vielen Jahren, nicht erst seit Wochen, kennen würde.
Sie sagte, dass ihre Mutter jedes erdenkliche Formular unterschreiben würde, weil die Familien sich wirklich sehr, sehr nahestünden.
Dell Duke widersprach nicht, denn Mai wirkte so überzeugend, dass er ihr die Geschichte beinahe selbst abgenommen hätte.
Quang-ha, entnervt von der Polizei, war die ganze Zeit in Dells Auto sitzen geblieben. Er hatte sich nicht mal gerührt.
Also galt, was Mai sagte.

Als Dell aus der Einfahrt bog, sah er die Nachbarn auf den Bürgersteig treten. Aber Willow, mit geschlossenen Augen auf dem Rücksitz, sah nichts.
Dell fuhr so langsam, wie er je ein Fahrzeug gesteuert hatte, quer durch die Stadt zu dem Nagelstudio, den Streifenwagen hinter sich.
Niemand wusste es, aber sie fuhren über genau die Kreuzung, auf der Jimmy und Roberta Chance verunglückt waren.
Es war immer noch ein Einsatzwagen vor Ort, aber was vom Pickup und dem Lieferwagen übrig war, war schon weggeräumt worden.
Wo es gebrannt hatte, dampfte der Asphalt.
Dells Wagen rollte einfach über die Asche hinweg.

Sie bogen auf den Parkplatz vor *Happy Polish Nails* und Mai öffnete sofort die Wagentür. Sie und Quang-ha schienen ein Wettrennen zu veranstalten, wer zuerst im Laden wäre.
Willow rührte sich nicht.
Dell beschloss, bei ihr zu warten, aber es brachte ihn schier um.
Die richtige Action lief offensichtlich hinter dem großen Spiegelglasfenster mit den violetten, würstchenförmigen Buchstaben:

MAN + PED EURO-STYLE SPEZIAL!
GERN AUCH OHNE TERMIN!

Dell las diese Botschaft wenigstens ein Dutzend Mal und konnte doch keinen Sinn darin finden.

Er musste sich konzentrieren.

Nicht allein waren zwei Menschen tot, es würde auch jede Menge amtliche Berichte geben, aus denen verdammt deutlich hervorgehen würde, dass Mr. Dell Duke mit drei Kindern aus dem Bezirk das Gelände der Schulverwaltung verlassen hatte, um Eis und Pommes zu essen und Ziegen anzuschauen.

So viel zu schlechtem Timing.

Die Polizei war schon involviert, Sozialarbeiter alarmiert.

Es war ein Albtraum.

In vielerlei Hinsicht.

Dell musste jetzt unbedingt professionell wirken und kaum etwas fiel ihm schwerer.

Im Rückspiegel warf er einen Blick auf Willow.

Sie hatte die Lider geschlossen, aber aus ihren Augenwinkeln sickerten immer noch Tränen. In regelmäßigen Abständen rannen sie über ihre dunklen Wangen.

Er wünschte, er könnte ihr irgendetwas Tröstendes sagen. Immerhin war er dafür ausgebildet.

Und so drehte er sich zu ihr um und spuckte es aus:

»Das ist ein großer Verlust.«

Er atmete aus und noch mehr Worte tropften aus ihm heraus wie Apfelmus aus einem Babymund.

»Das mag kein wirklicher Trost sein, aber wahrscheinlich wirst du nie wieder einen so großen Verlust erleiden.«

Dell redete weiter, er konnte einfach nicht aufhören.

»Und das ist doch irgendwie tröstend – zu wissen, dass man das Schlimmste im Leben hinter sich hat. Ich meine, sobald man es dann *wirklich* hinter sich hat. Was natürlich noch eine Weile dauern wird.«

Zu Dells Grauen schien sich ihr Zustand mit jedem seiner Worte zu verschlimmern.

Was redete er da?

Dell räusperte sich, versuchte seine Stimme zu festigen, und sprach sein Schlusswort:

»Denn so ist nun mal das Leben. So was passiert …«

Wow. Hatte er das gerade wirklich gesagt?

Wie viele Kinder brachen wohl zur Schule auf und kamen nach Hause, um zu erfahren, dass ihre beiden Eltern tot sind? Vielleicht geschah so was in Kriegsgebieten wie Somalia oder so. Dort konnte man vielleicht mit einigem Recht sagen: »So was passiert.«

Aber hier?

In Bakersfield?

Völlig idiotisch.

Dell biss auf die Innenseite seiner linken Wange, bis er Blut schmeckte.

Das war nötig, damit er die Klappe hielt.

KAPITEL 19
PATTIE NGUYEN

Ein Anführer organisiert seine Leute,
ob sie es nun merken oder nicht.

Es war ein ruhiger Nachmittag im Salon und Pattie machte Inventur, was nicht gerade ihre Lieblingsbeschäftigung war.
Aber es musste gemacht werden. Beinahe täglich verschwanden Fläschchen mit Nagellack. Sie war sich sicher, dass sowohl ihre Mitarbeiterinnen als auch Kundinnen sie einsteckten, es war deshalb unerlässlich, den Überblick zu behalten.
Als Kleinunternehmer hatte man auch auf solche Kleinigkeiten zu achten, selbst wenn man den Nagellack en gros kaufte und pro Stück nur neunundsechzig Cent bezahlte.
Das war eines der Geheimnisse des Erfolgs: auf die großen *und* auf die kleinen Dinge zu achten.
Oder, in Patties Fall: auf alles zu achten.
Sie wünschte sich, all ihre Kundinnen würden einfach rote Nägel wollen. Rot brachte Glück.
Aber Pattie hatte in den kleinen gedrungenen Fläschchen über hundert Farbtöne zu bieten.
Sie stellte ein Feuerrot zurück und griff nach einem Pfauenblau, einem neuen Farbton, der sehr beliebt war, aber kein Glück brachte.
Das enervierende Blau in der Rechten haltend, sah sie durch das Schaufenster plötzlich ein staubiges Auto auf den Parkplatz biegen.
Unmittelbar dahinter ein Polizeiwagen.

Nicht gut.
Wenn sie das *rote* Fläschchen in der Hand behalten hätte, wäre das vielleicht nicht geschehen. Sie wusste, dass das nicht logisch war, aber trotzdem.
Und dann, während ihr Puls sich beschleunigte, konnte sie sehen, wie ihre Kinder aus dem dreckigen Ford kletterten und auf den Salon zuliefen.
Wirklich nicht gut.
Pattie ließ das blaue Fläschchen direkt in den Mülleimer plumpsen. Sie würde dieses unselige Pfauenblau nicht länger führen.
Gleich in der ersten Schulwoche hatte Quang-ha den Unterricht geschwänzt und sich mit den Lehrern gestritten. Er lief Gefahr, von der Schule zu fliegen.
Pattie hatte den Rektor gebeten, ihn zu einem Berater zu schicken. Es war ihre feste Überzeugung, dass ihr Sohn jetzt eine Autoritätsperson brauchte, die ihn zurück auf den Pfad der Tugend scheuchte.
Aber doch nicht so eine Autoritätsperson!
Doch nicht die Polizei.
Und dann, bevor sie überhaupt spekulieren konnte, was er diesmal angestellt hatte, waren ihre Kinder schon im Salon und redeten gleichzeitig los.

Quang-ha wollte seiner Mutter unbedingt sagen, dass Mai gelogen hatte.
Das war ihm auf einmal schrecklich wichtig, denn damit stand es zwischen den Geschwistern wieder unentschieden.
Plötzlich war er nicht mehr der Einzige, der gegenüber Autoritäten die Wahrheit verdrehte.
Aber Mai mit ihrem Schnellfeuer-Vietnamesisch übertönte ihn.
Es ging hier nicht ums Lügen.
Es ging um einen Autounfall und ein Mädchen, das seine Eltern verloren hatte. Alles anders war Mai egal.

Quang-ha erklärte, dass sie das Mädchen nicht einmal kannten. Sich einzumischen bringe sowieso nur Ärger.
Pattie versuchte, die Sache zu durchdringen, aber es dauerte nicht lang und schon standen gleich beide Polizeibeamte vor ihr, wild entschlossen, eine Lawine von Fragen über ihr niedergehen zu lassen.

Bevor sie dazu kamen, nahm Mai ihre Mutter bei der Hand und zog sie zur Tür. Pattie folgte ihr, an den beiden Polizisten vorbei.
Mai führte sie direkt zu Dells Wagen, wo sie stumm eine der hinteren Türen aufmachte, sodass ihre Mutter Willow ins Gesicht sehen konnte.
Pattie sah Trauer.
Ihre Augen erblickten eine Version ihres jüngeren Selbst und so vieler anderer vietnamesischer Kinder, die ohne Eltern aufgewachsen waren; manche von ihnen waren aufgrund ihrer ethnischen Zugehörigkeit verlassen worden, andere das Opfer familiärer Tragödien geworden.
Sie breitete ihre Arme aus, so weit sie konnte.

Nachdem Pattie Nguyen sämtliche Papiere unterschrieben hatte, die sie für die nächsten vierundzwanzig Stunden zu Willows Rechtsvertreterin erklärten, setzte der Polizeiwagen wie ein Fluchtauto vom Parkplatz zurück.
Übrig blieb Dell Duke.
Er wollte jetzt auch mit nach Hause genommen werden. Mittlerweile gehörte er doch dazu.
Doch Pattie beachtete ihn gar nicht, während sie das Nagelstudio vorzeitig dichtmachte und den beiden Handpflegerinnen in Vietnamesisch Anweisungen zubellte.
Dell hing an der Kasse herum, um Wichtigkeit bemüht.
Es funktionierte nicht.
Obwohl Pattie mit ihren eins fünfzig nicht mal annähernd an seine

eins fünfundsiebzig heranreichte, schob sie ihn unweigerlich Richtung Tür.
»Wir reden morgen.«
Sie sagte das mehr als einmal und dann plötzlich hatte sie ihn am rechten Ellbogen gepackt und buchstäblich nach draußen geführt.
Dell gelang es noch zu sagen:
»Ich sollte mir Ihre Privatnummer aufschreiben. Ich meine, sie steht in Quang-has Akte, im Büro, aber ich …«
Entweder hörte Pattie nicht zu oder es scherte sie nicht.
Nun da sie Dell hinaus auf den Bürgersteig befördert hatte, zog sie einen schweren Schlüsselbund hervor und kehrte in den Salon zurück, wo sie die Tür von innen zu verriegeln begann.
Dell war auf der falschen Seite der dicken Glasscheibe. Aber er machte weiter, als stünde er noch im Raum, erhob seine Stimme und sagte:
»Also dann. Ich sollte jetzt mal. Das werde ich. Jetzt. Langer Tag. Für uns alle …«
Er reckte den Hals, um einen besseren Blick auf Willow zu bekommen, aber sie war ganz zusammengekrümmt und halb von Mai verdeckt.
Er hatte ihr nicht mal auf Wiedersehen gesagt.
Dann schaltete Pattie die grellen Leuchtstoffröhren aus.
Das Türglas war getönt, was drinnen geschah, war nun kaum noch zu erkennen.
Dell ging zu seinem Wagen. Als er über die Schulter zurückschaute, war es ganz dunkel im Nagelstudio. Sie mussten sich durch eine Hintertür auf den Weg nach Hause gemacht haben.
Er überlegte, ihrem davonfahrenden Wagen zu folgen, aber auf einmal spürte er das ganze Gewicht dessen, was geschehen war, der Schrecken der Ereignisse traf ihn mit voller Wucht.
Dell setzte sich in seinen Ford, steckte den Schlüssel ins Zündschloss und brach in Tränen aus.

Seine Nackenmuskulatur schien nachzugeben, und wie er so schluchzte, sank sein Kopf nach vorn und schlug auf das Lenkrad. Und in diesem Moment ging die Hupe los und versetzte ihn und die Welt um ihn herum schlagartig in ein neues Bewusstsein.

KAPITEL 20

Ich habe diese Frau noch nie gesehen.
Aber ihre Arme halten mich.
Ganz fest.
Diese Frau ist so stark, dass man erst denkt, ihre Umarmung würde einem die Luft nehmen.
Aber stattdessen füllen sich meine Lungen zum ersten Mal, seit ich weiß, was geschehen ist, wieder mit Atem.

Sie wohnen hinter dem Nagelstudio in einer Garage.
Es ist eine richtige Garage, keine, die irgendwie umgebaut wäre.
Man könnte die Sachen rausräumen und ein Auto reinfahren.
Es gibt kein Badezimmer.
Man muss ins Nagelstudio gehen, wo es eine Toilette gibt und eine winzige Dusche aus schimmeligem Kunststoff.
Sie finden es nicht seltsam, in einer Garage zu wohnen.
Sie sind es gewohnt.
Die Garage hat nur ein einziges Fenster, und das sieht nicht so aus, als wäre es original.
Ich bin sicher, dass jemand bloß ein Loch in die ungedämmte Gips-auf-Sperrholz-Wand geschnitten hat.
Auf dem Sims des hineingeschmuggelten Fensters steht ein altertümlich wirkendes Klimagerät und das Glas darüber ist mit einem Stück Stoff dekoriert.
Auf der Sonnenseite ist das Material völlig verblichen, und was immer da an Muster war, ist weg. Versengt.
Trotz des Klimageräts ist es unheimlich heiß in der Garage.

Selbst wenn das Gerät voll aufgedreht ist.
Matten bedecken den aufgeplatzten Betonboden, es sieht aus wie eine irre Patchworkdecke aus gefärbtem Rattan und geflochtenen Plastikstreifen.
In einer Ecke drängen sich eine große Matratze und ein schmales Klappbett. Das ist der Schlafbereich.
Der übrige Platz wird von einem großen Metalltisch eingenommen, auf dem eine Kochplatte und eine Mikrowelle neben Dosen mit Bambussprossen und Wasserkastanien stehen.
Eine Ansammlung von Töpfen hängt an Haken von den Balken, neben Schöpfkellen, Kochsieben und großen Packungen Frühstücksflocken, die es nur bei *Costco* gibt.
Mom kauft die auch.
Die bloße Tatsache bringt meinen Herzschlag ins Stolpern.
Von einem kleinen Kühlschrank führt ein Kabel zu einem Mehrfachstecker, an dem sechs weitere Elektrogeräte hängen, alles hängt an einer einzigen Steckdose.
Ich weiß genau, dass das ein Sicherheitsrisiko ist.
Und dann schweifen meine Gedanken ab.
Vielleicht wäre es besser, wenn die Garage in Brand geriete.
Wenn ich allein hier wäre.
Denn wenn ich in eine Feuersbrunst geriete, verursacht etwa durch eine Leitungsüberlastung, dann würde der sengende Schmerz, meine Eltern verloren zu haben, ja mit mir in Rauch aufgehen.
Dann wäre ich erlöst.
Dann wäre ich frei.

Mai möchte wissen, ob ich mich hinlegen will.
Aber ich kann nicht sprechen.
In keiner Sprache.
Pattie macht eine wolkenweiße Suppe, in der grüne Zwiebelringe treiben.

Und dann ist da auf einmal eine Platte mit geschnetzeltem Schweinefleisch, die wie aus dem Nichts auftaucht.
Dysphagie lautet der medizinische Fachbegriff, wenn man nicht schlucken kann, und ich weiß, dass es zwei unterschiedliche Dysphagien gibt: oropharyngeal und ösophageal.
Aber vielleicht gibt es auch noch eine dritte Sorte Dysphagie, die auftritt, wenn einem das Herz bricht.
Ich kann nicht schlucken, weil ich diese Sorte habe.
Mai sagt zu ihrem Bruder, er solle mal nach draußen gehen. Er faucht sie bloß an. In Vietnamesisch sagt er: »Warum willst du mir immer vorschreiben, was ich zu tun habe? Das ist nicht okay.« Er lässt sich Zeit, aber am Ende geht er.
Nachdem Quang-ha verschwunden ist, helfen mir Pattie und Mai aus meinen Schuhen und der weiten Hose. Sie ziehen mir meinen roten Schlafanzug an. Ich habe keine Ahnung, wie der hierherkommt.
Ich kriege mein Essen immer noch nicht runter.
Und das nicht bloß, weil ich Vegetarier bin.
Mais Mutter gießt ein bisschen Suppe in einen Kaffeebecher und hält ihn mir an die Lippen. Es ist, als fütterte man einen Babyvogel. Winzig kleine Schlückchen. Ich weiß, wie anstrengend das ist, denn ich war selbst mal eine Papageienmutter. Und so nehme ich kleine, salzig schmeckende Schlucke, als würde ich jemandes Tränen trinken. Und dann zündet Pattie einige Räucherstäbchen in Form einer Triangel an und legt sie auf ein rotes Tablett. Ihre Augen schimmern und sie senkt den Kopf und nimmt meine Hand und wir beide weinen. Mai lehnt sich an ihre Mutter und zum ersten Mal in meinem Leben setzt mein Gedächtnis aus. Ich weiß, dass ich mich an nichts aus dieser Nacht erinnern werde, weil ich mit aller Kraft versuchen will, nie mehr an sie zu denken.
Und ich werde diese Schlacht gewinnen.

KAPITEL 21

Quang-ha war wütend.

Das war sein Normalzustand. Aber dieser frische Zorn ging tiefer als seine üblichen Ausbrüche.

Schließlich hatte er sowieso schon keine Privatsphäre. Er schlief eingezwängt zwischen seiner Schwester und seiner Mutter. Welchen Unterschied machte es da, dass er sein eigenes Klappbett hatte? Sie lebten in einem einzigen Zimmer und das war eine Garage – und jetzt ließen sie das jemanden sehen und, noch schlimmer, daran teilhaben.

Das war einfach zu viel.

Das fremde Mädchen war nicht ganz normal. Konnte das nicht jeder sehen?

Man musste doch nur ihre Klamotten angucken und ihre Haare und ihre Brille und ihren Koffer mit den Rollen. Man musste doch nur ihren Flüsterton hören und ihr Lachen, das klang, als würde jemand ersticken.

Mal ehrlich – sie sprach Vietnamesisch! Was sollte denn *das*?

Womöglich war sie so eine Art Spion oder doch wenigstens ein totaler Nerd. Eine Sprache lernte man doch nur, wenn jemand sie einem in den Rachen stopfte – wie alles andere im Leben. Er würde kein Mitleid mit ihr haben, bloß weil ihre Eltern bei einem Autounfall gestorben waren.

Okay, vielleicht hatte er Mitleid mit ihr gehabt, als er zum ersten Mal davon hörte und sie zittern sah, aber jetzt nicht mehr.

Keine Chance.

Lieber hatte er Mitleid mit sich selbst.

Er hatte ja nicht darum gebeten, geboren zu werden. Er hatte nicht darum gebeten, dass sein Vater in einem Auto wegfuhr und nie wiederkam.

Er hatte nicht darum gebeten, dass verdammt noch mal alles in seinem Leben nach Nagellack stank. Seine Kleider und sogar seine Schuhe rochen nach Chemie.

Und noch etwas, was ihn wahnsinnig machte: Er schlief in Unterwäsche – wie sollte das jetzt gehen?

Auf der Unterwäsche waren kleine Roboter. Wie bei einem kleinen Kind. Und er ging zur Highschool!

Seine Mutter schien nie zu wissen, was cool und was für Idioten war, denn außer für Sonderangebote interessierte sie sich für gar nichts.

Tja, jetzt würde er in seiner Hose schlafen müssen, denn diesem Mädchen würde er ganz bestimmt nicht seine Roboter zeigen.

Und das hasste er, weil sich seine Hosenbeine immer verdrehten, was es nahezu unmöglich machte, sich auf die Seite zu legen und die Beine anzuwinkeln, was aber die mit Abstand bequemste Schlafposition war.

Als wäre es nicht schon schlimm genug, auf einem Klappbett in einer Garage auf der falschen Seite von Bakersfield zu schlafen.

Am nächsten Morgen erklärte Willow, dass sie nicht zur Schule gehen würde. Sie sagte nicht »nie mehr«, aber für Mai hörte es sich so an.

Willow klang ziemlich entschlossen.

Quang-ha startete gleich den Versuch, der Highschool-Ausbildung ebenfalls zu entrinnen, aber der blieb vergeblich.

Und so nahmen Quang-ha und Mai ihre Sachen und liefen über die schon aufgeheizte Straße. Mai hatte Willow versprochen, nach Schulschluss gleich nach Hause zu kommen.

Pattie hatte eine Telefonnummer des *Kern County Department of Children's Services* bekommen. Sie sollte da gleich in der Früh an-

rufen, denn Willow würde vorübergehend einem Sozialarbeiter zugeteilt werden.
Pattie ging davon aus, dass schon bald Verwandte oder Freunde in die Stadt kommen und Willows Betreuung übernehmen würden.
In jedem Leben gab es ein Netz.
Pattie hoffte bloß, dass die Menschen, die dann für das sonderbare kleine Mädchen mit den dunklen, feuchten Augen zuständig sein würden, ihre Sache gut machten.

KAPITEL 22

Ich will die Sonne ausschalten und in Dunkelheit leben.

Ich wache auf einer Matratze auf, die auf dem Fußboden der Garage hinter dem Nagelstudio von Mais Mutter liegt.

Im ersten Moment, der mir wie eine sehr lange Zeit vorkommt, habe ich keinen blassen Schimmer, wo ich bin.

Ich hoffe, ich träume.

Ich träume nicht.

Gestern ist Wirklichkeit.

Diese Last drückt mich mit einer Kraft zu Boden, die die der Schwerkraft übersteigt.

Sie erdrückt mich.

Ich bin zwölf und habe schon zweimal meine Eltern verloren.

Wenn man die Wahrscheinlichkeit berechnet, bei seiner Geburt zur Adoption freigegeben zu werden und 147 Monate und 7 Tage später ein weiteres komplettes Elternpaar zu verlieren, bin ich am äußersten Rand der Kurve.

Ich bin das eine Prozent des einen Prozents.

Ich kann immer noch herumlaufen und atmen, aber viel Sinn macht es nicht.

Es ist bloß etwas, was mein Körper tut.

Ich gehe nicht zurück in die Schule.

Man muss nicht sonderlich viele Tierfilme gesehen haben, um zu wissen, dass die Herde keine einsamen Nachzügler akzeptiert.

Und mit der Ausnahme von Margaret Z. Buckle hat mich die Herde sowieso nie akzeptiert, also verliere ich nicht viel.

Es gibt bloß einen Menschen, den ich vermissen werde: Miss Judi.
Die Schulkrankenschwester.
Sie hat mehr von mir gesehen als jeder Schüler und wir hatten beide eine Schwäche für die Bekämpfung von Keimen.
Ich wünsche ihr alles Gute.

Ich sitze hinten im Salon, gleich neben dem Abstellraum.
Ich habe einen Möbelüberzug gefunden und ihn ausgebreitet, sodass ich eine Ecke für mich habe.
Ich wäre lieber in der Garage geblieben, weil es da dunkel ist, aber Pattie hat darauf bestanden, dass ich mich nur an Stellen aufhalte, wo sie mich sehen kann.
Ich wollte nicht streiten.
Ich kenne diese Frau kaum.
Ich hatte kein Gesund-in-den-Tag-Frühstück, aber nicht, weil sie hier noch nie davon gehört haben, sondern weil ich immer noch schlecht schlucken kann.

Ich habe eine Sozialarbeiterin.
Pattie Nguyen teilt mir das mit, kaum dass sie aufgelegt hat.
Ich bitte um Stift und Papier. Zwei der Handpflegerinnen erscheinen. Ich nehme sie kaum wahr.
Ich beschließe, meine Gedanken zu notieren. Aber nicht die richtigen. Ich kann nicht aufschreiben, dass ich eigentlich nur schreien will, so laut ich kann, bis mein Hals platzt.
Also mache ich eine Liste.
Ich versuche, mich darauf zu konzentrieren.
Eine Stunde später kommt eine Frau in den Salon.
Aber sie will keine Maniküre.
Ihre Haltung legt den Verdacht auf Schmerzen in der Lendenwirbelsäule nahe. Wahrscheinlich verbringt sie viel zu viel Zeit in sitzender Position. Und hat nicht genug Kraft im Abdomen.

Ich könnte ihr das sagen, aber mir liegt überhaupt nichts daran.
Jeder, das ist mir jetzt klar, lebt in einer Welt aus Schmerzen. Aber ich bin sicher, dass meine größer sind als ihre.
Die Frau mit dem schlimmen Rücken spricht vorne mit Pattie.
Ich habe keine Ahnung, wie lange das so geht.
Mit dem Zählen und Messen von irgendwelchen Dingen bin ich fertig.
Ich höre nur Bruchstücke ihres Gesprächs.
Auch wenn es sich um mich dreht, spielt es keine Rolle.
Nichts, was sie da bereden, wird die grundlegende Tatsache meines Lebens ändern, die so niederschmetternd ist, dass ich keine Worte dafür habe.
Ich höre, wie die Frau Pattie erklärt, dass sie schon »viele solcher Fälle« betreut habe.
Das scheint mir nicht zutreffend zu sein.
Denn wie viele Zwölfjährige in Bakersfield verlieren an einem Nachmittag beide Elternteile?
Ich höre auch, wie die Frau erklärt, dass das *Jamison-Kinderzentrum* vom Kern County gegründet worden sei, um »bedürftigen Kindern und Jugendlichen in Notfallsituationen Schutz und Obdach und eine sichere, warme und fürsorgliche Umgebung zu geben«.
Das klingt nicht gut.
Nur die Frau redet und Pattie reagiert nicht einmal.
Sie sagt weder »Mmh« noch »Verstehe«.
Sie ist wie ich.
Still.
Ich bewundere es, wenn ein Mensch so ist. Die Fähigkeit, seinen Mund zu halten, ist in der Regel ein Zeichen von Intelligenz.
Introspektion erfordert Reflexion und Analyse.
Kaum möglich, wenn man die ganze Zeit redet.

Schließlich kommen Pattie und die offiziell aussehende Frau nach hinten, dann beugt sich die Frau zu mir herunter und sagt:
»Mein Name ist Lenore Cole, und ich bin hier, um dir zu helfen.«
Ich reiche ihr ein Blatt Papier.
Sie wirkt überrascht, aber strafft sich (mit einer kleinen Grimasse, die meine Diagnose – Schmerzen im Lendenwirbelbereich – bestätigt) und liest:

1. *Meine Eltern haben keine Verwandten, die geeignet wären, meine Vormundschaft zu übernehmen.*
2. *Ich glaube nicht, dass jemand aus dem kleinen Freundeskreis meiner Eltern in der Lage wäre, mich aufzunehmen. Wir gehören keiner Kirche oder irgendeiner anderen Organisation an, die soziale Einrichtungen betreibt.*
3. *Ich möchte nie wieder, zu keinem erdenklichen Zweck, in das Haus in der Citrus Road, in dem ich gelebt habe, zurückkehren. Ich würde gern Haruto Ito anrufen, den Inhaber von Itos Gartenservice, und ihm mitteilen, dass der Garten nun in seiner Verantwortung liegt. Er wird das verstehen.*
4. *Ich hätte gern meinen Computer und meinen Drucker, die sich beide in meinem Zimmer befinden. Es gibt einen großen Schrank, in dem meine medizinischen Karteikarten sind. Ich werde sie brauchen. Ebenso hätte ich gern all meine blauen Notizbücher und meine Kleidung, den Metallkasten unter meinem Bett mit meinen Ersparnissen, das orangene Handtuch aus dem Badezimmer, meinen Luftbefeuchter und mein Exemplar des Atlas der Anatomie von Frank H. Netter und Sharon Colacino. Außerdem meinen grafikfähigen Taschenrechner TI-89 Titanium-Plus, der auf meinem Schreibtisch liegt. Bitte gehen Sie sorgsam damit um.*
5. *Ich möchte, dass alle Bilder von meinen Eltern eingelagert werden, zur späteren Verwendung durch mich.*

6. *Ich möchte in aller Form eine Autopsie sowohl meiner Mom als auch meines Dads beantragen. Ich brauche bitte eine Kopie des Berichts, auch wenn ich ihn zu diesem Zeitpunkt nicht lesen werde.*
7. *Ich hätte bitte gern meine DVD des Films Adaption – Der Orchideen-Dieb. Sie befindet sich im Schrank unter dem Fernseher im Wohnzimmer.*
8. *Ich brauche bitte die Bilder und Notizen von meinem schwarzen Brett in einem Umschlag. Bitte behandeln Sie insbesondere die von den Forscher-Legenden Beverly und Dereck Joubert signierte Fotografie eines Lemuren mit Sorgfalt.*
9. *Ich hätte bitte gern ein Sedativ verschrieben, um mit meinen Angstzuständen zurechtzukommen. Zu einem späteren Zeitpunkt könnte eine Behandlung mit Antidepressiva notwendig werden, dazu allerdings müsste ich ausführliche Einsicht in Studien über ihre Langzeitfolgen bei Teenagern bekommen. Und ich hätte gern ein Multivitaminpräparat speziell für Jugendliche.*
10. *Ich möchte vorläufig im Happy Polish Nails bleiben. Es ist meine Hoffnung, dass die Familie Nguyen dies gestattet und für den Aufwand meiner Betreuung entschädigt wird.*
11. *Ich habe 7 Bücher aus der Bibliothek ausgeliehen. Sie werden zurückgegeben werden müssen. Ich habe noch nie eine Mahngebühr entrichten müssen. Ich will jetzt nicht damit anfangen.*

Hochachtungsvoll,
Willow Chance

Die Frau wirkt von der Klarheit meiner Mitteilungen überrascht. Vielleicht ist dieser angestrengte Gesichtsausdruck bei ihr aber auch ganz normal.
In jedem Fall ist es eine Erleichterung, dass sie nicht lächelt.
Eine Zeit lang, unmessbar jetzt, da nichts mehr quantifiziert werden

kann, versucht mich meine Sozialarbeiterin auf verschiedenste Weise zu überreden, mit ihr zu kommen.
Ich sage nichts.
Und ich bewege nicht einen Muskel, außer um schwach, kaum merklich zu atmen.
Ich weiß, dass das auf manche Menschen verunsichernd wirkt.
Ich kann nicht mehr in 7er-Schritten zählen, aber ich kann unregelmäßige lateinische Verben konjugieren, und das tue ich, solange sie zu mir spricht.
Schließlich, als deutlich geworden ist, dass nichts, was sie sagt, bei mir Wirkung zeigt, deutet die Frau an, dass Zwang eine weitere Alternative sei.
Sie sagt nicht, dass sie mich, wenn nötig, an den Haaren zu ihrem Auto zerren würde.
Aber ich bekomme eine Vorstellung.
Und so habe ich am Ende keine andere Wahl, als mit ihr zu gehen.
Ich bin überrascht, dass es mir derart schwerfällt, Pattie Nguyen auf Wiedersehen zu sagen.
Sie nimmt mich ganz fest in die Arme, und ich wünschte, sie würde nie mehr damit aufhören.
Aber natürlich kann sie das nicht.
Ich sage kein Wort, doch ich nehme an, die Tränen, die mir über die Wangen laufen, sagen genug, denn Pattie dreht sich abrupt um und geht nach hinten. Es ist der schwerste Abschied, den ich je erlebt habe.

Und gestern um diese Zeit kannte ich sie nicht einmal.

KAPITEL 23

Das *Jamison-Kinderzentrum* ist eine Einrichtung zur Unterbringung von Kindern und Jugendlichen in »Notfallsituationen«.
Lenore Cole reicht mir eine Broschüre.
Ich lese sie, aber ich habe das vage Gefühl, dass das hier vor allem ein Ort für Kinder ist, die von ihren Eltern geschlagen worden sind oder nichts Richtiges zu essen bekommen haben, weil ihre Eltern zu beschäftigt damit sind, Drogen zu nehmen oder Sachen zu stehlen.
Als wir vor dem Gebäude vorfahren, lege ich Zeige- und Mittelfinger an meine Carotisarterie genau hinter dem Ohr und messe meinen Puls.
Ich bin fest überzeugt, dass sich mein Herzschlag irgendwo im Gefahrenbereich bewegt.

Wir gehen rein.
Als ich eintrete, merke ich, dass die Türen automatisch verriegeln, wenn sie ins Schloss fallen.
Es gibt Überwachungskameras in jedem Raum.
Wir werden beobachtet.
Es ist ein großer Fehler, hier zu sein.
Plötzlich habe ich Atembeschwerden. Ich kann nicht Luft holen. Und ich kann keine Luft ablassen.
Ich nehme Platz auf einem Polstersofa in Lila und Limone und versuche krampfhaft, meine Lunge in den Griff zu kriegen.
Jemand hat eine Ausgabe der *Bakersfield News Gazette* auf dem elefantenförmigen eisernen Kaffeetisch liegen lassen.

Eine Fotografie nimmt einen Großteil der Titelseite ein.
Die Schlagzeile lautet:

SCHWERER AUTOUNFALL
KOSTET ZWEI MENSCHENLEBEN
Drittes Opfer im Koma

Darunter erkenne ich den Pick-up meines Dads, zerstört und verkohlt. Das Auto ist völlig verkeilt mit einem Wagen vom medizintechnischen Lieferdienst.
Und danach schwindet alles aus meinem Blickfeld.

Ich bin mit dem Kopf auf dem elefantenförmigen Kaffeetisch aufgeschlagen, als ich eine Synkope beziehungsweise eine vorübergehende Bewusstlosigkeit erlitt, besser bekannt als Ohnmacht.
Ja, ich bin umgekippt.
Und dabei schnitt die scharfe Kante vom Rüssel des Dickhäuters genau in meine Glabella.
Plötzlich war überall Blut, denn Schnittverletzungen am Kopf bluten stark.
Ich schwanke hin und her zwischen Ohnmacht und Bewusstsein …
und die Verwirrung tut gut.
Auf einmal wird ständig irgendwas in die Sprechanlage gebrüllt.
Und dann höre ich jemanden sagen, dass das genäht werden müsse, weil der Schnitt tief sei und genau zwischen den Augenbrauen, und wahrscheinlich bleibe eine Narbe.
Ich murmele:
»Meine Glabella …«
Aber das Personal weiß nicht, dass Glabella der Name für die Stelle zwischen den Augenbrauen ist.
Ich höre jemanden flüstern:
»Sie ruft nach Bella.«

Ich schließe wieder die Augen.
So vieles im Leben nervt.
Die Brauenregion des Kopfes ist speziell zum Schutz vor derartigen Verletzungen geformt.
Sie ist aus Knochen und wie die Stoßstange eines Autos dazu gemacht, einen Schlag wegzustecken.
Es ist ein geradezu unwahrscheinlicher Unfall: ohnmächtig zu werden und dabei so zusammenzuklappen, dass einem der ungeahnt gefährliche Rüssel eines Elefantenkaffeetischs die Haut zwischen den Augen aufschlitzt.
Ist mir aber passiert.
Und jetzt fließt Blut.
Mein Blut.
Hämoglobin ist ein eisenhaltiges Protein, das, in trockenem Zustand, siebenundneunzig Prozent jedes roten Blutkörperchens ausmacht.
Ist es hingegen mit Wasser vermischt – was es ist, wenn es durch den menschlichen Körper zirkuliert –, dann sind es nur etwa fünfunddreißig Prozent.
Hämoglobin bindet den Sauerstoff.
Nun, da Jimmy und Roberta Chance nicht mehr da sind, was bindet mich an diese Welt?

Sie werden mich zum *Mercy Hospital* bringen, denn ich bin ein zwölf Jahre altes Mädchen und sie wollen nicht, dass mein Gesicht verunstaltet wird.
Zumindest höre ich das im Foyer jemanden flüstern.
Die Krankenschwester des *Jamison-Kinderzentrums* verbindet den Schnitt und fordert mich auf, die Wunde mit einem Eisbeutel zu kühlen, was ich tue.
Und dann steigen Lenore Cole und ich wieder in ihr Auto und fahren zusammen zum *Mercy Hospital*.

Sie fragt mich gleich zweimal, ob ich noch blute, und ich frage mich, ob sie Angst um ihre Polster hat.
Als Sozialarbeiter kann man es sich natürlich nicht leisten, in einem Auto herumzufahren, an dessen Sitzen getrocknetes Kinderblut klebt.
Sie haben keinen Krankenwagen gerufen, weil die Verletzung nicht danach ist, aber ich hätte nichts dagegen gehabt, in einem zu fahren.

Im Krankenhaus sitze ich im Wartezimmer der Notaufnahme, und es ist nicht viel Scharfsinn vonnöten, um festzustellen, dass es hier anders als im *Jamison* keine sich automatisch verriegelnden Türen und nicht überall Überwachungskameras gibt.
Ich werde mit neun Stichen genäht.
Mein altes Ich hätte um 7 gebeten, denn das war meine Zahl.
Aber der Arzt setzt neun.
Ich sage nichts, als er mir die Zahl der Stiche mitteilt.
Es sieht jetzt so aus, als hätte ich eine Raupe zwischen den Augen.
Aber das ist nicht das Wichtigste, was sich ereignet, nachdem ich über dem ab-jetzt-gefährlichen Elefantenkaffeetisch zusammengebrochen bin.
Denn nachdem ich einen Schluck Wasser getrunken und zum vierten Mal mein Krankenblatt studiert habe, bitte ich darum, auf die Toilette gehen zu dürfen.
Ich erkläre Lenore Cole, ich sei gleich zurück.
Und die Frau glaubt mir.
Ich gehe nicht den Flur hinunter zur Toilette.
Stattdessen fahre ich mit dem Aufzug in den dritten Stock und laufe dann in den anderen Flügel des Krankenhauses hinüber und nehme da die Treppe nach unten zur Cafeteria.
Dort angekommen, frage ich eine gramgebeugte Frau (ich kenne diesen Blick) in einem fusseligen grünen Bademantel und Skistiefeln, ob ich ihr Handy benutzen dürfe.

Sie sagt nicht Ja, aber sie sagt auch nicht Nein.
Und nach einer peinlichen Pause, während derer ich sie bloß anstarre, reicht sie mir ihr Mobilfunkgerät.
Ich wähle die Nummer von *Mexicano Taxi* und frage konkret nach Jairo Hernandez.
Ich kenne seine Lizenznummer und nenne sie dem Fahrdienstleiter.
Ich sage, dass ich bei *Premier Immobilien* an der Ecke Truxton und A Avenue abgeholt werden möchte.
Das ist einen Block vom Krankenhaus entfernt.
Als ich der Frau das Telefon zurückgebe, sehe ich, dass sie ein Armband vom Krankenhaus trägt, also ist sie eine Patientin.
Bevor sich alles in meinem Leben veränderte, hätte ich mich zu ihr gesetzt, um mit ihr über ihren Zustand zu sprechen.
Aber jetzt sage ich nur mit Automatenstimme:
»Schonen Sie sich! Für Ihre Gesundung ist das sehr entscheidend.«
Und weg bin ich.

KAPITEL 24

Jairo bekam es mit der Angst.

Dieses Kind war irgendwie mystisch.

Wie das Mädchen ihm geraten hatte, war er zum Arzt gegangen. Und das Muttermal in seinem Nacken war noch *am selben Morgen* entfernt worden. Jetzt wartete er auf den Befund. Die Biopsie.

Jedenfalls hatte der Doktor ihm deutlich gemacht, dass das hässliche Stück Haut etwas Schlimmes war und entfernt werden musste.

Auf der Arbeit hatte er niemandem davon erzählt. Er trug einen Schal um den Hals, um den Verband zu verbergen.

Er sah hinab auf seine rechte Hand und stellte fest, dass sie zitterte.

Jairo schloss die Augen und murmelte ein Gebet. Das tat er sonst nie. Aber diesmal war es ihm ernst.

Selbst ein Ungläubiger würde da Zuflucht im Glauben suchen.

Jetzt, als er am Bordstein hielt, konnte er sehen, dass das Mädchen einen Unfall gehabt haben musste, denn auf seiner Stirn prangte eine Naht, seine Augen waren geschwollen und rot.

Es sah so aus, als hätte es mächtig viel geweint.

Er wollte wissen, was passiert war.

Hatte ihm jemand wehgetan?

Er spürte, wie sich eine Zorneswelle in ihm türmte. Wenn jemand diesem Mädchen unrecht getan hatte, dann würde der es mit *ihm* zu tun kriegen.

Die zu klein geratene Zwölfjährige stieg in sein Taxi und sagte mit nicht mehr als einem Flüstern, dass sie kein Geld für die Fahrt habe. Sie fragte, ob sie ihm das Geld im Lauf der Woche bringen oder mit der Post schicken könne – was immer ihm besser passe.

Jairo sagte, dass er sie überallhin fahre.
Umsonst.
Sie wollte zur *Beale Memorial Bibliothek*.
Bis dahin waren es bloß ein paar Meilen, aber draußen war es heiß, und sie sagte, sie sei nicht in der Verfassung, irgendwohin zu laufen.
Jairo fragte, ob sie in Ordnung sei, und sie nickte bloß und schloss die Augen.
Er schaltete sein Navi ein und fuhr los. Ihm wurde bewusst, dass er seit elf Jahren in Bakersfield lebte und noch kein einziges Mal in der Bibliothek gewesen war.
Das war ein Fehler.
Die Bibliothek war für die Öffentlichkeit bestimmt und angefüllt mit Wissen.
Am Steuer wurde Jairo klar, dass er nicht länger irren Typen, die sich im Sportsender gegenseitig anschrien, zuhören sollte, sondern dass es an der Zeit war, sich über die wirklich wichtigen Sachen Gedanken zu machen.
Sie leitete ihn.
Das wusste er jetzt.
Ja.
Sie war sein Engel.
Während sie sich ihrem Ziel näherten, warf Jairo einen Blick in den Rückspiegel. Der Geist/Prophet/Prüfer/Engel nagte gerade eine Art Plastikband von seinem Handgelenk.
Ein Krankenhausband?
So sah es aus.
Warum fiel ihm das erst jetzt auf?
Er würde mehr achtgeben müssen.
Auf alles.
Aber besonders auf sein eigenes Leben.
Als sie aus dem Taxi stieg, sagte sie, er höre von ihr.
Er zweifelte nicht daran.

Und dann sah er zu, wie sie auf die Bibliothek zuging.

Im Fond gab es einen Mini-Mülleimer. Jairo griff hinein und zog das Plastikbändchen vom Krankenhaus hervor.

Darauf stand:

Willow Chance. ID-Nummer 080758-7

Für den Rest seines Lebens würden das seine Lottozahlen sein.

KAPITEL 25

Ja, richtig, er arbeite für die Schulbehörde von Bakersfield. Und, also, äh, ja, er habe gehört – besser: *wisse*, dass es einen Unfall gegeben habe, in den die Eltern eines der Kinder, die er betreue, verwickelt gewesen seien.

Er musste sich konzentrieren. Fokussieren. Angst hatte die Eigenart, sein Hirn in Mus zu verwandeln.

Was redete diese Frau da?

»Im Polizeibericht steht, dass Sie sie nach Hause gebracht haben …«

Dell knirschte mit den Zähnen, während er den Unterkiefer vor- und zurückschob, wobei er eine Art Vakuum produzierte, sodass seine Zunge am Gaumendach festklebte.

Er konnte sie gerade lange genug vom Gaumen lösen, um zu sagen:

»Ja, ich habe mit ihr gearbeitet. Ich bin Berater. Es ist einfach tragisch.«

Und dann hörte er:

»Wir hätten Sie gern hier im *Jamison*. Sie könnten sich an der Suche beteiligen.«

Es war, als bräche die Sonne durch einen stürmischen Himmel. Alles um ihn herum änderte seine Farbe und seinen Ton und seine Intensität.

»Suche …?«

Die Stimme antwortete:

»Sie wird vermisst. Sie könnten helfen.«

Vielleicht läuteten da sogar Glocken, irgendwo in der Ferne.

Dell hatte das Gefühl, seine Stimme wäre zwei Oktaven höher.

»Ich *könnte*?«

Dell verließ das Büro, machte einen Umweg von zehn Blocks, um beim Chance-Haus vorbeizufahren, wo einige Dutzend Blumengebinde von Nachbarn und Kollegen welk auf den Eingangsstufen lagen.
Jemand hatte ein Banner gemacht, auf dem stand:

JIMMY UND ROBERTA R. I. P.

Aber der Nachtwind musste das Banner zu fassen gekriegt haben, denn nun lag es im verdörrten Vorgarten des Nachbarn.
Eine Gruppe abgebrannter Votivkerzen kauerte auf dem Bürgersteig, daneben ein halbes Dutzend leerer Bierflaschen.
Wie die Reste einer schlechten Party, dachte Dell.

Den im *Jamison-Kinderzentrum* anwesenden Amtspersonen zufolge – war Dell nun einer von ihnen? Es sah so aus! – hatte Willow Chance keine infrage kommenden Verwandten.
Aber das Kind wurde immer noch vermisst!
Man hatte einen Einsatzwagen zu *Happy Polish Nails* geschickt und da war sie nicht.
Die verantwortliche Frau namens Lenore spielte eine Art Schwarzer Peter, indem sie allen möglichen Leuten unterstellte, Fehler gemacht zu haben.
Er kannte dieses Spiel nur zu gut, hatte er doch selbst seit frühester Kindheit mit dem Finger auf andere gezeigt.
Bist du im Zweifel, keife. Oder klage irgendwen willkürlich an.
Eines in diesem ganzen Durcheinander aber war klar: Man hatte ihn um Hilfe gebeten.
Er konnte seine Macht im Raum spüren. Das war neu für ihn und machte ihn buchstäblich schwindelig.
Was, wenn es ihm gelänge, das Kind tatsächlich zu finden?
Man konzentrierte sich auf die Option Verbrechen. Mögliche Ent-

führer, die vielleicht auf den Bildern der Überwachungskameras zu sehen waren.

Aber tief drinnen wusste Dell, dass die Zwölfjährige keinem Verbrechen zum Opfer gefallen war.

Wahrscheinlicher, als dass irgendein Widerling sie geschnappt hatte, war, dass sie in diesem Augenblick einem Chirurgen bei einer Operation am offenen Herzen assistierte.

Aber Dell ließ sich nicht in die Karten schauen.

Und so, während Lenore und das übrige Personal im Pulk Polizeiberichte prüften und Gespräche mit Krankenhausmitarbeitern beantragten, bat Dell darum, entschuldigt zu werden, und rief die Website des Schulbezirks auf.

Danach fuhr er direkt zu Mais Highschool.

KAPITEL 26

Ich würde am liebsten hier in der *Beale Memorial Bibliothek* leben, wenn das nur irgendwie möglich wäre.

Aber ich bin nicht in dem Kinderbuchklassiker, wo zwei Kinder von zu Hause weglaufen und sich in einem Museum in New York City verstecken.

Ich weiß, dass ich ein Bett brauche, und außerdem möchte ich regelmäßig baden und duschen. Zähneputzen ist äußerst wichtig, und zwar nicht nur, weil es nachweislich eine Verbindung zwischen mangelhafter Mundhygiene und Herzattacken gibt.

Aber als ich durch die Flügeltüren gehe, wünsche ich mir trotzdem, dass es möglich wäre. Weil:

Bücher = Geborgenheit

Für mich wenigstens.

Und Geborgenheit ist etwas aus der Vergangenheit.

Es fällt mir schwer, mich zu konzentrieren, aber ich versuche dennoch, Informationen zum Thema »Verlust eines Elternteils« zu finden.

Ich finde keine Literatur oder empirische Daten, die sich an Kinder richten.

Wäre ich Verleger, würde ich augenblicklich eine Reihe ins Leben rufen, die sich an Kinder richtet, die den Verlust ihrer Mutter oder ihres Vaters bewältigen müssen.

Und ich würde eine komplette Sonderedition für die auflegen, die beide Eltern auf einmal verloren haben.

Doch trotz meiner persönlichen Situation glaube ich nicht, dass die Nachfrage nach einer solchen Sonderedition groß genug wäre.

Auf einem Tisch entdecke ich ein liegen gebliebenes Blatt Papier, und nachdem ich mir am Empfang einen Stift geborgt habe, schreibe ich:

Ich bin der festen Überzeugung, dass die Erfahrung, ein Elternteil zu verlieren, insoweit verallgemeinerbar ist, dass sich ein Erfahrungsaustausch lohnt.
Insbesondere für ein junges Publikum.
Deshalb wäre es wünschenswert, dass mehr Bücher zu diesem Thema geschrieben und veröffentlicht werden.
Bitte leiten Sie diese Aufforderung an die Zuständigen in der Verlagswelt weiter.

Danach falte ich das Blatt und werfe es in den mit *Anregungen* beschrifteten Kasten neben dem Springbrunnen im Erdgeschoss.
Und dann breche ich ins Obergeschoss auf.

Es ist nicht erlaubt, in der Bibliothek zu übernachten.
Ich weiß das, denn ich habe den Mann vom Wachpersonal Leute aufwecken sehen.
Das Verbot hindert die Obdachlosen daran, die Bibliothek zu erobern.
Gerade jetzt habe ich eine überwältigende Sympathie für diese Bevölkerungsgruppe.
Wir sind ein Volk.
Und ich kenne mich aus in diesem Gebäude.
Oben, im äußersten Winkel, stehen große, vergammelte Sessel, die wie Donuts aussehen.
Ich krieche hinter einen roten und lege mich auf den Teppich.

Ich ziehe die Knie an die Brust und nur noch meine Schuhe gucken raus.
Camouflage ist eine Form von Krypsis, das heißt Tarnung.
Die Haut an meinen Beinen ist dunkel und ich trage braune Arbeitsstiefel. Der Teppichbelag hier ist ebenfalls in Beige- und Schokoladentönen gehalten. Man hat ein Muster aus Wirbeln und Punkten gewählt, zweifellos damit man Schmutz nicht so deutlich sieht.
Ich verstecke mich vor aller Augen, was oft die beste Methode ist, um sich zu verbergen.
Und es braucht nur Sekunden, bis ich eingeschlafen bin.

KAPITEL 27

Dell ging ins Sekretariat und bat darum, Mai Nguyen sprechen zu dürfen.

Er zeigte seinen Dienstausweis, und obwohl sich ein paar Augenbrauen hoben, wurde die streitlustige Vierzehnjährige aus dem Unterricht geholt und stand nur ein paar Minuten später vor ihm.

Mais feurige Augen verengten sich, als sie Dell erkannte.

Was machte *der* denn hier?

Aber obwohl ihr der Anblick des bärtigen Beraters einen mittelschweren Schrecken einjagte, fand sie das Ganze auch aufregend.

Sie war noch nie zuvor aus der Klasse geholt worden.

Alle hatten sie angestarrt, als man sie aus dem stickigen Raum geführt hatte. Mai fragte sich, ob ihre Klassenkameraden wohl annahmen, dass es um ihren zwielichtigen Bruder gehe.

Zugegeben, einen Moment lang hatte sie das selber gedacht.

Aber nein. Duke wollte mit *ihr* sprechen.

Es dauerte, bis die neugierige Sekretärin sie in dem kleinen engen Raum (der wie das schweißgetränkte Zeug in der Kiste mit der Aufschrift *Fundsachen* roch) endlich alleine ließ und der Berater zum Geschäftlichen kam.

Er blökte:

»Willow wird vermisst.«

Mai hatte keinen Hang zum Drama. Ihre Stimme klang unbewegt, als sie entgegnete:

»Was soll das heißen?«

Dell spürte, wie sich sein Kiefer verhärtete.

Dieses Mädchen brauchte eine Verhaltenskorrektur! Sie hätte ein-

geschüchtert von ihm sein müssen und zugleich in großer Sorge um ihre vermisste Freundin.
Weder das eine noch das andere konnte er feststellen.
Dell räusperte sich. Er durfte sich nicht zu sehr aufregen.
»Eine Frau vom Sozialdienst hat sie im Nagelstudio deiner Mutter abgeholt und ins *Jamison-Kinderzentrum* mitgenommen. Willow war in dieser Einrichtung, als sie gestürzt ist und sich die Stirn aufgeschlagen hat. Sie musste genäht werden und das ist in der Notaufnahme vom *Mercy Hospital* geschehen. Aber dann, bevor sie zurückgebracht werden konnte, hat sie gesagt, dass sie zur Toilette müsse, und seitdem hat sie niemand mehr gesehen.«
Mais Augen wurden noch schmaler.
»Was meinen Sie mit ›als sie gestürzt ist‹?«
Dells Augen wurden größer. Warum musste sie jetzt die Fakten infrage stellen?
Er versuchte, die Kontrolle zu behalten.
»Sie ist ohnmächtig geworden.«
Mais Stimme kam von oben herab.
»Das ist ein Unterschied. Stürzen ist ein Unfall. Ohnmacht ist etwas Medizinisches.«
Dell zog ein altes Stück Trockenfleisch aus seiner Jackentasche und schob es sich zwischen die kaffeefleckigen Zähne.
Im Stillen verfluchte er sich für die Idee, diese spitzzüngige Schwester eines Quertreibers namens Quang-ha könne ihm irgendwie helfen.
Er ertappte sich dabei, das Trockenfleisch mit lauten, mahlenden Bewegungen zu zerkauen, in der Hoffnung, er wirke so nicht bloß hungrig, sondern taff.
»Willows Verletzung ist nicht der Punkt. Vielleicht habe ich mich nicht deutlich ausgedrückt. Das Problem ist, dass wir sie nicht finden können.«
Mai konnte ein Grinsen nicht unterdrücken. Willow hatte sie abgehängt.

»Sie haben sie ins Krankenhaus gebracht?«

Dell war erleichtert, das guten Gewissens beantworten zu können.

»Nein. Ich wurde erst zu Hilfe geholt, als sie schon verschwunden war.«

Mai gefiel die Idee, dass er bei seiner Suche nach Willow zu ihr kam. Sie lächelte, als sie sagte:

»Wahrscheinlich taucht sie irgendwann im Salon auf. Aber ich habe ein paar Ideen, wo sie hingehen könnte, bevor sie dort auftaucht. Nur müssen Sie mich vorher hier loseisen.«

Dell gefiel dieser Ton nicht. Das hier war keine Folge von *CSI: Bakersfield*. Es war nicht so, dass sie plötzlich Seite an Seite gegen das Verbrechen kämpften. Mai sollte ihm bloß ein paar Tipps geben. Das war alles.

Dell stammelte:

»Also, ich … wollte nicht …«

Aber Mai war schon aufgestanden und auf halbem Weg zur Tür.

KAPITEL 28

Meine Augen öffnen sich und ich begreife, dass ich auf ein Paar grüne Schuhe ohne Schnürsenkel schaue.
Ich kenne diese Füße.
Einer der Schuhe stupst gegen meinen linken Stiefel, zum zweiten Mal, wie mir jetzt klar wird.
Aber ich klemme zwischen dem Donut-Sessel und der Wand und muss mich erst befreien.
Dann sehe ich meine große Freundin, die flüstert:
»Sie suchen dich.«
Mein altes Ich wäre jetzt von Scham oder Schuldgefühlen überschwemmt worden.
Aber nichts ist mehr, wie es war.
Mai mustert mich eingehend.
»Du bist genäht worden. Wann müssen die Fäden raus?«
Meine Hand tastet nach meiner Glabella. Den Elefantenangriff hatte ich vergessen.
Ich murmele:
»Die Fäden sind aus Vicryl, einer Polyglykolsäure. Sie werden durch Hydrolyse resorbiert. Man muss sie nicht ziehen.«
Mai scheint das Prinzip von Resorption zu verstehen.
»Hast du Schmerzen?«
Zwischen meinen Augenbrauen kann ich gerade gar nichts fühlen, aber vom Liegen auf dem Fußboden tut mir die Hüfte weh.
Der Rest von mir ist emotional derart betäubt, dass ich keine Ahnung habe, wo der Schmerz anfängt und aufhört. Ich kämpfe mich in eine sitzende Position und meine rechte Hand tastet nach meiner Wange.

Das geschwungene Teppichmuster bedeckt die komplette Gesichtshälfte. Ich muss eine ganze Weile geschlafen haben.
Mai fährt fort:
»Dell Duke sucht dich. Vielleicht ist eine Art Belohnung ausgeschrieben. Er ist ziemlich eifrig bei der Sache.«
Das Lächeln auf Mais Gesicht ist zugleich liebenswürdig und gemein.
Das bewundere ich an ihr.

Dell ruft gleich beim Sozialamt an und ich höre ihn die Nachricht überbringen.
Er ist ganz aufgeregt.
Ich steige in sein Auto und sitze mit Mai auf dem Rücksitz, als führen wir in einem Taxi, was nicht der Fall ist.
Dell hat vor, mich gleich zurück ins *Jamison* zu bringen, aber Mai spricht sozusagen ein Machtwort.
Sie sagt, wir müssten zuerst zu etwas fahren, das *Happy Jack's Pie 'n' Burger Shop* heißt.
Er hat keine Chance gegen sie.
Und dazu muss sie nicht mal drohen, aus dem fahrenden Wagen zu springen, sollte sie nicht ihren Willen kriegen.
Mai flüstert mir zu, dass sie eigentlich noch nie in diesem Burgerladen gewesen ist, aber sie sei schon oft daran vorbeigefahren, und ich schätze, dass sie intuitiv davon ausgeht, ein Ziel namens *Happy* werde unsere Reise schon in die richtige Richtung lenken.
Sie sagt, sie wolle die Pommes dort probieren.
Mai ist dünn, aber allmählich wird mir klar, dass sie einen Monsterappetit hat, besonders auf Sachen, die sie bisher nicht hat essen dürfen.
Ich sage nichts über die langfristigen Folgen von Kartoffelkonsum für die Gesundheit, wobei es da eine Verbindung zur Gewichtszunahme bei Jugendlichen gibt.

Mit meinem Job als Verbraucherschützer/Gesundheitsberater bin ich fertig.

Im *Happy Jack's* sitze ich mit geschwollenen Augen neben Mai, die ein Stück Schokoladen-Erdnussbutter-Kuchen für mich bestellt.
Wir sitzen in einer Nische mit sehr hohen Lehnen und ich merke gleich, dass es Mai hier gefällt.
Sie nennt es gemütlich.
Es kostet mich einige Mühe, aber schließlich gelingt es mir, meinen Wunsch nach heißem Wasser mit Honig und drei Esslöffeln weißem Essig verständlich zu machen. Das ist schwieriger, als es sein sollte.
Dell bestellt eine Tasse Kaffee.
Er sieht mal sehr glücklich, mal sehr ängstlich und dann wieder glücklich aus.
Ich ignoriere seine Stimmungsschwankungen.
Ich ignoriere sowieso gerade alles, also ist das nicht schwer.
Nachdem unser Essen gekommen ist, steht Dell auf und geht zur Toilette. Aber ich sehe ihn über die Schulter linsen, bevor er hinter der quietschenden Männerklotür verschwindet.
Sein Blick sagt, dass er uns für potenzielle Wegläufer hält.
Er muss sich aber keine Sorgen machen, denn ich weiß ganz bestimmt, dass Mai nicht aufstehen wird, bevor sie nicht ihre Pommes aufgegessen hat.
Und mir sind die Fluchtmöglichkeiten ausgegangen.
Aber kaum ist er weg, steht Mai auf.
Ich beobachte, wie sie mit der Kellnerin redet, die definitiv jemandes Urgroßmutter ist. Oder zumindest alt genug dafür. Sie ist sehr nett. Ich frage mich, was sie davon halten würde, eine Zwölfjährige aufzunehmen.
Ich kriege ein paar Bissen vom Kuchen runter.
Schokolade und Erdnussbutter sind – obwohl ich eigentlich keinen Kristallzucker zu mir nehme – eine gelungene Kombination.

Jetzt allerdings schmeckt der Kuchen, als wäre er aus Holzmehl.
Mai kehrt zurück und sie und ich sprechen Vietnamesisch.
Oder, um korrekt zu sein, Mai spricht Vietnamesisch. Ich höre bloß zu.
Sie kaut noch, als Dell wiederkommt und die Kellnerin zu uns herüberwinkt.
Er fragt nach der Rechnung und sie sagt:
»Du wirst schon auf den Rest der Bestellung warten müssen, Großer. Ist noch nicht fertig.«
Dell sieht Mai an, die keine Miene verzieht.
Ich bleibe bei der Vorstellung hängen, dass jemand Dell Duke »Großer« nennt.
Das ist aggressives Verhalten.
Zumal die Frau doch eigentlich auf ein Trinkgeld hofft.
Und dann wird mir klar, dass die Kellnerin ihn genau da hat, wo sie ihn haben will. Er sieht jetzt ängstlicher aus.
Aber dann starre ich auf meinen Schokoladen-Erdnussbutter-Kuchen mit den zwei fehlenden Bissen und frage mich, wie es mit mir so weit hat kommen können.

Die nächste Etappe meiner Reise, so stellt sich heraus, ist dann auch wieder Mais Idee.
Sie hat herausgefunden, dass Dells Apartment zwei Schlafzimmer hat.
Sie redet auf ihn ein und mir wird klar, dass sie ihm erklärt, warum ihre Familie, was mich angeht, nicht in den richtigen Verhältnissen lebt.
Dell hat keine Ahnung von der Garagen-Situation. Und sie verrät ihm auch nichts.
Bevor Dell auch nur weiß, wie ihm geschieht, ruft Mai mit seinem Handy schon ihre Mutter an und spricht mit ihr in einer Sprache, die er nicht versteht.

Wenige Minuten später kehrt die greise Kellnerin mit einer großen Tüte voller Take-away-Behälter zurück.
Mai lächelt ihr zu und nimmt die fettige Tüte entgegen.
Dell studiert die Rechnung, die soeben vor ihm gelandet ist.
Zusätzlich zum Essen auf dem Tisch verzeichnet sie ein Brathühnchen zum Mitnehmen, eine Platte Fish & Chips, eine Platte frische Früchte und sechs große saure Gurken.
Solange die Kellnerin seine Kreditkarte belastet, isst Dell meinen Kuchen auf.
Glücklich wirkt er nicht.

Pflegeeltern.
Das ist es, was ich brauche.
Ich habe mich mit Astrophysik und sogar mit dem Müllmanagement in Raumfahrzeugen beschäftigt, aber nie auch nur einen Gedanken an die Sorgerechts- oder Vormundschaftsverfahren im Bundesstaat Kalifornien verschwendet.
Das Leben, wird mir jetzt klar, ist ein einziger langer Weg durch ein Minenfeld und du weißt nie, nach welchem Schritt alles um dich herum in die Luft fliegt.

Jetzt bin ich wieder im *Jamison*.
In irgendwelchen Zimmern reden sie über mich.
Und obwohl das physikalisch eigentlich unmöglich ist, kann ich sie hören.
Man hat mich im Krankenzimmer gelassen.
Niemand will, dass ich ein zweites Mal in Ohnmacht falle.
Der Angreifer-Elefant war noch an seinem Platz im Wartebereich am Eingang. Ich habe keine Hilfe gebraucht, um ihm aus dem Weg zu gehen.
Ich liege jetzt auf einer Liege in einem dunklen Raum. Das weiße, knittrige Papier unter mir bedeutet, dass ich buchstäblich keinen

Muskel bewegen kann, ohne das gleiche Geräusch wie beim Chipsessen zu machen.
Zum Glück bin ich Experte darin, mich nicht zu rühren.

Meine Freunde stehen draußen auf dem Parkplatz.
Ich kann sie durch die Ritzen des Fensterrollos sehen.
Aus der Entfernung wirken sie verschwörerisch.
Sie stehen sehr nah beieinander und ihre Haltung ist steif.
Die Bakersfield-Abendsonne knallt vom Himmel, prallt gegen Autodächer und den Asphalt. Jeder mit ein bisschen Verstand wäre in das klimagekühlte Gebäude gegangen.
Ich kann zusehen, wie Mai die Verhandlungen führt.
Sie spricht mit ihrer Mutter. Später werde ich erfahren, dass sie gesagt hat:
»Wir geben seine Adresse an. Und später, wenn sie ihre Besuche machen, können wir rübergehen und es so aussehen lassen, als wohnten wir da.«
Ich sehe, dass Pattie still ist, ihre Miene besorgt.
Dell hat keine Ahnung, was eigentlich geschieht. Mai spricht so schnell:
»Wenn wir das nicht machen, behalten sie sie hier. Und dann stecken sie sie einfach in eine Pflegefamilie. Am Ende wird sie bei Leuten sein, die sie nicht einmal kennt. Dann wird sie wieder weglaufen!«
Mai schaut ihrer Mutter in die Augen.
»Sie braucht uns.«
Ich sehe, wie Pattie den Blick abwendet und auf Dells kleine Hände starrt. Er kaut Nägel.
Ich gehe davon aus, dass sie das hasst. Ihr Blick ruht auf seiner Nagelhaut und ich sehe, dass sie spricht. Wahrscheinlich sagt sie:
»Ich will da nicht reingezogen werden.«
Schon komisch, dass sie das sagt, schließlich ist sie, gleich nachdem

sie gehört hat, dass ich aus dem Krankenhaus verschwunden war, mit dem Bus zum *Jamison* gefahren.
Wenn sie wirklich nicht mit reingezogen werden wollte, wäre sie dann hier?
Und dann sehe ich, wie Pattie tief Luft holt und die Arme auf eine Art und Weise überkreuzt, die Entschlossenheit signalisieren soll.
Ich kenne diese Haltung gut.
Es war die letzte Gegenwehr meiner Mutter.

Die Entscheidung ist gefallen.
Ich werde offiziell an die alten Freunde meiner Familie, die Nguyens, übergeben.
Nur vorübergehend. Nur für jetzt.
Gibt es überhaupt mehr als das Jetzt? Es gab ein Dann. Aber diese Dann-Welt ist auf einer Kreuzung in die Luft geflogen.
Ich höre, wie man logistische Fragen bespricht.
Im *Jamison* glaubt man, die Nguyens lebten in Glenwood Gardens, wo Dell wohnt.
Alles, was heute entschieden wird, ist VORLÄUFIG.
Noch einmal. Damit wir das alle verstehen: Vorübergehend. Temporär. Kurzfristig. Nicht dauerhaft. Provisorisch. Zeitweise. Für den Übergang.
Wir haben alle verstanden.
Das temporäre Arrangement besagt, dass ich einmal die Woche ins *Jamison* muss. Und ich werde weiterhin Termine bei Dell Duke haben.
Von der Schule bin ich freigestellt, ich habe ihnen gesagt, dass ich nicht mehr hinwill. Niemand will mich gerade zu etwas zwingen.
Sie haben Angst, dass ich wieder weglaufen könnte.
Dell Duke hat sich bereit erklärt, meinen Heimunterricht zu überwachen. Als man ihn fragt, wie es bei mir in der Schule läuft, sieht er schuldbewusst aus.

Halb erwarte ich, dass er etwas über die Tests und darüber sagt, warum ich überhaupt zu ihm geschickt wurde, aber er lässt es.
Mir ist es gleich, ob er lügt oder die Wahrheit sagt.
Für mich läuft alles auf dasselbe hinaus.

Dell fährt uns alle zum *Happy Polish Nails* zurück.
Jeder ist still und erschöpft.
Pattie Nguyen hat alles Mögliche unterschrieben. Wer weiß schon genau, was?
Mein altes Ich würde jedes Wort dieser Vereinbarungen lesen. Meinem neuen Ich ist es total egal.
Ich bin da raus, das ist alles, was zählt.
Das Sonnenlicht von Bakersfield hat so eine Art, die Welt verblassen zu lassen, und ich starre aus dem Fenster und alles wirkt wie eine Kopie.
Der ganze Ort ist fadenscheinig.
Er sieht aus, als könnte man ihn ganz leicht zerreißen.

Als wir das Nagelstudio erreichen, bin ich überrascht, dass es mir vertraut vorkommt.
Der starke Geruch der farbigen Lacke dringt bis auf den Bürgersteig, selbst bei geschlossener Tür.
Ich bin sicher, dass er karzinogen ist.
Bevor die Welt zerbrach, wäre das ein Problem gewesen.
Jetzt hole ich tief Luft und halte die giftigen Dämpfe in meinen Lungen.
Her damit. Alles. Her damit.

Dell bleibt noch eine Weile, steht aber bloß im Weg.
Ich kann sehen, dass er zufrieden mit sich ist, als er sich schließlich verabschiedet und zu seinem Wagen geht.
Im *Jamison* haben sich viele Leute bei ihm bedankt.

Und er sieht auch genau wie jemand aus, bei dem sich gerade viele Leute bedankt haben.
Einer seiner Schnürsenkel ist offen, aber er hat so eine neue Art zu stolzieren, Bauch voraus.
Ich sehe eigentlich gar nicht mehr genau hin und kann doch nicht anders, als solche Dinge zu bemerken.

Pattie Nguyen zufolge, die sich mit Traurigkeit auskennt, wie es scheint, können ein bisschen Aktivität und ein Glas Wasser nahezu alles kurieren, wenn man nur lange genug wartet.
Also gibt sie mir zwei Gläser Wasser zu trinken.
Dann setzt sie sich neben mich und sagt:
»Ich helfe dir, einen guten Platz für dich zu finden. Ich lasse nicht zu, dass sie dich holen, bevor wir den haben. Ich gebe dir mein Wort. Du bleibst hier, bis wir eine Lösung gefunden haben.«
Ich würde gern ausdrücken, wie dankbar ich ihr bin, aber ich kann es nicht.
Ich kann gar nichts ausdrücken.
Ich nicke nur.
Pattie steht vom Tisch auf und fängt an, kleine würfelförmige Fläschchen mit Nagellack in den Schrank zu räumen.
Für streuende Hunde und Senioren, die nicht mehr Treppen steigen oder einen Dosenöffner benutzen können, findet man normalerweise schnell einen »guten Platz«.
Einen »guten Platz« für ein Kind zu finden scheint viel schwieriger zu sein.

KAPITEL 29

Am zweiten Samstag nach dem Unfall wird im Gemeindezentrum eine Gedenkveranstaltung für meine Eltern abgehalten.

Dell fährt mich hin und Mai und Pattie kommen auch. Quang-ha hat andere Pläne und ich sehe ihm nach, als er die Straße hinuntergeht. Er bewegt sich, als hätte er einen Bolzenschneider in seinem Rucksack.

Lenore erwartet uns im Gemeindezentrum und ich entdecke die Krankenschwester aus dem *Jamison,* die mir geholfen hat, als ich mir den Kopf aufgeschlagen habe.

Ich kann keinen von beiden ansehen.

Ich kann überhaupt niemanden ansehen.

Als wir auf den Eingang zuhalten, nimmt Mai meine Hand. Das fühlt sich warm an.

Es ist kälter als sonst und ein Meer meist unbekannter Gesichter kommt viel zu nah. Auf die ein oder andere Art sagen alle, wie leid es ihnen tut.

Ich bin mir nicht sicher, ob ich richtig atmen kann. Es ist, als würde die Luft feststecken in meinen Lungen.

Ich werde in die erste Reihe gesetzt.

Mitglieder der Gewerkschaft meines Vaters haben die Veranstaltung organisiert und es gibt drei Redner.

Ich höre nicht ein Wort von dem, was sie sagen.

Auf einer Staffelei gleich neben dem Podium lehnt ein postergroßes Foto von meiner Mom und meinem Dad aus der Zeit, als mein Dad noch Haare hatte und meine Mom noch dünn war.

Sie halten einander im Arm und lachen.

Ich kenne das Foto.
Es hängt in einer Ecke des Büros meiner Mom, in einem Rahmen aus Muscheln.
Als ich noch klein war, habe ich meine Mom mal gefragt, warum sie auf dem Bild so glücklich seien, und sie hat gesagt, weil sie da schon gewusst haben, dass ich eines Tages zu ihnen kommen würde.
Das war unlogisch, aber für mich ergab es Sinn.

Am Ende der Veranstaltung bekommt jeder einen weißen Ballon in die Hand gedrückt und wir werden nach draußen geführt.
Auf den mit Helium gefüllten Ballons steht in lila Lettern JIMMY UND ROBERTA.
Die Idee ist, die Ballons fliegen zu lassen, während ein Typ in einem Anzug (aber auch mit Sandalen und weißen Socken) ein Lied darüber singt, dass die Liebe die Antwort auf alles sei.
Voller Grausen sehe ich zu.
Ich weiß genau, dass die Latexfetzen sich am Ende in Stromleitungen verfangen werden.
Sie werden ihren Weg in Flüsse und Bäche finden und schließlich sogar die Meere erreichen, wo sie Fische ersticken und Meeressäuger in Gefahr bringen werden.
Aber ich kann nichts gegen dieses zukünftige Unheil ausrichten, denn irgendjemand hier hält das Fliegenlassen schlingernder Ballons für eine prima Idee.
Aus dem Augenwinkel sehe ich ein Kleinkind, das seinen heliumgefüllten Hauptgewinn partout nicht loslassen will.
Seinen Eltern gelingt es schließlich, das Band aus seiner zusammengeballten Faust zu reißen.
Der kleine Junge schluchzt herzzerreißend und ich weiß, er ist der Einzige hier, der verstanden hat.

Im Lokalblatt steht ein kurzer Artikel mit einem briefmarkengroßen Foto von mir und zur Finanzierung meiner Ausbildung hat man ein Spendenkonto eröffnet.
Der Arbeitgeber meines Vaters zahlt einen großzügigen Betrag ein. Es stehen noch mehr Leute auf der Liste der Spender, aber es sind bloß Namen, die ich im Vorbeigehen gehört habe, es gibt keine Gesichter dazu, die ich ohne Weiteres erkennen würde.
Der einzige Mensch, den ich kenne, ist Jairo Hernandez von *Mexicano Taxi*.

Ich schicke Jairo einen Dankesbrief und er ruft bei *Happy Polish* an. Der Unfall liegt zweieinhalb Wochen zurück. Ich habe ihm auf Patties Briefpapier geschrieben, so ist er an die Nummer gekommen. Pattie ist überrascht, dass mich ein Mann sprechen will.
Ich erkläre, dass er ein alter Freund ist. Denn er ist ja wirklich ein Freund. Und viel älter als ich. Also ist das nicht gelogen.
Jairo fragt, wie es mir geht, und sagt dann:
»Ich möchte, dass du mich anrufst, wenn du mal irgendwohin musst.«
Ich sage:
»Danke. Das mache ich.«
Dann ist es lange Zeit still, aber ich weiß, dass er noch in der Leitung ist. Pattie beobachtet mich, also nicke ich und versuche auszusehen, als würde ich etwas anderes hören als Stille. Schließlich sage ich:
»Hast du dich für die Ausbildung angemeldet?«
Er sagt:
»Noch nicht.«
Dann fragt er:
»Wie läuft es in deiner Schule?«
Ich könnte jetzt einfach »gut« sagen, aber das fühlt sich nicht richtig an, also sage ich:

»Ich habe eine Pause eingelegt.«
Er sagt:
»Ich auch.«
Ich füge hinzu:
»Aber ich gehe heute in die Bibliothek. Vielleicht ist das ein Anfang.«
Ich lege auf und später am Nachmittag frage ich Pattie, ob ich zur *Beale* darf. Sie sagt Ja.
In der Bibliothek nehme ich die Treppe und suche den Platz hinter dem Donut-Sessel. Ich lege mich wieder hin, aber diesmal schlafe ich nicht gleich ein. Stattdessen schaue ich aus meinem Versteck auf die Welt.
Die Bibliothek hat Stammkunden.
Viele von ihnen reden mit sich selbst.
Aber sie tun das still, denn die Stille ist hier Pflicht.
Nach einem ausführlichen Nickerchen gehe ich wieder ins Erdgeschoss.
Der Computerraum ist der meistbesuchte Ort in diesem Gebäude.
Zu meiner Verwunderung gehen viele Leute, die (aus der Menge der Sachen zu schließen, die sie am Empfang zurücklassen müssen) allem Anschein nach obdachlos sind, online.
Ich kann sehen, dass sie ihre *Facebook*-Seiten checken.
Ich sehe, wie diese Leute sich durch die gleichen Bilder und Videos klicken wie die offensichtlich gelangweilten Teenager, die hier nach Schulschluss erscheinen.
Ich weiß nicht genau, wieso mich das beruhigt, aber das tut es.

Ich gehe raus und setze mich auf die Stufen.
Ich warte nicht.
Ich bin einfach da.
Die Zeit existiert nur in meinem Kopf.
Für jemanden, der trauert, ist jede Vorwärtsbewegung ein Problem.
Nach einem schweren Verlust will man eigentlich rückwärtsgehen.

Vielleicht zähle und messe ich deshalb nicht mehr. Ich kann höchstens noch mit negativen Zahlen zählen.
Ich bin jetzt auf einem anderen Planeten.
Ich spreche nur, wenn es gar nicht anders geht.
Im Übrigen mache ich mich, so gut es geht, unsichtbar und halte mich von allem fern.
Wie sehr sie sich auch anstrengen mögen, andere Menschen verstehen mich nicht, denn ich bin nicht in der Lage, mich mitzuteilen.
Und darum kommt der größte Schmerz als Schweigen heraus.

Wenn Mai nicht in der Schule oder mit ihren Freunden zusammen ist, erzählt sie mir von ihrem Leben.
Ich höre zu. Aber ich sage nichts.
Den größten Teil des Tages verbringe ich mit Pattie.
Sie ist für mich da.
Und einfach da zu sein ist neunundneunzig Prozent dessen, was wichtig ist, wenn deine Welt zerbrochen ist.

Es ist eine Tatsache, dass Quang-ha mich hasst.
Aber das geht in Ordnung.
Ich hab nichts Gutes in sein Leben gebracht. Er muss jetzt länger warten, um ins Badezimmer zu kommen, und das heiße Wasser in der Dusche ist schneller alle.
Ich versuche immer die Letzte zu sein, aber das klappt nicht jeden Tag.
Ich will keine Schwierigkeiten machen, also habe ich nichts davon gesagt, dass ich Vegetarierin bin. Ich schiebe das Hühnchen oder das Stück Schweinefleisch bloß auf die Seite und bugsiere es später in eine Serviette und nach dem Essen entsorge ich es heimlich im Müll.
Ich weiß, dass ich kleine Fleischstückchen schlucke, die dieser simplen Prozedur entgehen, aber meine Haltung bleibt davon prinzipiell unberührt, selbst wenn sie in der Realität kompromittiert wird.

Alle Realität, beschließe ich, ist ein Mixgerät, das Hoffnungen und Träume mit Angst und Verzweiflung verrührt.
Nur Comics und Märchen und Grußkarten enden mit Glück und Geglitzer …

Irgendwie schaffe ich es durch den ersten Monat.
Ich ziehe mich an und putze meine Zähne, wenn ich soll.
Und ich erlebe das hohle Gefühl von absolutem Verlust: Leere.
Mein Leben hat seine Bedeutung verloren.
Ich zwinge mich, an alles Mögliche zu denken, nur nicht an das, woran ich eigentlich ständig denke.
Und das ist so anstrengend, dass ich mehr schlafe als jemals zuvor.
Ich bin ein Schatten.
Ich träume nicht mehr in Farbe.
Ich zähle nicht mehr in 7er-Schritten.
Denn in dieser neuen Welt zähle ich nichts mehr.

KAPITEL 30

Es war jetzt immer schon dunkel, wenn Dell Duke nach Hause in seine Wohnung in Glenwood Gardens kam.

Das einzige Grün des Komplexes fand sich im Innenhof.

Und dabei handelte es sich um das Grünzeug, das auf einem kreisförmigen Fleck roter Lavasteine wuchs, die jedes Mal in Dells Füße schnitten, wenn er eine Abkürzung vom Parkplatz zum Treppenhaus nahm.

Aus dem Bimsstein-Minenfeld ragte stures, stachelbewehrtes Unkraut, das sich durch die billige schwarze Plastikfolie unter den Lavabrocken gebohrt hatte. Die Stacheln ritzten Dells schutzlose, fleischige Knöchel und zapften tropfenweise Blut.

Es gab keine natürlichen Erhebungen in Bakersfield. Die ganze Gegend war flach, trocken und nur da grün, wo es Rasensprenger gab. Vielleicht waren hier deshalb so viele Apartmentanlagen nach Farnen und feuchten Hainen benannt.

Das war »Ausdruck der Sehnsucht einer nach Feuchtigkeit dürstenden Klimazone« – so jedenfalls hatte es Willow gesagt, als sie ihn zum ersten Mal gefragt hatte, wo er wohnte, und er etwas blasiert geantwortet hatte:

»In den Gärten von Glenwood.«

Er nahm die Treppe zu seiner Wohnung im zweiten Stock, denn der gesetzlich vorgeschriebene Aufzug funktionierte nie.

Aus reiner Verzweiflung zählte Dell die Ereignisse des langen und anstrengenden letzten Monats auf.

Eine Woche nach dem Unfall wollte sein Vorgesetzter (wie Dell es vorhergesagt hatte) seine Willow-Chance-Akte sehen.

Dell mochte das vermisste Kind gefunden haben, als es aus dem *Mercy Hospital* verschwunden war, aber ein Held blieb er deswegen nicht lange.

Jetzt, Wochen später, hatte er Angst, dass alles aufflog.

Er hatte Willow alle möglichen Übungstests schreiben lassen, vom Zulassungstest für Medizinstudenten bis hin zu insgesamt vierzehn universitären Eignungsprüfungen.

Und sie hatte überall die volle Punktzahl erreicht.

Aber er hatte sich entschieden, dieses Material nicht weiterzugeben.

Was er seinem Chef geschickt hatte, war ein einfaches elektronisches Formblatt, das so gut wie gar nichts über das Mädchen verriet.

Irgendwie war er in ein ganzes Labyrinth aus Täuschungen geraten:

Willow Chance war keine Betrügerin.

Pattie Nguyen war keine alte Freundin der Familie.

Die Nguyens wohnten nicht in Glenwood Gardens. (Warum konnten sie nicht ihre eigene Adresse angeben?)

Und er hatte seinen Beruf nie mit irgendeiner Form von Begeisterung ausgefüllt.

Jeden Dienstag kam Willow zu Fuß vom Nagelstudio zur Bezirksschulverwaltung.

Sie war immer pünktlich.

Statt Tests zu schreiben oder den Aktienmarkt zu analysieren, saßen die beiden jetzt still da.

Dell überlegte, wie er sie motivieren oder doch wenigstens ihre Not lindern könnte, aber bis jetzt hatte er völlig versagt.

Als Willow gestern gekommen war, hatten sie fünfundfünfzig Minuten (die ihm wie fünfundfünfzig Stunden vorkamen) mit einem Tausend-Teile-Puzzle verbracht.

Willow hatte kein einziges Teil gelegt.

Er wusste trotzdem, dass sie sich bemühte.

Übrigens war er furchtbar schlecht im Puzzeln, also war es in jeder Hinsicht eine Quälerei.
Nachdem sie gegangen war, hatte Dell seinen Computer eingeschaltet und einen Bericht geschrieben.
Er wusste jetzt, dass er unter Beobachtung stand. Und was er außerdem noch wusste, war, dass er unter Druck nicht funktionierte.
Es war ein Fehler gewesen, sich jemals auf das kleine Genie eingelassen zu haben.
Es war nämlich viel leichter, wenn einem alles egal war.
Und jetzt war ihm gar nichts mehr egal.

Pattie Nguyen hatte sich bei keinem der vorgeschriebenen Kurse für Pflegeeltern angemeldet und sie ging auch nicht zu der angebotenen Gruppenstunde.
Sie hatte es zwar gewollt, aber irgendwie waren mehr als vier Wochen verstrichen und sie hatte noch andere Sachen zu tun gehabt, als sich mit Lenore Cole, Willows Sozialarbeiterin, kurzzuschließen.
Die Dunkelheit eines herbstlichen Himmels machte sich im Salon breit und Patties Blick fiel auf ihren Kalender.
Das Familiengericht hatte eine Anhörung angesetzt und innerhalb der kommenden zwei Monate würde ein Richter über Willows Zukunft entscheiden.
Aber Pattie beschloss, dass heute nicht der Tag sei, um über die Zukunft nachzudenken.
Heute war der Tag, um noch weitere Rottöne zu bestellen.
Sie nahm sich den neuen Katalog ihres zuverlässigsten Lieferanten und kreiste einen Farbton ein, den Willow gutheißen würde.
Sein Name war *Wahres Rot*.
Allein deshalb fühlte sich Pattie schon ein kleines bisschen besser.

KAPITEL 31

Man spricht hier Vietnamesisch.

Ich kann die Handpflegerinnen verstehen, sogar die, die schnell sprechen.

Sie flüstern nie über die Nägel ihrer Kunden.

Sie sprechen darüber, wie sie leben.

Während sie feilen und polieren und lackieren, höre ich ihre Geschichten, die sich fast immer um ihre Männer und Kinder und Familienmitglieder drehen.

Viele von ihnen sind miteinander verwandt. Cousinen und Schwestern. Schwiegermütter und -töchter.

Sie sind ein Stamm.

Sie wissen nicht, wie weh mir das tut. Denn selbst, wenn sie über böse Männer und faule Kinder klagen, besteht der Schmerz für mich darin, sie so verbunden zu sehen.

Einander verbunden.

Ihren Familien verbunden.

Der Welt verbunden.

Diese Frauen hüllen sich in ihre persönlichen Geschichten, sobald sie durch die Glastür treten, und bis zu der Sekunde, da sie den Laden am Ende des Tages wieder verlassen, um nach Hause zu gehen.

Aus Worten schaffen sie etwas, was so real ist wie Stoff.

Und obwohl sie sich in gedämpften Stimmen übereinander beklagen, sind sie einander durch Herkunft und Umstände und gemeinsame Erfahrung verbunden.

Sie sind Teil von etwas, was größer ist als sie selbst.

Auch wenn sie das gar nicht wissen.
Aber ich weiß es.

Ich habe Bäume gesehen, die ein Feuer überlebt haben.
Ihre Borke ist verkohlt und ihre Glieder sind tote Äste.
Aber unter diesem Gerippe verbirgt sich eine Kraft, die einen einzelnen grünen Trieb in die Welt entsendet.
Vielleicht habe ich Glück und eines Tages geht es mir auch so.
Aber jetzt gerade kann ich das nicht glauben.

Pattie steht am Tresen.
Alles hier ist weiß. Der Empfangsbereich. Die Manikürestühle. Der Boden.
Weiß = sauber.
Ich bin mir ziemlich sicher, dass es Pattie gefallen würde, wenn außer Weiß und Rot jede andere Farbe aus der Welt verschwände.
Das ist ihre Sicht der Dinge.
Sie hat Abläufe und Regeln und Methoden und jeden Tag gibt sie ihr Bestes, um der Welt diese Abläufe und Regeln und Methoden überzustülpen. Eine Nagelbehandlung nach der anderen.
Meine Mutter mochte das alte Sprichwort »Alles hat seinen Platz und alles sollte an seinem Platz sein«. Aber gelebt hat sie nicht danach.
Pattie schon.
Und ich würde sagen, dass sie ihren Kampf gewinnt, mit der Ausnahme, dass ich hier in ihrem Salon herumhocke und nicht an meinem Platz bin.

Pattie tippt auf ihrem Taschenrechner, als das Telefon klingelt. Sie sagt Hallo und dann höre ich:
»Heute?«
Ich sehe hinüber, denn ich bin ein Experte für ihre Stimme und habe eben eine leichte Veränderung bemerkt.

Lang und breit geredet wird nur am anderen Ende der Leitung.
Patties Blick wandert in den hinteren Bereich des Salons und trifft meinen.
Das muss der Anruf sein, mit dem sie mich offiziell loswird.
Ich höre sie sagen:
»Ich arbeite bis halb sieben.«
Pattie sieht aus dem Fenster. Sie ringt jetzt mit sich.
Ich will es ihr leicht machen. Ich erhebe mich von meinem Platz hier hinten und falte den Möbelüberzug zusammen. Ich klappe meinen Computer zu und nehme die Brille ab.
Ich hole tief Luft.
Ich weiß, dass ich nichts als Probleme verursacht habe. Ich habe versucht, mich unsichtbar zu machen, aber meine Anwesenheit hat die Dynamik der Situation hier völlig verändert.
Quang-ha war schon vorher verrückt, aber jetzt ist er, wenn wir auf dem Weg zur Garage abends die Straße überqueren, ein Vulkan.
Mai macht gute Miene, aber sogar sie ist erschöpft von diesem Arrangement.
Ich muss es Pattie leicht machen.
Sie ist gut zu mir gewesen.
Ich sehe sie an und gebe mir große Mühe zu lächeln.
Dieses Lächeln soll zeigen, wie dankbar ich ihr bin.
Es soll zeigen, wie leid es mir tut, dass ich so zerbrochen bin.
Es soll zeigen, dass ich Verständnis für ihre Lage habe.
Also gebe ich mir Mühe. Richtig, richtig Mühe.
Aber die Zähne kleben mir an den Lippen und mein Mund bebt.
Pattie sieht mein gruseliges Grinsen und wendet sich ab.
Ich höre, wie sie mit jetzt zitternder Stimme sagt:
»Wir werden nicht vor Viertel vor sieben da sein. Ist das zu spät?«
Pattie legt auf und wählt sofort eine andere Nummer.
Ihre Ruhe ist eine ihrer besten Eigenschaften. Und sie bewahrt sie sich. Einigermaßen.

Vielleicht ist das so, wenn man viel durchgemacht hat. Alle Kanten sind abgeschliffen, wie bei Seeglas.
Entweder so oder man zerbricht.

Bakersfield ist nur hundertdreißig Meilen vom Pazifischen Ozean entfernt, aber ich bin trotzdem nur zweimal zum Strand gefahren, ganz in die Nähe von Santa Maria, mit meinen Eltern.
Eine Zeit lang war ich besessen von allem, was mit Ozeanen zu tun hatte, schließlich bedecken sie siebzig Prozent des Planeten.
Aber die beiden Male, da wir hingefahren sind, hatte ich Angst.
Die unvorhersehbaren Strömungen und das gewaltige, komplexe System wilder Lebewesen, die unter dem wogenden Wasser wohnen, verursachten mir Gänsehaut.
Buchstäblich.
Ich bestand nur noch aus kleinen Beulen.
Also bewundere ich Patties Beherrschtheit.
Mir war klar gewesen, dass meine Zeit hier nicht ewig dauern würde.
Ich habe ständig mit schlechten Nachrichten gerechnet.
Also ist es jetzt fast eine Erleichterung, wenn es auch welche gibt.
Ich gehe zum Tresen. Ich höre Pattie sagen:
»Eine Frau vom Jugendamt hat angerufen. Sie machen einen Hausbesuch. Heute.«
Kaum dass ich bei ihr bin, wirft sie mir einen Blick zu und dann drückt sie eine Taste und plötzlich kommt die Stimme von Dell Duke aus dem Telefon.
»Also, es scheint mir für jeden ziemlich offensichtlich, dass Sie nicht in meiner Wohnung leben!«
Pattie zuckt nur die Schultern und sagt:
»Es ist ja nur vorübergehend.«
Er sagt:
»Wieso haben wir meine Adresse angegeben? Was stimmt nicht mit Ihrer Wohnung?«

Pattie überhört die Frage. Sie sagt:
»Schauen wir uns Ihr Apartment doch erst mal an.«
Ich höre Dell gegen etwas schlagen. Die Faust gegen seinen Aktenschrank? Seinen Kopf auf den Tisch?
»Ich kann hier nicht weg. Ich meine, ich müsste mich krank melden oder – «
Pattie drückt wieder auf die Lautsprechertaste und Dells Stimme bricht ab. Dann sagt sie:
»Kommen Sie uns abholen. Wir warten hier.«
Sie legt den Hörer auf und geht wieder an ihre Arbeit. Sie sagt zu niemand Bestimmtem:
»Nur vorübergehend.«

KAPITEL 32

Es dauert nicht lang, bis Dells Ford auf den Parkplatz biegt. Er springt aus dem Wagen, als stünde sein Haar in Flammen.

Ich sollte die Nerven verlieren, so wie er, aber ich ertappe mich dabei, Patties Haltung nachzuahmen.

Meine Kanten sind abgeschliffen.

Ich bin Seeglas.

Wer sich ein bisschen anstrengt, kann durch mich hindurchsehen.

Es gibt keine große Diskussion.

Pattie und ich steigen in Dells Auto und wir fahren durch die Stadt.

Zehn Minuten später erreichen wir 257 Heptad Lane.

Ich sehe an dem Apartmentkomplex hoch. Er scheint von einem blinden Bauunternehmer errichtet, der von vornherein auf einen Architekten verzichtet hat.

Die Proportionen sind völlig daneben, aber revolutionär ist das nicht. Eher sieht das Gebäude aus, als hätte jemand einen riesigen Karton genommen, Löcher in die Seiten geschnitten und die Pappe dann in der Farbe von Serratia marcescens angestrichen (wobei es sich um ein stäbchenförmiges Bakterium handelt, das in Duschen gedeiht).

Irgendwie überrascht es mich gar nicht, dass Dell Duke hier wohnt.

Wir folgen ihm durch einen dunklen Treppenaufgang in den zweiten Stock, wo er eine Tür aufschließt. Er murmelt:

»Ich hatte nicht mit Besuch gerechnet. Ich bin nicht vorbereitet. Ich muss noch ein paar Sachen …«

Dann rast er wie ein dressierter Hamster durch einen irren Parcours aus Kram.

In einem unsichtbaren Flur hören wir eine Tür schlagen.
Ich frage mich, was er noch verstecken muss, denn eigentlich würde sein Wohnzimmer schon reichen, damit er vor Scham in den Boden versinkt.
Dell Duke gehört nämlich zu jenen Menschen, die ein Problem mit dem Wegwerfen haben.
Möglich, dass seine Disposophobie, das bedeutet zwanghaftes Horten, nicht voll ausgebildet ist, aber in jedem Fall geht es in diese Richtung.
Mein altes Ich hätte viel Freude an der unmittelbaren Beobachtung einer derart komplexen psychischen Störung gehabt.
Aber das ist vorbei.
Pattie und ich stehen in der Tür und starren auf die sich stapelnden Zeitungen und Zeitschriften und die Post rund um die Billiggartenmöbel, die so ziemlich dieselbe Farbe wie die Augen weißer Kaninchen haben.
Pink mit einem Klecks Gelb.
Das komplette Terrassen-Set namens *Männlicher Lachs* – so steht es auf dem Herstellernachweis, der auf einem der billigen Metallstühle klebt – hat tiefe Spuren in der Auslegeware hinterlassen.
Ich trete einen Schritt weit in den Raum, sodass Pattie die Tür schließen kann, und finde mich neben einem Sonnenschirm wieder, der noch in seiner Plastikhülle steckt.
Er lehnt an der Wand.
Ich spüre seine Traurigkeit.
Ich folge Pattie über einen schmalen Pfad bis in die Küche.
Auf fast allen Arbeitsplatten türmt sich schlecht gespültes Mikrowellengeschirr, eingerahmt von sich gefährlich neigenden Säulen aus roten Wegwerftassen.
Mir wird klar, dass ich den Lebensstilen anderer Leute bisher nur selten ausgesetzt war.
Schon das Garagen-Lebensmodell der Nguyens war mir völlig neu

gewesen, und wenn ich mir diese Wohnung so anschaue, wird mir bewusst, dass mir komplette Existenzformen vorenthalten worden sind.
Das Lebensmodell von Dell Duke gehorcht völlig andersartigen Gesetzen.
Ich wüsste ja gerne mal, wie es in seinen Schränken aussieht.

Pattie muss dasselbe gedacht haben, denn sie verlässt die Küche, schlägt sich durchs Labyrinth des Wohnzimmers zurück bis in den engen Flur.
Ich gehe ihr nach.
Aber mit einiger Vorsicht.
Wie es aussieht, könnte hier jederzeit ein exotisches Tier auftauchen – eines von der illegalen Sorte, wie es Leute aus einer Laune heraus in den Hinterzimmern von Tiergeschäften erwerben, um es später irgendwo auszusetzen, weil sie nicht mit dem Futterbedarf oder den rasiermesserscharfen Krallen klarkommen.
Die Tür zum Schlafzimmer ist zu, aber das hält Pattie nicht davon ab, die Klinke zu drücken und die Tür aufzustoßen.
Wir beide sehen, wie Dell gerade einen ölig schimmernden Schlafsack in einen Nylonsack stopft.
Leichen oder so liegen aber nicht herum.
Wenigstens nicht offen.
Es ist bloß ein mega-unaufgeräumtes Zimmer.
Rings um das nicht bezogene Bett liegen Comics und Zeitschriften verstreut.
In der Ecke recken leere Weinflaschen ihre Hälse aus einem Metallmülleimer (einer von denen, die sonst draußen vor dem Haus stehen).
Pattie braucht nur eine Sekunde für den Weg bis zum Schrank.
Dell ruft:
»Nein!«

Aber es ist schon zu spät. Pattie hat die Jalousientür geöffnet und eine Wand aus Unterhosen enthüllt.

Es müssen Hunderte sein.

In der Vergangenheit hat es mich immer gereizt, unbekannte Mengen möglichst genau zu schätzen, aber das ist vorbei. Ich weiß allerdings ganz sicher, dass mich das hier früher wirklich interessiert hätte.

Als Pattie zurückweicht, stottert Dell:

»Ich … bin etwas hinterher mit der Wäsche.«

Das ist wahrhaftig untertrieben. Patties Blick wandert von Dell zu den Unterhosen und dann zu mir.

Es scheint mir unvorstellbar, dass es hier jemals so aussehen könnte, als ob Pattie und ihre Kinder in dieser Wohnung lebten.

Aber da liege ich falsch.

Ich bin mir nicht ganz sicher, was Patties Schalter umgelegt hat. Vielleicht war es einfach die schiere Größe der Herausforderung.

Wir sitzen wieder in Dells Ford und steuern (unter Patties Führung) die Filiale der Heilsarmee in der Ming Street an.

Minuten später stehen wir alle an der Kasse des Secondhandladens. Pattie hat einen roten Resopaltisch mit vier undefinierbaren Stühlen ausgesucht, dazu ein zitronenfarbenes Sofa und einen Liegesessel aus Leder, mit dem man sich einmal rundherum drehen kann.

Außerdem hat sie das Preisschild eines Etagenbetts aus Eisen mit, das einmal einem Militärfreund gehört haben muss. Geländer und Handläufe sind fast vollständig mit *Semper fi*-Aufklebern bedeckt, dem Motto des *United States Marine Corps*.

Seine Kreditkarte liegt schon auf dem Tresen, als Dell sich endlich zu fragen traut:

»Und wie kriegen wir das alles in meine Wohnung?«

Pattie marschiert ohne Erklärung durch die Glastür hinaus auf die Straße. Den Rest des Geschäfts muss Dell alleine abwickeln.

Dell und ich finden sie am Straßenrand wieder, neben einem Pick-up mit der Aufschrift WIR BRINGEN'S.
Die beiden Männer, die aus dem Führerhaus klettern, um uns zu helfen, heißen Esteban und Luis. Sie kennen sich aus mit Möbeln.
In kürzester Zeit haben sie alle Einkäufe auf der Ladefläche ihres ziemlich ramponierten Pick-ups festgeschnürt.
Und kaum sind wir in Glenwood Gardens, schleppen die beiden jedes Stück treppauf bis in Dells Wohnung, ohne dabei auch nur ins Schwitzen zu geraten.
Pattie hat die Aufsicht.
Dell steht nicht im Weg.
Ich bin der stille Beobachter.
Jetzt müssen wir nur noch Dells ganzen Müll loswerden.

Pattie drückt Dell eine lange Einkaufsliste in die Hand und schickt ihn zum Supermarkt.
Kaum ist er fort, stellt sie mich und Luis und Esteban in eine Reihe, sodass wir eine Menschenkette bilden.
Wir sind bloß zu viert, aber mithilfe dieser uralten Transportmethode verlässt der Müll von Monaten das Gebäude.
Dell kehrt zwei Stunden später zurück und die meisten seiner Sachen sind inzwischen in den Müllcontainer des Wohnkomplexes gewandert. Er sagt, er habe sie eigentlich zum Wertstoffhof bringen wollen.
Aber ich weiß, dass er lügt.
Er wirkt nicht verärgert darüber, dass wir seinen Kram weggeschmissen haben, also schließe ich, dass er kein Hamsterer ist.
Es fällt ihm bloß schwer, Dinge zu Ende zu bringen.

KAPITEL 33

Freitags blieb Mai nach Unterrichtsschluss in der Schule, um an einem Programm für gefährdete Teenager teilzunehmen.

Sie nannten es natürlich nicht so. Sie sagten »Schüler mit besonderem Betreuungsbedarf«.

Aber Mai wusste Bescheid.

Sie hatte die Broschüre gelesen, die die Finanzierung des Programms beschrieb. Das Heft hatte am ersten Tag auf dem Tisch des Teamleiters gelegen, sie hatte also nicht mal geschnüffelt oder so.

Sie fragte sich, weswegen sie wohl gefährdet war.

Einmal die Woche traf sich ein Dutzend Schüler in der Bibliothek, um über alles Mögliche sprechen, vom College bis zum Zähneputzen.

Diesmal sprach eine Frau über grünes Gemüse und den Vorteil außerschulischer Aktivitäten für den Lebenslauf.

Als sie fertig war, wurden kleine Karten verteilt. Am Ende sollte man sie gegen Preise oder so eintauschen können. Der Teamleiter hatte sich da nicht klar ausgedrückt.

Mai stopfte ihren Rucksack mit neuen Bibliotheksbüchern voll und ging zur Bushaltestelle.

Die meisten nicht »gefährdeten« Schüler hatte eigene Autos oder wurden von ihren Eltern abgeholt.

Vielleicht, dachte Mai, bestand ihre Gefährdung also darin, dass sie mit dem Stadtbus fuhr.

Am Bushäuschen vor der Schule wuchsen die taffsten Rosen der Stadt.
Das jedenfalls war es, was Mai dachte, als sie auf die dornigen Büsche starrte. Einer der wenigen Sätze, die Willow im vergangenen Monat zu ihr gesagt hatte, war, dass sich in einem Garten der ganze Kreislauf des Lebens beobachten lasse.
Wenn eine Pflanze in guter Erde wurzele und genug Sonne und Wasser habe, dann komme irgendwann auch eine Knospe zum Vorschein. Am Anfang sei sie klein und sehr grün.
Manchmal fräßen Käfer Löcher in die äußere Hülle der Knospe, aber wenn diese Löcher nicht allzu tief seien, blühe die Pflanze.
Und die Welt bekomme die Blume zu Gesicht.
Mit der Zeit würden sich die Blütenblätter entfalten, an der Spitze fange es an. Die Form halte nicht mehr zusammen und die Blume öffne sich, erst weit und dann weich.
Dann sei die Rose schutzloser gegen den Wind oder den Regen und sogar gegen die heiße Sonne.
Schließlich würden die Blütenblätter einfach austrocknen und wegbrechen und zu Boden fallen.
Übrig bleibe bloß eine runde Zwiebel, der Schädel des Ganzen. Und irgendwann werde auch er fallen und zur Erde zurückkehren.
Darin stecke mehr Weisheit, hatte Willow erklärt, als in irgendetwas sonst, was man ihr über das Leben und den Tod und alle Stadien dazwischen erzählt habe.
Was war die Rose, bevor sie eine Rose war?
Sie war die Erde und der Himmel und der Regen und die Sonne.
Und wo war die Rose, sobald die Rose verschwunden war?
Sie kehrte zurück, nahm Mai an, zurück zum größeren Ganzen, das uns alle einschließt.

Niemand holte Quang-ha je von der Schule ab, also war er alarmiert, als Dell Duke genau vor seinen Füßen quietschend zum Stehen kam.
Das verschmierte Fenster fuhr herunter und Dell brüllte:
»*Hey!*«
Der Junge spürte, wie sich sein ganzer Körper verkrampfte. Man sagt nicht »Hey« zu jemandem, der »Ha« heißt.
Dann brüllte Dell:
»Steig ein! Wir sind spät dran!«
Quang-ha rührte sich nicht. Er fragte nur:
»Was ist los?«
Dell machte einen langen Arm und öffnete die Beifahrertür.
»Frag deine Mutter. Der ganze Schwindel war ihre Idee.«

Dell erklärte ihm nur, dass Pattie und Willow in seiner Wohnung seien und sie herrichteten, als würden sie dort leben.
Quang-ha kam das alles ziemlich zwielichtig vor.
Aber er rief seine Mutter auf dem Handy an und sie trug ihm auf, die Küchenutensilien aus der Garage einzupacken.
Er war sich ziemlich sicher, dass das hier die blödsinnigste Idee der Welt war, aber er ging zur Garage hinüber, mit dem verschwitzten Berater im Schlepptau.
Über einen Monat lang hatte Quang-ha mit einer völlig Fremden in einem Raum geschlafen. Vielleicht würde sich daran endlich etwas ändern.

Dell stand auf der Schwelle der Garage und starrte.
Kein Wunder, dass sie diese Adresse nicht angegeben hatten. Das hier war augenscheinlich nicht mal legal.
Dell war davon ausgegangen, dass sie in einem Haus lebten oder wenigstens in einer richtigen Wohnung. Das hier war also ein ziemlicher Hammer.

Woher nahm diese Frau ihre Stärke?
Nachdem er und Quang-ha einen Reiskocher, einen Bambusdämpfer, einen Wok, ein halbes Dutzend Schüsseln, Küchenzangen, eine Sammlung Essstäbchen, zwei Hackmesser, drei Kochtöpfe und das Bettzeug in den Kofferraum gepackt hatten, füllten sie einen Milchkasten mit Lebensmitteln.
Schließlich sammelten sie im Badezimmer des Nagelstudios ein paar Sachen ein und waren schon wieder unterwegs.
Quang-ha kam es ein bisschen wie ein Gefängnisausbruch vor.
Als sie auf den staubigen Stellplatz von Glenwood Gardens bogen, gefiel ihm die Geschichte sogar noch besser. Offenbar taten sie gerade etwas Illegales; wenigstens umgingen sie irgendein Gesetz oder irgendeine Regel.
Und das war aufregend.

KAPITEL 34

Gibt es ein persönlicheres Kleidungsstück als eine Unterhose?
Ich glaube nicht.
Dell trägt alle möglichen Formen.
Seine Unterhosen weisen eine gewaltige Farbenvielfalt und eine schockierende Zahl von Mustern auf. Er hat einen Hang zu Zeichentrickfiguren. Und zu Gemüse.
Das zu wissen ist wahrhaft verstörend.
Dieser Mann ist nicht nur mein Berater. Er soll auch meine Schularbeiten betreuen. Auch wenn es in den vergangenen fünf Wochen nie dazu gekommen ist.
Ich kann nicht fassen, dass wir seine Kronjuwelen nicht einfach im Schrank lassen, aber Pattie ist wild entschlossen, keine halben Sachen zu machen. Selbst wenn das bedeutet, sich auf jemandes Unterhosen-Zwangsstörung einzulassen.

Um den Berg abzutragen, müssen wir dreimal den Weg zum Waschkeller zurücklegen.
Als die erste Ladung wäscht, verwandelt sich Pattie in einen menschlichen Tornado.
Vorher ist sie nur ein Tropensturm gewesen.
Bis Dell und Quang-ha das Küchenzeug die Treppe hochtragen, haben wir den Fußboden gewischt (er ist orange, stellt sich heraus, nicht braun), die Mikrowelle und alle Ablagen sauber gemacht und weitere acht Müllbeutel gefüllt.
Für mich ist das eine ganz besondere Herausforderung, denn ich weiß viel über Bakterien und Keime.

Dell hat kaum das ganze Zeug aus der Garage hochgeschafft, da drückt ihm Pattie die nächste Liste in die Hand und schiebt ihn wieder aus der Tür.
Quang-ha bleibt bei uns.

Alles in Dells Wohnung wirkt grau.
Irgendjemand hat nämlich das Oberlicht im Wohnzimmer mit einer Zeltplane abgedeckt. Wahrscheinlich, um die Energiekosten zu senken oder so.
Mittlerweile ist diese Plane völlig verdreckt. Schimmelpilze säumen die Ränder, wo sich das Wasser sammelt.
Wenn man also in Dells Wohnzimmer steht, hat man, ganz gleich wie das Wetter auch sein mag, immer das Gefühl, dass sich draußen gerade ein Hurrikan zusammenbraut.
Pattie stemmt die Hände in die Hüften und schielt zum verhängten Oberlicht hinauf.
Sie sagt:
»So geht das nicht.«
Pattie sieht nicht glücklich aus.
Ich starre mit ihr zur Decke hinauf.
Es sieht aus, als würde da oben eine dreckige Riesenwindel kleben.
Pattie ruft nach Quang-ha, dem sie eben erst eine große (unter dem Waschbecken im Bad entdeckte) Plastiktüte mit leeren Wein- und Bierflaschen in die Hand gedrückt hat, die er runtertragen soll.
Pattie zeigt zum Himmel hinauf.
»Ich möchte, dass du aufs Dach steigst und die Plane entfernst.«
In all den Wochen habe ich Quang-ha nicht ein einziges Mal glücklich erlebt, sein finsterer Blick ist also nicht gerade eine Überraschung.
»Gerade hast du gesagt, ich soll diese Flaschen wegschmeißen.«
Pattie sagt:
»Mach beides.«

Er tut mir leid und ich sage:
»Ich helfe dir.«
Quang-ha will keine Hilfe von mir. Aber mich zu ignorieren ist sein Standardverhalten.
Und ich finde das okay.
Jetzt nimmt er die schwere Tüte und geht zur Tür.
Ich gehe ihm nach.

Wir sind im Flur und er schleppt die Tüten voller Flaschen. Er sollte sie stehen lassen, wenn er aufs Dach will, aber das tut er nicht.
Ich sage nichts dazu, weil er älter ist und mich nicht ausstehen kann.
Und weil ich sowieso kaum noch etwas sage.
Er ist bloß wegen mir und meiner Probleme hier und räumt Dells Wohnung auf.
Am Ende des Flurs ist eine Treppe. Ein Schild besagt, dass sie aufs Dach führt.
Ich wünschte, Quang-ha würde die Tüte mit den Flaschen abstellen.
Ich glaube, er will mir etwas beweisen, vielleicht, dass die Tüte nicht zu schwer für ihn ist. Dabei weiß ich, dass sie das ist.
Ich habe heute mehr Sachen geschleppt als in den letzten sechs Wochen zusammen.
Quang-ha geht stracks die schmalen Stufen hinauf. Am Ende der Treppe befindet sich eine Tür mit einem Schild, auf dem steht:

ZUGANG ZUM DACH NUR FÜR PERSONAL

Ich glaube nicht, dass wir Personal sind, aber Quang-ha drückt die Tür trotzdem auf. Die Sonne steht schon tief, doch draußen ist es immer noch hell. Es gibt insgesamt zehn Oberlichter und zehn alte dreckige Planen.
Also ist Dell nicht der Einzige, bei dem es drinnen grau ist.
Ich nehme zur Kenntnis, dass Quang-ha verwirrt ist.

Ich zeige auf die linke Seite des Gebäudes.
»Da drüben. Das dritte ist das Wohnzimmer.«
Er wird nicht mit mir diskutieren, denn er lebt seit einem Monat mit mir in einem Haushalt und weiß mittlerweile, dass das, was ich sage (wenn ich schon mal was sage), Fakt ist.
Quang-ha trägt immer noch die Mülltüte, während er über das heiße Dach geht.
Ich folge ihm.
Warum, weiß ich nicht genau. Ich bin sein kleiner Schatten und weiß, dass ich alles bloß schlimmer mache.
Die Ecken der Planen sind mit Ziegelsteinen beschwert, und als wir Dells Plane erreichen, hebe ich einen auf.
Dann beugt sich Quang-ha vor und zieht mit seiner freien Hand an der dreckigen Plane.
Doch dabei rutscht ihm die Mülltüte aus der anderen und die Flaschen fallen heraus und eine zerbricht genau vor seinen Füßen.
Grüne Glassplitter fliegen umher und ein paar landen auf dem gerade erst freigelegten Oberlicht.
Mein altes Selbst hätte jetzt geschrien.
Mein neues Selbst erwartet solche Unfälle.
Genau genommen ist mein neues Selbst überrascht, dass wir uns an den Splittern nicht geschnitten haben und bluten.
Quang-ha war schon vorher wütend. Jetzt ist er *richtig* wütend. Er fängt an, die Scherben aufzusammeln.
Ich beeile mich, ihm zu helfen.
Ich beuge mich über das Oberlicht und sehe, wie drei Scherben das Sonnenlicht einfangen. Sie schicken kleine Farbflecken in den Raum darunter.
Ich sehe zu Quang-ha hinüber. Er hat es auch bemerkt. Ich sage:
»Wie ein Buntglasfenster.«
Quang-ha sagt nichts, aber er nimmt eine Bierflasche und zerschlägt sie. Dann legt er ein Stück bernsteinfarbenes Glas auf das Oberlicht.

Jetzt fällt ein Streifen orange-braunen Lichts unten auf den Teppich in Dells Wohnung.
Wir tauschen Blicke.
Aber wir sagen nichts.
Und dann dekorieren wir das ganze Oberlicht.

Am Ende zerschlagen wir sämtliche Flaschen, um genügend Scherben zu haben.
Mir macht das unerwartet viel Spaß.
Ich bin mir sicher, dass es Quang-ha genauso geht, obwohl er kein Wort sagt, während wir die Überreste eines, wie es aussieht, ernsthaften Alkoholproblems zerschlagen.
Nachdem wir fertig sind, gehen wir wieder die Treppe runter.
Quang-ha drückt die Wohnungstür auf und wir beide erkennen gleich, dass die Atmosphäre im Raum plötzlich eine ganz andere ist.
Das Licht.
Grüne und bernsteinfarbene Strahlen von oben.
Was vorher gewöhnlich und seelenlos war, wirkt plötzlich interessant.
Wir stehen da und starren hinauf zu unserem Werk, als Pattie hereinkommt. Ich will nicht, dass sie wütend wird, ganz besonders nicht auf Quang-ha. Ich sage:
»Es ist nur vorübergehend.«
Zu meiner Überraschung sagt Pattie bloß:
»Du kannst die Möbel anders stellen, Quang-ha, wenn du eine bessere Idee hast.«
Es würde mich nicht wundern, wenn er eine hätte.

Quang-ha stellt sämtliche Möbel um, auch das Sofa und die Stühle. Er stellt sie nicht einfach an die Wände; er schafft neuen Formen im Raum.
Als er fertig ist, möchte ich sagen:

»Der optische Eindruck ist jetzt qualitativ ein erheblich anderer.«
Aber stattdessen sage ich:
»Das Zimmer sieht jetzt viel schöner aus.«
Quang-ha zuckt bloß die Achseln, doch er guckt nicht mehr wütend.
Es ist das allererste Mal, dass wir etwas zusammen gemacht haben, und mir wird klar, dass sich das komisch anfühlt.
Für uns beide.
Und ich sehe mich zu einem Eingeständnis gezwungen. Mit einem Teenager-Jungen, der die Lichteffekte von zerbrochenem Buntglas zu schätzen weiß, in einem Zimmer zu sein verbessert mein Verhältnis zur Welt.

KAPITEL 35

Dell entfernte seinen Namen vom Briefkastenschlitz für Nummer 28 und ersetzte ihn durch einen Zettel, auf den Quang-ha kunstvoll *Nguyen* geschrieben hatte.

Dann ging er schnurstracks zu seinem Wagen und fuhr davon, kurz bevor Lenore Cole am Straßenrand hielt.

Er steuerte geradewegs die nächste Bar an, die *The Hammer* hieß. Die meisten Leute in Bakersfield gingen in den *Hammer*, wenn sie gerade ihren Wagen zu Schrott gefahren hatten oder wegen der Hitzewelle der Strom ausgefallen war und ihre sämtlichen Vorräte an Eiscreme geschmolzen waren.

Die Bar war ein Unglücksmagnet. Niemand, der in den *Hammer* ging, zog seinen besten Pullover oder eine enge Jeans an.

Das war auch der Grund, warum Dell sich dort zu Hause fühlte.

Er seufzte vor Erleichterung, als er auf den Parkplatz fuhr. Er war Pattie Nguyen entronnen.

Dell merkte, dass er laut vor sich hin grummelte, als er die Autotür öffnete.

»Ist etwa jemand gestorben und hat ihr alle Verantwortung übertragen?«

Dann fiel ihm ein, dass tatsächlich zwei Menschen ums Leben gekommen waren. Und möglicherweise war er es selbst gewesen, der Pattie Nguyen versehentlich die Verantwortung übertragen hatte, indem er ihre aufdringliche Tochter ins Spiel gebracht hatte.

Was Dell mit Sicherheit wusste, war, dass jetzt jemand Unmengen von Spinat in seiner Küche dämpfte, die, solange er dort wohnte, niemals ein Gemüse in rohem Zustand gesehen hatte.

Immerhin wurde gerade seine Unterwäschesammlung gewaschen.

Sobald er in der schwach beleuchteten Bar war, suchte Dell sich einen Platz. Als er sich über den klebrigen Tresen beugte, zog er einen Stift aus der Tasche und griff sich eine dünne Cocktailserviette.

Er wollte die Kontrolle zurückgewinnen und darum erweckte er das DELL-DUKE-SYSTEM DES SELTSAMEN zu neuem Leben.

Er schrieb:

1 = AUSSENSEITER

2 = CHAOT

3 = EINSAMER WOLF

4 = IRRER

5 = GENIE

Und dann fügte er eine neue Kategorie hinzu:

6 = DIKTATOR

Mai musste einen zweiten Bus durch die Stadt nehmen, um nach Glenwood Gardens zu kommen.

Und sie war nicht gerade glücklich deshalb.

Sie hatte ihre Mutter vom Salon aus angerufen und dabei vom Besuch des Jugendamts erfahren.

Hätte ihr nicht jemand sagen können, was los war?

Jetzt, eine Stunde später, schmerzte Mais Arm vom Tragen des schweren Rucksacks.

Aber in ihrem Innern fühlte sie einen anderen Schmerz.

Sie zweifelte daran, dass es richtig war, so zu tun, als würden sie in Dell Dukes Wohnung wohnen.

Vielleicht hätte Willow gleich nach dem Unfall in eine Pflegefamilie gehen sollen.

Ihre Mutter hatte es klipp und klar gesagt. Sie waren nicht in der Lage, sich um noch ein Kind zu kümmern.

Sie hatten helfen wollen, aber was, wenn sie Willow am Ende nur noch mehr verwundet hatten?

Mai trat mit ihrem rechten Schuh, der nicht mehr als ein Satinpantoffel war, fest auf eine Eichel.
Aber die Eichel, die in der Mitte des aufgerissenen Gehsteigs lag, zerplatzte nicht unter ihrem Fuß.
Stattdessen war sie fest und hart und tat weh. Es war, als würde man auf einen spitzen Stein treten.
Mai spürte, wie sich ihr ganzer Körper verspannte.
So vieles tat, ohne dass man damit rechnete, weh.
Mai kickte gegen die Eichel, die über den Bürgersteig auf die Straße flog. Sie beobachtete, wie ein vorbeikommendes Auto direkt über die grüne Frucht fuhr.
Mai ging an den Bordstein, um besser sehen zu können.
Die Eichel war nicht platt. Unverletzt lag sie mitten auf der Straße.
Mai stellte ihren Rucksack ab, um sie zu holen.
Die Eichel war ein Überlebenskünstler.
Mai stopfte sie in ihre Tasche.
Vom Glück verwöhnt. Das war es, was die Eichel war.
Wenn Willow mal nicht hinschaute, würde Mai sie an einem Ort deponieren, wo Willow sie finden würde.

KAPITEL 36

Ich bin erschöpft.

Ich habe mitgeholfen, die Wohnung eines einsamen, faulen, hortenden Eremiten in die Bleibe einer Familie zu verwandeln.

Und das in einem irrwitzigen Tempo.

Jetzt, wo der Wok dampft und ich, weil Pattie es gesagt hat, Gemüsezwiebeln klein schneide, klingelt es an der Tür.

Lenore Cole steht unten vor dem Haus.

Seit dem Unfall gehe ich einmal die Woche zum *Jamison-Kinderzentrum*.

Ich wurde dort von Kopf bis Fuß untersucht. Ich hatte drei Sitzungen mit einem Psychiater (Dr. Ron McDevitt) und habe Lenore Cole zweimal gesehen.

Es war die Rede davon, einen festen Platz für mich in einer Pflegefamilie zu finden, aber bei älteren Kindern sei das gar nicht so leicht.

Bei meinem letzten Besuch am Donnerstag habe ich in der Toilette ein Mädchen getroffen, das gesagt hat, dass niemand einen will, wenn einem erst mal die Milchzähne ausgefallen sind.

Es hat mir außerdem gesagt, dass potenzielle Eltern zuerst die blonden Kinder nehmen.

Ich glaube nicht, dass es gemein sein wollte oder so.

Wir hatten beide tintenfarbene Haare.

Die Sozialarbeiterin bleibt nicht lange.

Das ist gut so.

Ich glaube, wir haben den Test bestanden.

Sie wissen, dass Pattie keine qualifizierte Pflegemutter ist, dennoch stellen sie gewisse Ansprüche, selbst an jemanden, der nur »vorübergehend« das Sorgerecht hat.

Im Flur sagt Lenore Cole:

»Wir werden den richtigen Platz für dich finden. Das ist unsere Mission.«

Ich antworte nicht.

Ich will, dass diese Frau durch die Tür geht und in ihren Wagen steigt und aus der Straße und aus der Stadt und dann aus dem Bundesstaat verschwindet und schließlich an einem Ort in Kansas landet, den man Tornado Alley nennt.

Aber das ist nicht ihre Schuld.

Ich bin das Problem.

Vielleicht gibt es ja jede Menge Pflegefamilien in Kansas.

Ich stehe in der Tür und beobachte, wie die Sozialarbeiterin in ihren Wagen steigt und in die Straße einbiegt.

Sie fährt direkt an Mai vorbei.

Allein der Anblick des stolzen Teenagers ändert alles.

Als ich ihr erzähle, dass wir einen Fake-Raum mit *Semper fi*-Etagenbetten haben, rotiert sie vor Freude in ihrem Panzer.

Natürlich hat sie nicht wirklich einen Panzer, aber irgendein hartes Gehäuse, das sie vor dem Leben schützt, hat sie doch.

Offenbar hat sie immer schon mal vor dem Schlafengehen eine Metallleiter hochklettern wollen.

Vielleicht liegt das daran, dass sie so viele Jahre auf dem Boden geschlafen hat.

Ich will sie nicht enttäuschen und ihr sagen, dass das alles nur eine Show ist, damit sie mich nicht holen kommen.

Oben in der Wohnung danke ich Pattie für alles, was sie heute getan hat.

Zu meiner großen Erleichterung setzt sie sich endlich hin.

Die größte Pragmatikerin der Welt zuckt bloß mit den Schultern und sagt:
»Những gì mình mong ít khi nào nó xẩy ra. Những gì mình không muốn thì nó lại cứ đến.«
Übersetzt heißt das:
Was wir erwarten, trifft selten ein; was eintrifft, ist, was wir nicht erwarten.
Ich nehme Patties Hand. Es überrascht mich, dass ich das tue. Ich bin zu alt dafür, aber ich kann nicht anders. Es gelingt mir zu sagen:
»Das ist zwar keine wissenschaftliche Betrachtungsweise des Zusammenhangs von Ereignissen, aber ich verstehe total.«
Einen so langen Satz habe ich schon ewig nicht mehr gesagt.
Ich weiß nicht recht, ob ich einfach nur müde bin oder ob sich etwas verändert hat, aber wie ich sie so ansehe und ihre Hand halte, lächele ich.
Meine Zähne kleben mir nicht mal an den Lippen.
Und Pattie wendet sich nicht ab.

Alle haben großen Hunger, sogar ich, dabei habe ich schon lange keinen Appetit mehr.
Pattie versucht, Dell zu erreichen, aber er geht nicht an sein Handy.
Also essen wir ohne ihn.
Besonders komisch ist, dass es sich auf einmal so anfühlt, als würden wir wirklich in Glenwood Gardens wohnen.
Wir essen unser Abendessen auf dem mit rotem Linoleum bezogenen Tisch und werfen die Pappteller (Dell hat keine richtigen) nachher in den Müll.
Quang-ha muss die Abfälle gleich runtertragen, weil die Küche ab sofort eine müllfreie Zone ist.
Wir alle helfen beim Aufräumen und dann machen wir es uns mit den neu erworbenen, gebrauchten Möbeln gemütlich.
Ich kann nicht fassen, dass sie noch die Kraft dazu hat, aber Pattie

fängt an, den Berg sauberer Dell-Unterwäsche in kompakte kleine Quadrate zu falten.
Sie sehen aus, als würden sie aus einem Automaten kommen.
So präzise ist sie.
Quang-ha hat sich in Dells großen Fernseher verliebt und eine Sendung entdeckt, in der japanische Fußballspieler mit ihren Köpfen Tontöpfe einschlagen.
Wir sehen alle zu.
Irgendwie macht es süchtig.
Ich weiß, dass diese Schläge auf den Kopf langfristig ernste Gesundheitsprobleme verursachen können.
Aber gerade jetzt sollte das wirklich nicht meine Sorge sein. Also lasse ich es geschehen.
Weil in diesem Raum alles so anders ist, vergesse ich für einen kurzen Moment, dass ich keine Mutter und keinen Vater oder keinen Ort mehr habe, den ich Zuhause nennen kann.
Ich lehne mich auf dem Sofa zurück.
Und ich spüre einen stechenden Schmerz in meiner rechten Hüfte.
Als ich danach taste, stelle ich fest, dass ich auf einer kleinen grünen Eichel sitze. Ich habe keine Ahnung, wie sie aufs Sofa gekommen ist.
Äpfel wachsen an Apfelbäumen. Und Kirschen wachsen an Kirschbäumen. Aber wir sagen nicht, dass Eicheln an Eichelbäumen wachsen.
So was ist interessant.
Zumindest für manche Menschen.
Ich halte die kleine Frucht in meiner Hand. Mai sitzt neben mir und sagt mit einem Lächeln:
»Vielleicht ist es ja eine Glückseichel.«
Ich stecke die Eichel in meine Tasche, denn vielleicht hat Mai ja recht. Schließlich ist es ein Samen und die sind per Definition der Beginn von etwas.

Dann lege ich den Kopf in den Nacken, bis er auf der Sofakante lehnt, und obwohl ich immer noch Tränen in den Augen habe, kann ich durch das Buntglas-Oberlicht den Vollmond erkennen. Er sieht aus wie ein bernsteingelbgrüner Dauerlutscher.
Und das ist keine schlechte Sache.

KAPITEL 37

Es war schon spät, als Dell endlich in seine Wohnung stolperte.

Er erkannte sie buchstäblich nicht wieder, und das nicht nur, weil Pattie auf der neuen Heilsarmee-Couch schlief und Quang-ha daneben auf dem Teppich ausgestreckt unter einer roten Decke lag.

Dell schloss die Tür und ging durch den Flur. Willow und Mai lagen in den *Semper fi*-Etagenbetten im zweiten Schlafzimmer.

Dell fragte sich, warum sie nicht alle nach Hause gegangen waren, und dann fiel ihm ein, dass sie kein Auto hatten. Auch er war zu Fuß nach Hause gekommen.

Nachdem er über die ganzen Veränderungen gestaunt hatte, schaffte er es schließlich in sein Zimmer, wo sein Bett mit einem von Patties Laken und einem kuscheligen Oberbett für ihn hergerichtet war.

Dell legte sich mit dem Gesicht nach unten auf die Matratze.

Und so lag er auch noch da, als er nur fünf Stunden später vom Geräusch der Dusche geweckt wurde.

Das war kein normales Geräusch.

Dell hatte noch nie laufendes Wasser in seinem Schlafzimmer gehört.

Er öffnete die Augen und stellte fest, dass das Geräusch aus dem Badezimmer kam. Blinzelnd sah er auf die Digitalanzeige der Uhr neben seinem Bett und stellte fest, dass es 5:21 Uhr war.

Wer stand bloß so früh auf?

Es war einer von *ihnen*. Er hatte sogar eine ziemlich konkrete Vorstellung, wer.

Dell hätte seinen linken Fuß für noch eine Stunde Schlaf gegeben.

Er schloss die Augen und fragte sich, ob so eine Verletzung ihm

eine Art Erwerbsunfähigkeitsrente von der Schulbehörde eintragen würde.
Wie die meisten Leute benutzte er den rechten Fuß zum Fahren, daher nahm er an, dass der linke Fuß im Vergleich nicht so viel bringen würde.
Arbeiteten Versicherungsfirmen nicht genauso? Hatte nicht jeder Körperteil einen bestimmten Preis?
Vielleicht war es besser, den linken Arm herzugeben.
Und dann klopfte es an der Tür und das *Interne Dell-Duke-Forum für idiotische Diskussionen* wurde von Pattie Nguyens Stimme unterbrochen.
»Sind Sie wach?«
Er wollte sagen, dass er es *jetzt* wohl unweigerlich sei. Stattdessen antwortete er:
»Bin seit Stunden auf.«
Er hatte es zutiefst sarkastisch gemeint, aber sie erwiderte:
»Ich auch.«
Pattie stieß die Tür auf und redete, während sie hereinkam:
»Das Jugendamt kommt nächste Woche wieder. Ich denke, es wäre einfacher, wenn wir hierbleiben, bis man einen festen Platz für Willow gefunden hat. Ich kann nicht alle paar Tage hinter Ihnen herputzen.«
Dell schwieg. Nicht weil er keine Meinung hatte, sondern weil ihm so früh am Morgen die Kraft fehlte, um aus vollem Hals zu schreien.
Pattie fuhr fort:
»An dem Brett in der Waschküche habe ich einen Zettel gesehen. Apartment 22, gleich den Flur runter, sucht einen Mitbewohner.«
Dell schloss die Augen. Das musste ein Traum sein.
Allerdings fiel ihm ein, dass er sich in seinen Träumen normalerweise versteckte. Und oft war sein Körper aus geheimnisvollen Gründen blau angemalt.
Dell öffnete die Augen. Pattie ging bereits zur Tür.

»Ich besorge die E-Mail-Adresse. Eine Nachricht, dass Sie interessiert sind, können Sie auch schon so früh am Morgen schicken. Es ist nur vorübergehend. Bis wir das alles geklärt haben.«
Dell war Sadhu ab und zu im Parkhaus begegnet, aber sie hatten nie mehr als Hallo gesagt.
Nun saß er dem Mann zu dieser unchristlichen Zeit gegenüber. Die verrückte Nguyen-Frau hatte darauf bestanden, dass er eine E-Mail schickt, und dann hatte sein Laptop zu seinem Entsetzen sofort eine Antwort angezeigt.
Der Typ, der nur den Flur runter wohnte, hatte von ihm verlangt, dass er gleich vorbeikommt und sich vorstellt.
Sollte der Mann nicht eigentlich schlafen?
Was war nur los mit all diesen Leuten?
Sadhu räusperte sich und sagte:
»Ich bin Vegetarier.«
Dell nickte. Sadhu schien plötzlich Hoffnung zu schöpfen.
»Sind Sie auch Vegetarier?«
Dell schüttelte den Kopf. Er würde nicht lügen, aber er würde auch nicht ins Detail gehen, was seine Versessenheit auf Fleisch betraf.
Weil Dell so müde war, sah er so flehentlich drein wie jemand, der die Pantomimenschule besucht hatte.
Oder der zumindest stark an die Kraft nonverbaler Kommunikation glaubte.
Seine Antworten waren eine Aneinanderreihung von Kopfbewegungen, untermalt von herzhaftem Gähnen, hochgezogenen Augenbrauen und halb unterdrückten Schluckaufs.
Und aus diesem Grund wurde er als Mitbewohner angenommen.
Minuten nachdem er sich gesetzt hatte, kam Pattie Nguyen den Flur runter und schrieb für Sadhu Kumar einen Scheck aus. Einen Scheck über eine Monatsmiete für das zweite Schlafzimmer in Apartment 22 im selben Mietshaus, in dem Dell bereits die Nummer 28 gemietet hatte.

Sie würde für die Kosten bei Sadhu aufkommen und Dell würde weiterhin seine Miete zahlen.
Als sie den Handel mit einem Handschlag besiegelten, fand Dell die Kraft, wenigstens etwas zu sagen. Er erklärte:
»Von scharfem Essen kriege ich Magenschmerzen.«
Sadhu nickte, als würde er verstehen, aber Dell war sich sicher, dass der Typ bei allem, was er kochte, eingelegten Pfeffer verwendete.

KAPITEL 38

Es ist alles bloß »vorübergehend«.
Das sagt Pattie.
Ich glaube, das ist ihr Lieblingswort.
Was ist noch vorübergehender als Nagellack? Kein Wunder, dass sie sich von dem Produkt so angezogen fühlt.
Pattie erklärt, dass wir in Nummer 28 bleiben, bis der richtige Platz für mich gefunden ist.
Es werde wöchentlich einen Besuch von der Behörde geben und das Kommen und Gehen jedes Mal wäre ihr zu viel.
Ich antworte nicht, dass alles auf der Welt »vorübergehend« ist.
Ich antworte, dass ich das verstehe.
Aber Dell tut mir leid.
Nicht nur, weil Pattie und ich seinen Unterwäscheberg gesehen haben (weshalb er vielleicht zugestimmt hat, den Flur runterzuziehen).
Wenn ich früher zu Hause in meinem Garten saß, habe ich gerne Vögel beobachtet, und zwar nicht nur die Grünbürzel-Papageien, sondern auch die Arten, die umherziehen.
Jetzt denke ich daran, wie kleine Vögel sich oft in großen Schwärmen bewegen.
Aus der Ferne kann das wie Rauch aussehen.
Es ist unklar, warum sie auf einmal alle die Richtung wechseln.
Die Vögel scheinen ihre individuellen Absichten vergessen zu haben.
Sie sind Teil einer umfassenderen Lebensform.
Und sie akzeptieren das.
Etwas in ihnen gibt nach. Forscher wissen nicht, was es ist.
Gerade jetzt befinde ich mich in einem Schwarm.

Und Dell Duke auch.
Ob es ihm gefällt oder nicht.

Ich sehe zu, wie Dell einige seiner Kleider, seine Zahnbürste und einen Behälter mit etwas, was wie Haarspray aussieht, einpackt.
Schweren Schrittes geht er den Flur runter zu Sadhu Kumars Wohnung.
Er stampft nicht, ist aber kurz davor.
Wer will es ihm verübeln?
Zwei Stunden später, als Mai und Quang-ha wach sind und mithelfen, werden Dells Arbeitsklamotten sowie seine übergroßen Jogginghosen, seine Sandalenkollektion und genug Unterwäsche für mindestens sechs Monate in den winzigen Schrank im zweiten Schlafzimmer von Kumars Wohnung gestopft.
Nur eine Mülltüte mit alten T-Shirts bleibt zurück.
Und da Dells Kommode und Schrank leer sind, leiht Pattie sich sein Auto und bringt noch ein paar Sachen aus dem Nagelstudio her.
Mai fährt mit ihr.
Ich glaube nicht, dass ich meine Teenager-Freundin je so glücklich gesehen habe.

Dell hat einen riesigen Fernseher, aber er hat ihn nicht richtig programmiert.
Ich passe die Einstellungen an und jetzt ist nicht mehr alles lang gezogen und zu hell. Ich sorge auch dafür, dass der Ton synchron mit dem Bild ist. Vorher stimmte das nicht.
Ich finde heraus, dass über siebzig Kanäle nicht aktiviert sind.
Ich glaube kaum, dass er die Bedienungsanleitung gelesen hat.
Dell kommt rein und sieht die Veränderungen und sagt, dass die Leute im Fernsehen besser aussehen, wenn sie nicht mehr so orangerot und breit sind wie vorher. Es freut ihn besonders, dass das, was sie sagen, mit den Bewegungen ihrer Lippen übereinstimmt.

Ich zeige ihm die neuen Kanäle, die ich programmiert habe, und er wird sauer, weil er seit einem Jahr ein Bezahlsender-Abo hat.
Er ist ziemlich aufgebracht deswegen.
Ich weiß nun ganz sicher, dass wir in unseren wöchentlichen Sitzungen Gesprächsstoff haben werden, da er mich gebeten hat, jedes Gerät in seiner Wohnung zu überprüfen.

Heute Abend treten die neuen Wohnvereinbarungen in Kraft.
Mai und ich schlafen weiterhin im zweiten Schlafzimmer. Pattie ist jetzt in Dells altem Zimmer. Dell ist den Flur runter bei Sadhu Kumar.
Quang-ha hat offiziell das Wohnzimmer in Beschlag genommen.
Er hat Decken und ein Kissen auf dem Sofa, weil er vor dem großen Fernseher schläft.
Und ich meine, *direkt* davor.
Das könnte die Augen ermüden.
Aber er wirkt so außer sich vor Freude über die Vereinbarung, dass ich es nicht zur Sprache bringe.

Heute Morgen wache ich in meinem *Semper fi*-Etagenbett mit dem Bewusstsein auf, dass ich mich um mich selbst kümmern muss.
Zumindest soweit eine Zwölfjährige dazu in der Lage ist.
Meine Eltern hatten keine Lebensversicherung oder viel auf dem Sparkonto.
Sie waren verantwortungsbewusst und fleißig, aber es stellt sich heraus, dass sie im Fach langfristige Planung nicht gerade brilliert haben.
Ich werde damit beginnen, die Buchführung von *Happy Polish Nails* auf ein neues Programm umzustellen.
Alle hier haben Opfer für mich gebracht.
Das ist das Mindeste, was ich tun kann.

Drei Tage sind vergangen.
Vielleicht ist es ein Witz, aber Quang-ha hat einen Avocadokern auf den Fenstersims in der Küche gelegt.
Offenbar mag er Guacamole.
Mai sagt, dass Quang-ha als kleiner Junge Zahnstocher in die Kerne gesteckt und versucht hat, Avocadobäume zu ziehen. Quang-ha ist sauer, weil sie das erzählt hat, und wirft den Kern in den Mülleimer.
Seit Vorher habe ich nicht mehr über den Anbau von Pflanzen nachgedacht. Es tut zu weh.
Aber als niemand hinsieht, rette ich den Avocadokern aus dem Mülleimer. Beim bloßen Anschauen muss ich schon fast weinen.
Plötzlich kann ich nicht anders. Ich fange an, mir Gedanken über die richtige Zusammensetzung des Bodens zu machen.
Ich versuche, diese Gedanken von mir wegzuschieben.
Aber später, als ich aus dem Fenster sehe, fällt mein Blick auf die struppigen Bäume an der Straße.
Ich spiele mit dem Gedanken, einige Äste umzupfropfen.

Ich liege im Bett.
Alle schlafen.
Es ist spät.
In der Nacht ist es immer am schlimmsten.
Die Schatten überwältigen einen.
Irgendwo draußen höre ich einen Hund bellen.
Ich schließe die Augen und statt der Dunkelheit sehe ich keimende Triebe.
Ich habe das, was Mai »meine Glückseichel« nennt, auf die Kiste gelegt, die neben unserem Etagenbett steht und als Nachttisch dient.
Ich öffne die Augen und starre sie an.
Pflanzen sind gefährlich.
Reich ihnen den kleinen Finger und sie nehmen die ganze Hand.

KAPITEL 39

Es ist Wochenende.

Ich komme ins Wohnzimmer. Quang-ha hat sich auf das Sofa gefläzt und zappt von Kanal zu Kanal, als würde er für die Anzahl von Programmen bezahlt werden, die er gleichzeitig verfolgen kann.

Seine Erregung ist eine Art innerer Krampf.

Aber nicht muskulär, sondern mental. Ich kenne den Unterschied.

Er nimmt den Blick nicht vom Fernseher, sagt aber:

»Suchst du was?«

Ich möchte Ja sagen und dass mir alles, was einer flach gewordenen Welt ihre ursprüngliche Form zurückgeben könnte, recht wäre, aber stattdessen murmele ich nur:

»Nein. Ich hol mir ein Glas Wasser. Die Ursache von Erschöpfungszuständen am helllichten Tag ist in neunzig Prozent aller Fälle Dehydrierung.«

Jemand klopft an die Tür.

Es ist Samstag und Pattie ist im Salon. Mai ist mit Freunden unterwegs. Quang-ha und ich sind beide zu Hause in Glenwood Gardens.

Ich öffne die Tür und da steht Dell. Er macht den Mund auf, um etwas zu sagen, aber es kommt nichts heraus.

Ich weiß, wie sich das anfühlt.

Die Situation ist aus vielerlei Gründen verrückt.

Wir wohnen in Dell Dukes Wohnung. Und er muss klopfen, wenn er hineinwill.

Am Donnerstag hat Pattie ein paar Regeln aufgestellt. Sie ist taff. Sie hat ihm tatsächlich seinen Schlüssel abgenommen, weil er sich

am zweiten Tag für über eine Stunde im Badezimmer eingesperrt hat, obwohl er das von Sadhu benutzen soll.
Aber ich mache ihm auf, was nett von mir ist.
Wären wir in der Wildnis, würde ich die Blätter des Baumes wie einen Vorhang für ihn teilen und auf dem Ast ein Stück zur Seite weichen.
Er macht einen Schritt hinein.
Quang-ha ruft über die Schulter:
»Was immer es ist, ich war's nicht.«
Quang-ha hat einen echten Verfolgungswahn, der allerdings auch ein bisschen berechtigt ist.
Der pummelige Betreuer sagt:
»Ich hab da drüben keinen Fernseher. Ich verpasse alle meine Lieblingssendungen.«
Quang-ha antwortet:
»Solange Sie nicht gemein werden, können Sie mit mir fernsehen.«
Ich sehe, dass Dells Gesichtszüge weicher werden. Ich glaube, ihm gefällt das Wort »gemein«.

Ich bin jetzt unsichtbar, wogegen ich nichts habe. Dell geht näher zum Bildschirm und fragt:
»Siehst du viel Sport?«
Quang-has Antwort scheint kein Witz zu sein:
»Nicht, wenn ich es vermeiden kann.«
Das ist die richtige Antwort, denn Dell wirkt erleichtert, als er sich auf das Sofa fallen lässt.
Es gibt einen dumpfen Aufschlag und mir tut derjenige leid, der unter uns wohnt.
Ich hatte keine Geschwister und mein Dad hatte nie Freunde, die bei uns auf dem Sofa saßen und sich über das Fernsehprogramm unterhielten.

Aber genau das passiert jetzt.
Das ist also alles neu für mich.
Dell holt einen Nagelknipser aus der Hosentasche, und während Quang-ha durch die Kanäle jagt, zieht Dell sich die Socken aus und schneidet sich die Zehennägel.

Ich kehre zurück zu den Schatten in der Küche.
Anstatt ins Leere zu starren oder zu schlafen, beobachte ich die beiden. Seit dem Unfall hege ich keine Gefühle für irgendwas, es ist also durchaus möglich, dass mein Beobachten aus psychologischer Sicht gut für mich ist.
Wahrscheinlich aber eher nicht.
Jedenfalls kommt die Beobachtung dieses Mannes und dieses Jungen der Beobachtung von Tieren in der freien Wildbahn so nah wie nichts sonst.
Meines Erachtens handelt es sich um eine einzigartige Gelegenheit, in diese beiden Menschen hineinzusehen. Nicht dass einer von beiden besonders geheimnisvoll wäre.
Aber ich bin auf größere Zusammenhänge aus.
Auf die menschliche Rasse zum Beispiel.
Sogleich stelle ich fest, dass Dell und Quang-ha sich öfter kratzen als Mädchen.
Sie sitzen zusammengesunken auf dem Sofa und scheinen sich wirklich auf die Sendung zu konzentrieren.
Bei drei Gelegenheiten höre ich etwas, was nur als »aggressives Lachen« beschrieben werden kann.
Nach dem dritten derartigen Ausbruch machen beide eine Faust und klatschen sich dann ab.
Eine Nanosekunde lang habe ich Sorge, dass es zu einem Kampf kommen wird.
Tatsächlich ist das Gegenteil richtig.
Die Berührung ist wie ein Band.

Dabei weiß ich genau, dass die beiden sich nicht einmal mögen.
Bringt diese Fernsehsendung sie zusammen?
Aber inwieweit kann eine Gruppe außer Kontrolle geratener junger Frauen in Badeanzügen, die in einem Kanuwettbewerb gegeneinander antreten, eine solche Wirkung haben? Während meiner Feldstudie stehe ich neben dem surrenden Kühlschrank. Ich bin still und rühre mich nicht.
Die beiden scheinen ganz vergessen zu haben, dass ich in der Wohnung bin. Sie wirken entspannt und vollkommen natürlich.
Quang-ha hat die Fernbedienung und zappt wieder durch die Kanäle, wie eine Großmutter die Wasserski-Seiten eines Rennboot-Prospekts durchblättert.
Keine großen Stopps zur Analyse.
Dell und Quang-ha scheinen zweierlei zu suchen.
Hauptsache Gewalt. (Mit großem Vergnügen verfolgen sie einen Zeichentrickfilm, in dem einem Mann mit einem Eispickel in die Augenhöhle gestochen wird.)
Außerdem halten sie nach attraktiven Frauen Ausschau.
Wenn sie eins von beiden finden, verweilen sie dabei zum Zweck visueller Stimulation.
Mädchen nennen sie »heiß«.
Dell johlt sogar einmal »superheiß!«.
Und Quang-ha höre ich einmal »glühend heiß!« sagen.
Das alles klingt völlig unpassend.
Hier ist eine ganze Sprache zu lernen.
Auch das ist Bildung.

Nach einer Weile habe ich genug und gehe die Treppe runter nach draußen.
Ich brauche frische Luft.
Ich bin so aufgewachsen, dass ich, außer bei starkem Regen, jeden Tag für eine Weile draußen war.

Jetzt würde ich mich am liebsten in meinen alten Garten hinter dem Haus setzen, der auf seine Art ein Dschungel war.
Aber natürlich geht das nicht.
Obwohl dieser Ort Glenwood Gardens genannt wird, gibt es hier nichts als ein bisschen Unkraut, das zwischen Lavasteinen wächst.
Ich hocke mich auf die Stufen und starre auf die Lavasteine, die aus der Distanz wie Haufen von roten Tomaten aussehen.
Ich schließe die Augen – und bin von Grün umgeben. Ich spüre Pflanzen, die sich im Wind wiegen, und die lebendige Erde unter mir.
Früher war ich so etwas wie eine Käfer-und-Würmer-Expertin, weil es in einem guten Garten viel verschiedenartiges Leben gibt.
Im Lauf der Jahre habe ich aus selbst gezogenem Holz Papier hergestellt und mit meinen eigenen Füßen Trauben gestampft (mit einem Mixer ging es allerdings leichter).
Ich habe viel angebaut und wir haben viel davon geerntet.
Jetzt höre ich einem Trockner zu, der in der Waschküche lärmt. Außerdem läuft irgendwo ein Radio. Jemand macht Werbung für heruntergesetzte Autoreifen.
Der Typ im Radio weiß nicht, dass ich meine Eltern verloren habe. Er verkauft nur billiges Gummi.
Der Mensch, der die Sachen in den Trockner gesteckt hat, weiß nicht, dass ich eine Pflegefamilie suche.
Über mir höre ich das Geräusch eines Düsentriebwerks und ich öffne die Augen und sehe gerade noch, wie das Flugzeug hoch am Himmel vorüberfliegt.
Ich denke an die Passagiere an Bord.
Ich frage mich, wer sie sind und wie sie leben.
Sehen sie aus den Fenstern neben ihren Sitzen nach unten?
Sehen sie ein zweigeschossiges Wohnhaus, das in einem nicht sehr schönen Rosa gestrichen ist?
Verschwenden sie einen Gedanken an die Menschen, die darin wohnen?

Spüren sie, dass ein Mädchen auf den Stufen sitzt und versucht, sich einen Reim auf die Welt zu machen?
Ich zweifele ernsthaft daran.
Wer hat schon Lust, auf meine Selbstmitleidsparty zu kommen?

Ich stehe auf und gehe zu dem Tor vor dem Wohnkomplex.
Ich sehe einen Kolibri an einem Flaschenbaum, der zwischen Bürgersteig und Straße wächst.
Ich treffe eine Entscheidung und gehe zurück in die Wohnung.
Dell und Quang-ha blicken kaum auf, als ich eintrete. Sie sehen Mädchen beim Beachvolleyball zu. Sehr konzentriert.
Ich gehe in die Küche und koche vier Tassen Wasser. Das verringert den Chlorgehalt. Dann füge ich eine Tasse Zucker hinzu, der sich wegen der Hitze sofort auflöst.
Ich warte, bis die Mischung abgekühlt ist.
Damit habe ich früher die Kolibris in meinem Garten gefüttert.
Jetzt fülle ich den immer noch warmen Sirup in eine Schüssel und gehe wieder nach unten. Zuerst aber setze ich meinen roten Sonnenhut auf.
Draußen setze ich mich neben den blühenden Flaschenbaum.
Ich tauche meine Hände in die zuckrige Mischung und sitze sehr, sehr, sehr still.
Es dauert lange, aber endlich flattert ein Kolibri mit rubinroter Brust zu mir herab und nascht von der Spitze meines reglosen, zuckersüßen Zeigefingers.
Ich habe mal gehört, dass es Wettbewerbe im Stillhalten gibt.
Aber ich bin mir sicher, in der Nähe von Bakersfield gibt es keine.
Ich werde ab jetzt nur noch sehen, was ich sehen will.
Möglicherweise kommen Menschen genau so durch eine schwere Krise.
Die Welt, in der wir leben, ist die Welt in unserem Kopf.
Wenn ich vom Staat Kalifornien in eine abgelegene Gegend ohne

Internet und ohne Bücher und ohne Gemüse geschickt werde, wo ich bei einer Pflegefamilie wohne, die heimlich Satan verehrt und nur Dosenfleisch isst, dann soll es so sein.

Aber bis dahin findet mein Leben in Glenwood Gardens statt.

Und ich glaube, dass dieser Ort einen richtigen Garten braucht.

KAPITEL 40

Es fängt, wie die meisten Dinge, klein an.

Und zwar mit ein paar abgeschnittenen Zweigen.

Drei Tage später steige ich aus Dells Wagen und sehe, dass der Hauswart, der einmal im Monat kommt, den einsamen Pfennigbaum vor dem Haupteingang getrimmt hat.

Einige der abgeschnittenen Zweige liegen noch auf dem Boden.

Ich hebe sie auf.

Ich nehme sie mit rein und stelle sie in ein Glas Wasser.

Das Licht bei den Fenstern nach vorne raus ist gut. Sie weisen nach Süden.

Heute Morgen habe ich meinen Beratungstermin.

Ich gehe vom Nagelstudio zu Dells Büro und stelle fest, dass ich auf dem Weg dorthin die Rasenflächen und die Bäume und die Blumenbeete betrachte.

Bis eben habe ich sie nicht wahrgenommen.

Ausgeschlossen, dass das alles erst letzte Woche gepflanzt wurde.

Wo habe ich die letzten sechs Wochen nur meine Augen gehabt?

Ich komme in Dells Büro an und wie immer tun wir so, als ob sich nichts verändert hätte und wir nicht im selben Wohnkomplex auf derselben Etage im selben Viertel von Bakersfield leben würden.

Er fährt mich und Pattie auch nicht jeden Morgen ins Nagelstudio.

Er isst nicht mit uns zu Abend.

Er sieht auch nicht stundenlang unangemessene Sendungen mit Quang-ha.

Ich rutsche auf den Stuhl und er sagt:

»Wir müssen über die Schule reden.«
Ich sage:
»Ich bin noch nicht so weit.«
Dell Duke sieht mich an, und was immer mein Gesicht auch anstellen mag, es scheint zu funktionieren, denn er zuckt mit den Schultern und sagt:
»Okay.«
Den Rest der Sitzung verbringen wir vornehmlich damit, ins Leere zu starren. Und als es dann Zeit für mich ist zu gehen, sagt er:
»Nenn mir eine Sache, die ich tun kann, um dein Leben besser zu machen.«
Ich bin verblüfft, aber eine Stimme aus meinem Körper sagt:
»Sie könnten mir eine Packung Sonnenblumenkerne besorgen.«
Dell beugt sich vor.
»Zum Essen?«
Ich antworte:
»Zum Pflanzen.«
Er nickt. Dann aber wiederholt er:
»Zum Pflanzen.«
Ich sage:
»Ja.«

Nach Feierabend fahren Pattie und ich mit dem Bus zurück in die Wohnung und Dell wartet im Wohnzimmer auf uns.
Er hockt bei Quang-ha und der Fernseher läuft.
Er steht auf und führt uns in die Küche.
Er hat Dutzende Packungen mit Sonnenblumenkernen auf der Arbeitsplatte ausgebreitet.
Ich könnte ein ganzes Feld mit Sonnenblumen anbauen.
Er sagt:
»Ich wusste nicht, dass es so viele verschiedene Arten gibt. Ich war mir nicht sicher, welche du willst, also habe ich alle genommen.«

Ich schaue auf die Packungen und erkenne *Erdbeerblond* und *Teddy Bear*.
Er hat sogar welche mit pollenfreien Blüten gekauft.
Ich starre auf die Tütchen mit den Samen und es ist zu viel für mich.
In meinen Augen sammeln sich Tränen.
So lange konnte ich nicht weinen.
Aber wenn man es einmal gelernt hat, ist es wie mit allem anderen: Übung macht den Meister.
Ich weiß, dass Dell nicht besonders kompetent ist.
Er ist noch nicht einmal besonders interessant, wenn man mal von seinen Selbstorganisationsstörungen absieht.
Aber bis zu diesem Moment habe ich nicht gewusst, dass er ein wirklich mitfühlender Mensch ist.
Ich weiß nicht, was ich sagen soll.
Also sammele ich die Samentütchen ein und gehe geradewegs in mein Zimmer.
Ich höre Dell Pattie fragen:
»Habe ich etwas falsch gemacht?«
Ihre Antwort höre ich nicht.

Später am Abend laufe ich durch den Korridor bis zu Dells Zimmer und erkläre ihm, dass ich ein paar der Packungen öffnen werde.
Er kommt mit zurück in Nummer 28 und zusammen mit Mai verteilen wir einige der Samen auf einem feuchten Tuch, das ich auf einem Backblech ausgelegt habe.
Dann erkläre ich, dass ich die Samen für ein paar Tage feucht halten werde.
Das wird den Prozess des Keimens erleichtern.
Mai und Dell sehen zu. Sie wirken ziemlich interessiert.
Ich sage zu ihnen:
»Sonnenblumen sind auf dem amerikanischen Kontinent heimisch. Sie stammen aus Mexiko.«

Im anderen Zimmer sagt jemand:
»Mein Dad kommt aus Mexiko.«
Quang-ha tut immer so, als würde er uns gar nicht beachten.
Aber offenbar tut er es doch.

KAPITEL 41

Mai konnte sich nicht erinnern, sich jemals so gut gefühlt zu haben. Vielleicht lag es daran, dass ihr Bruder ihr nicht mehr ständig finstere Blicke zuwarf.

Vielleicht war es auch, weil sie nicht dauernd von ihrer Mutter ermahnt wurde, ihre Sachen aus dem Weg zu räumen.

Mai saß auf ihrem Bett und genoss es, ein eigenes Zimmer mit Wänden und einer Tür zu haben, das ihr und Willow gehörte.

Wenigstens für den Augenblick.

Aber vielleicht lag es ja auch an der Eichel.

Willow hatte sie auf ihr Nachttischchen gelegt. Das Mädchen hatte in letzter Zeit begonnen, Sachen zu sammeln. Etwa die kleinen, perlenartigen Schoten, die von den Bäumen in der Penfold Street fielen. Oder eine weiße Feder an der Bushaltestelle und den gesprenkelten Stein aus dem Rinnstein vor dem Haus.

Mai spürte, dass das ein Anfang war.

Sie wusste, dass man ihnen jede Minute sagen konnte, sie sollten ihre Sachen packen und gehen, aber Mai war wild entschlossen, dieses neue Leben bis zur letzten Sekunde auszukosten.

Also blieb sie lange unter der warmen Dusche, obwohl das Wasserverschwendung und schlecht für den Planeten war.

Sie sortierte ihre Kleider bei jeder Gelegenheit neu, bewunderte die Bügel und die Regalbretter in dem kleinen Schrank.

Wenn sie schlief, streckte sie die Arme so weit aus, dass sie über den Rand des Etagenbettes baumelten.

Denn hier würde sie niemandem versehentlich ins Gesicht schlagen oder einen Klaps auf den Nacken geben.

Mai schnitt Bilder aus Magazinen aus und hängte Fotos von Menschen, die sie nicht kannte, die ihr aber einfach gefielen, an die Wand.
Sie fand eine Kiste mit roten Papierlaternen auf dem Speicher über dem Nagelstudio. Sie kaufte eine Christbaumkette und fädelte sie durch die runden Ösen der Laternen und hängte dann alles im Zimmer auf.
Das ließ die niedrige Decke nicht mehr so niedrig wirken.
Und ganz sicher war das Gefühl verschwunden, dass sie die Last der Welt allein auf ihren Schultern trug.

Jairo steuerte sein Taxi quer durch die Stadt zur Buchhandlung.
Er stand in der langen Schlange vor der Kasse und wartete darauf, zu zahlen.
Bücher waren teuer. Insbesondere Lehrbücher.
Er presste die beiden Pflichtlektüren für den Einführungskurs in Biologie gegen seine Brust.
Beide Bücher waren gebraucht. Das war gut. Und in einem hatte jemand mit gelbem Stift Markierungen vorgenommen.
Jairo hoffte, dass die richtigen Stellen angestrichen worden waren.
Allein die Vorstellung, dass es in einem Buch *wichtige* Stellen und *andere* Stellen gab, die die Markierung mit gelbem Stift nicht verdient hatten, verursachte ihm allerdings Bauchschmerzen.
Auf einmal traute er sich doch nicht mehr.
Er war seit vierzehn Jahren nicht mehr in einer Schule gewesen.
Jetzt, zwischen so vielen jungen Menschen, fühlte er sich alt.
Uralt, genau genommen.
Er war fünfunddreißig, aber hatte er nicht erst kürzlich graue Haare bei sich entdeckt?
Drei Strähnen. Sie wuchsen oben auf seinem Kopf, haargenau in der Mitte, und schossen aus dem schwarzen Dickicht hervor wie Rebellen.

Ja, diese drei Strähnen waren Gesetzlose und sie wiegten sich in der Gewissheit, dass sie die Welt, die sein Kopf war, eines Tages ganz erobern würden.

Jairo war schon fast bis zur Kasse vorgerückt, als er sich umdrehte. Er sollte die Bücher lieber zurückbringen. Wer war er, dass er glaubte, einen College-Kurs belegen zu können? Warum sollte irgendjemand wollen, dass er jemals in einem Krankenhaus arbeitete? Wie sollte er so eine Ausbildung bezahlen?

Das alles war reine Zeitverschwendung.

Jairo kehrte in das Labyrinth aus Regalen zurück. Aber der große Laden war voller Menschen und plötzlich konnte er sich nicht mehr daran erinnern, wo die Bücher gestanden hatten.

Und auf keinen Fall würde er die Lehrbücher in ein falsches Regal stellen. *So einer* war er nicht.

Neuer Plan: Die Dinger einfach kaufen.

Sie zu besitzen bedeutete ja nicht, dass er in den Kurs gehen musste. Vielleicht konnte er das Zeug in seiner Freizeit lesen. Musste er nicht jeden Tag irgendwo auf jemanden warten?

Ließen sich die Bücher vielleicht verschenken? Aber sie waren gebraucht und voller gelber Anstreichungen. Was für ein Geschenk wäre das?

Jairo lehnte sich auf seinen Absätzen zurück und erlaubte sich, für einen kurzen Moment die Augen zu schließen.

Er musste mit ihr reden.

Seinem Engel.

Die Lehrbücher würden ihr gefallen.

Er dachte immer noch an sie, als er sich wieder an der Kasse anstellte.

Die junge Frau hinter dem Ladentisch stapelte seine Einkäufe übereinander und zögerte, als er ihr das Geld gab. War sie überrascht? War Barzahlung nicht mehr üblich? Die Frau drückte einen Knopf, damit die Kasse sich öffnete.

Plötzlich blinkte ein Licht und ein Summen ertönte.
Alle starrten.
Starrten ihn an. Starrten die Frau an der Kasse an.
Was hatte er jetzt angerichtet?
Jairo spürte, wie sein Gesicht glühte, und dann sah er jemanden, der irgendwie offiziell aussah, in seine Richtung deuten. Die Kassiererin kicherte, als sie sagte:
»Sie sind unser millionster Kunde.«
Er hatte keine Ahnung, wovon sie redete. Sein Ausdruck war leer.
Sie erklärte:
»Sie haben gewonnen! Haben Sie nichts davon gehört?«
Jairo schüttelte den Kopf.
Andere Angestellte versammelten sich jetzt und ein Mann in einem burgunderroten Sakko tauchte neben ihm auf. Er trug ein Schild am Revers, auf dem GESCHÄFTSFÜHRER stand. Er hielt eine Kamera hoch.
»Bitte lächeln!«
Jairo gab sein Bestes, um mit seinem zitternden Mund eine Art Grinsen zu formen.
Und dann hörte er jemanden in der Menge sagen: »Mann, er hat zwanzigtausend Dollar gewonnen! Und ich war direkt hinter ihm. Krass.«
Jairo sah sich um und bemerkte die Dreiecke aus Pappe, die überall von der Decke baumelten. Auf allen stand:

WIR FFIERN JUBILÄUM!
SEIEN SIE UNSER MILLIONSTER KUNDE
UND GEWINNEN SIE!

Eine Frau hielt ihr Handy direkt vor sein Gesicht und sagte:
»Verraten Sie uns, wie Sie heißen? Sind Sie Student? Was studieren Sie denn in Bakersfield?«

Erst jetzt fiel ihm auf, dass sie mitschnitt. Er zwang sich zu sagen:
»Ich fange gerade erst an mit dem Studium. Ich bin zum ersten Mal hier.«
Die Menge gab ein kollektives Stöhnen von sich, es folgten Gelächter und Geschnatter.
»Sein erstes Mal! Nein, so was. Und ich hab schon ein Vermögen hier ausgegeben!«
Während die Frau ihm noch mehr Fragen stellte, wurde Jairo bewusst, dass er die ganze Zeit lächelte.
Und er konnte nicht aufhören.
Nachdem er alle möglichen Arten von Formularen ausgefüllt hatte – einige für die Buchhandlung und eines fürs Finanzamt –, wurde er offiziell fotografiert.
Diesmal hielten sie einen überdimensionalen Scheck in die Höhe.
Und dann überreichte man ihm den echten.
Alle waren so nett zu ihm. Man klopfte ihm auf den Rücken und er schüttelte die Hände von Dutzenden von Leuten. Er umarmte Menschen, die er zuvor noch nie gesehen hatte.
Als er schließlich über den weitläufigen Parkplatz zurück zu seinem Taxi ging, sah er auf die Uhr.
Er war fast drei Stunden in dem Laden gewesen.
Aber in seiner Hosentasche, in seinem blank gewetzten Portemonnaie, hatte er ein Stück Papier, das den Wert von einem Jahr Taxifahren hatte.
Und mit diesem Geld würde er alle College-Kurse bezahlen, die er je hatte besuchen wollen.

KAPITEL 42

Jedes Wochenende geht Pattie zu einem Bauernmarkt an der Golden State Avenue, Ecke F Street. Sie ist gern eine der Ersten dort. Heute ist Mai bei ihr, um ihr beim Tragen zu helfen, da Pattie Dells Auto hat und mehr einkaufen kann.

Auf dem Rückweg werden sie bei der Gärtnerei vorbeifahren und zwei Säcke Blumenerde für mich mitbringen.

Am besten pflanzt man Sonnenblumen in die Erde und nicht in Töpfe. Sie haben riesige Pfahlwurzeln, die sich tief in die Erde bohren.

Mein Plan ist, sie zuerst in kleine Behälter zu setzen und dann einen Platz zu finden, an den man sie verpflanzen kann.

Dell und ich durchsuchen die große blaue Recyclingtonne am Parkplatz und wir finden dreiundzwanzig Behälter, die ich als Töpfe verwenden kann.

Wir nehmen uns ein Sortiment Blechdosen, ein paar Plastikbecher (solche, in denen vorher saure Sahne und Frischkäse drin waren) und sogar ein paar Milchtüten.

Ich glaube, ich habe Dell noch nie so glücklich gesehen wie beim Herumwühlen in der Mülltonne.

Sobald wir haben, was wir brauchen, gehen wir zurück in die Waschküche und waschen die Dosen und Behälter in der Spüle aus.

Dann sticht Dell mit einem Küchenmesser Löcher in die Böden. Das Messer geht dabei kaputt, weil es für so was nicht gemacht ist.

Es scheint ihn nicht zu kümmern.

Wenn Pattie mit der Blumenerde kommt, wollen wir neun verschiedene Sorten Sonnenblumen pflanzen.

Aber es passiert noch etwas, während wir unsere Töpfe präparieren.

Sadhu Kumar, der sein freies Zimmer an Dell vermietet hat, kommt mit drei Computern runter. Dell fragt:
»Was hast du damit vor?«
Sadhu will sie gerade in die große blaue Tonne werfen.
»Ich will sie wegschmeißen.«
Ich mustere die Rechner. Sie scheinen nicht sehr alt zu sein. Ich frage: »Kann man sie nicht reparieren?«
Sadhu schnaubt. So ähnlich wie ein Pferd.
»Die sind hin. Nicht die Mühe wert.«
Ich sehe genauer hin. Zwei der Rechner sind Laptops. Einer ein größerer Desktop. Aber alle von der gleichen Firma.
Sadhu Kumar ist irgendwie ein wütender Typ. Ich glaube, dass er im Leben oft enttäuscht wurde. Das kann einen Menschen verbittern.
Ich frage mich, ob es mit mir wohl auch schon so weit ist.
Nichts ist schlimmer als ein verbittertes Kind. Bitterkeit sollte man sich für später aufheben. Wenn man alt ist und es schon wehtut, vom Stuhl aufzustehen, hat man Grund für ein ewig verkniffenes Gesicht.
Ich nehme mir vor, traurig, sogar verrückt, aber auf keinen Fall zu hundert Prozent wütend auf die Welt zu sein.
Das ist ein Unterschied.
Jetzt frage ich Sadhu:
»Dann kann ich die Rechner haben?«
Mr. Bitter sagt:
»Wenn du auf Müll stehst.«
Dell Duke wirkt beleidigt. Er sagt:
»Des einen Müll ist des anderen Schatz.«
Als Sadhu abzieht, scheint ihn dieser Gedanke nur noch mehr zu verbittern.

Da wir immer noch auf die Blumenerde warten, tragen Dell und ich die Computer gleich in Nummer 28 und ich fange sofort an, sie auseinanderzunehmen.
Meines Erachtens könnte ich aus den drei kaputten Rechnern einen funktionierenden machen.
Eventuell könnte ich die Hauptplatine aus dem ersten verwenden und von den beiden anderen die Chipsätze und die Plug-Ins nehmen.
Ich bin nicht sicher, ob das richtig funktionieren wird; aber wenn ja, wird der Computer ein Geschenk von mir für Dell.
Was er noch nicht weiß.

Ich sitze am Küchentisch und trenne die periphere Verkabelung, als Dell Dukes Handy bellt.
Sein Klingelton ist ein Hund.
Nicht gerade das, was man von einem Katzenmenschen erwarten würde.
Als wir hier sauber gemacht haben, habe ich mich gewundert, weil nichts in dieser Wohnung darauf hinwies, dass Cheddar jemals hier gelebt hatte.
Immerhin reden wir hier von einem Mann, der zu faul ist, seinen Müll wegzuwerfen.
Ich habe auf den geeigneten Moment gewartet, das zur Sprache zu bringen. Sobald er das Telefonat beendet hat, frage ich:
»Vermisst du Cheddar?«
Dell sieht verwirrt aus.
»Wie bitte?«
Ich wiederhole:
»Vermisst du Cheddar?«
Dells Augen verengen sich zu Schlitzen.
»Du meinst, weil Pattie vietnamesisch kocht?«
Ich erwidere nichts. Er fügt hinzu:

»Was ich vermisse, ist mein Hackbraten.«
Ich werde dem nicht weiter nachgehen.

Pattie und Mai sind wieder da und wir können loslegen.
Pattie sagt, dass sie uns gern helfen würde, aber gerade einen neuen Nagellack testet, und es wäre dem Produkt gegenüber nicht fair, jetzt mit den Händen im Dreck zu wühlen.
Es überrascht mich, dass Quang-ha zum Pflanzen runterkommt.
Er sucht sich einen Behälter aus. (Der Behälter ist aus dunklem Plastik und enthielt vormals aus Italien importiertes Erdbeereis.)
Was seine Form angeht, muss ich zugeben, dass es der faszinierendste unserer Pflanztöpfe ist. Er ist rechteckig, hat aber abgerundete Kanten.
Quang-ha verwirrt mich, denn kaum war ich mir endgültig sicher, dass er ein Hirn aus Sägespänen hat, da legt er plötzlich so etwas wie eine tiefe Einsicht an den Tag und wählt für seine Sämlinge den schönsten und praktischsten Behälter aus.
Während er wie besessen die Aufkleber von den Seiten der ehemaligen Eispackung abzieht, füllen Mai und Dell und ich alle anderen Behälter mit Erde auf.
Als er endlich fertig ist, reiche ich Quang-ha das Backblech mit den feuchten Samen und sage:
»Pflanz immer drei ein. Gleich weit voneinander entfernt. Etwa zweieinhalb Zentimeter tief.«
Vielleicht hört er mich nicht, denn er nimmt nur ein Samenkorn.
Ich sage:
»Nimm drei.«
Er murmelt:
»Ich will nur einen.«
Ich mag niemanden herumkommandieren. Vor allem nicht ihn.
»Es könnte nichts werden. Sie bleiben nur kurz in diesen Töpfen. Nur für den Anfang.«

Er lässt sich nicht überzeugen. Ich kann seinen Gesichtsausdruck nicht deuten, vielleicht macht er sich also lustig über mich, als er sagt:
»Ich setze all meine Hoffnungen und Träume in diesen einen Samen. So will ich es haben.«
Dell schaut jetzt zu uns herüber. Er macht den Mund auf, als wollte er etwas dazu sagen. Aber er lässt es. Schließlich wendet sich Mai an ihren Bruder.
»Wir machen das für Willow. Sei kein Idiot. Sie möchte, dass wir immer drei Samenkörner einpflanzen.«
Quang-ha schaut erst Mai an und dann mich.
»Das hier ist mein Topf. Und ich mache es nicht für sie.«
Dell dreht sich zu uns um.
»Ihr Mädchen macht besser einfach euer eigenes Ding.«
Ich habe einen Kloß im Hals.
Und das nicht, weil Quang-ha nicht auf mich hören will oder weil Dell meine Pflanzmethoden nicht unterstützt.
Es rührt mich, dass sie mich nicht behandeln, als würde ich gleich in eine Million Stücke zerbrechen.
Vielleicht bedeutet das, dass ich auf dem Weg zu einer neuen Normalität bin.

KAPITEL 43

Ich kann mich wieder konzentrieren.

Wenn auch nur ein bisschen.

Es dauert gar nicht so lang, bis etwas zur Routine wird.

Jeden Morgen steigen wir in Dells Auto.

Wir lassen Mai und Quang-ha an der Highschool raus, und dann bringt Dell Pattie und mich zum Nagelstudio.

An den meisten Tagen kommt Mai nach der Schule zu Fuß rüber und dann fahren sie und ich mit dem Bus nach Glenwood Gardens.

Pattie bleibt noch länger, ist aber zum Abendessen zu Hause.

Mai und ich bereiten das Essen vor. Pattie kann nicht mehr einfach über die Straße nach Hause gehen und schnell was kochen. Außerdem brauchen viele ihrer Gerichte Zeit.

Das heißt, dass wir nachmittags in der Küche stehen, die direkt ans Wohnzimmer grenzt.

Ich kann also gar nicht anders, als Quang-ha zu beobachten und später, wenn er nach Hause kommt, auch Dell, wenn er sich neben Quang-ha vor den Fernseher setzt.

Irgendwie verstehen sich die beiden.

Vielleicht, weil sie beide irgendwie außen vor sind.

Ich bin unsichtbar für sie, außer wenn es um Quang-has Hausaufgaben geht.

Ich habe ihm bei einer Matheaufgabe geholfen, damit hat es angefangen.

Ich schaffe seine Aufgaben in fünf Minuten, aber ich lasse mir viel mehr Zeit, als ich brauche, damit er sich nicht schlecht fühlt.

Ich weiß, dass es moralisch nicht richtig ist, seine Hausaufgaben zu machen, also versuche ich, ihm die Grundlagen zu erklären, bevor ich ihm die fertigen Aufgaben gebe.

Ich kann nicht behaupten, dass er ein guter Zuhörer wäre.

Abgesehen vom Fernsehen nimmt er überhaupt nur seine Kritzeleien ernst.

Er zeichnet Cartoon-Figuren mit großen Köpfen.

Quang-ha hat selber einen ziemlich großen Kopf.

Ich bin nicht ganz sicher, ob es da einen Zusammenhang gibt.

Dell fragt mich jeden Tag, wann ich wieder zur Schule zu gehen gedenke.

Ich würde gerne sagen:

»Wie hört sich ›nie!‹ an?«

Aber das sage ich nicht.

Stattdessen tue ich normalerweise so, als hätte ich ihn gar nicht gehört, oder murmele undeutlich vor mich hin.

Heute fügt Dell der üblichen Frage noch etwas hinzu:

»Du verpasst eine ganze Menge.«

Ich kann nicht anders, ich sage:

»Nenn mir ein einziges Beispiel.«

Dell guckt verwirrt.

Dabei ist es gar keine Fangfrage. Ich möchte es wirklich wissen.

Mir ist klar, dass Quang-ha, während er durch die Programme zappt, zuhört. Er kann die Highschool nicht ausstehen. Schließlich sagt Dell:

»Du hast keinen Sportunterricht.«

Ich starre ihn bloß an.

Dells Bauch sieht aus, als trüge er einen Basketball unter dem Hemd. Ja, er hat im vergangenen Monat ein bisschen abgenommen, aber bis zum Vorzeigeathleten ist es noch ein langer Weg.

Dafür scheint er Gedanken lesen zu können. Denn er sagt:

»Ich fange mit Joggen an. Morgen geht es los.«

Quang-ha sieht ihn ungläubig an, aber ich bin es, die sagt:
»Echt?«
Dell nickt. Ich sage:
»Trainierst du für was Bestimmtes?«
»Im Frühjahr möchte ich bei ein paar Teams einsteigen und dafür will ich in Form sein.«
Quang-ha gluckst jetzt. Er lacht nicht. Er gluckst. Das ist ein Unterschied. Quang-has Glucksen ist unterdrückt. Es enthält sehr hohe Töne und eine Spur Fassungslosigkeit.
Ich habe Quang-ha noch nie glucksen gehört.
Es muss ein sehr ungewöhnliches Geräusch sein, denn das Nächste, was ich weiß, ist, dass Mai aus dem Zimmer kommt und im Flur steht.
»Was ist denn hier los?«
Quang-ha möchte antworten, kann aber nicht. Er ist ein einziges Gekichere.
Irgendwie ist dieses schrille Kichern ansteckend, denn jetzt gluckst auch Mai. Sie sieht ihren Bruder an, und was immer er da macht, es breitet sich aus.
Dell hat genug.
Er steht vom Sofa auf und marschiert in die Küche.
Ich gehe ihm nach.
Wir stehen da. Wir können immer noch das Kichern im anderen Zimmer hören. Ich sage:
»Willst du wirklich joggen gehen?«
Dell murmelt etwas, was wie ein Ja klingen soll, fügt dann aber hinzu:
»Ich werde im Frühjahr bei keinem Team einsteigen. Den Teil habe ich erfunden. Ich will einfach nur für mich laufen.«
Mir kommt das gar nicht komisch vor. Auch ich tue, was ich tue, fast immer nur für mich.
Meines Erachtens ist Publikum schlecht für die Leistung.

Wobei es sein könnte, dass ich mir damit etwas vormache.
In jedem Fall sage ich:
»Ich halte das für eine tolle Idee.«
Dell sagt:
»Lass uns die Sonnenblumen gießen gehen.«

Am Nachmittag drauf geht Dell wirklich laufen.
Er macht eine große Show daraus und hat etwas an, was wie ein Kostüm, aber nicht wie Sportkleidung aussieht.
Quang-ha fängt wieder an zu glucksen.
Alles, was ich noch rausbringe, ist:
»Viel Glück da draußen.«
Und dann ist Dell unterwegs.

Er kommt in schlechter Verfassung zurück.
Er ist schweißgebadet und so rot, wie es nur irgendwie geht.
Dabei war er nur elf Minuten weg.
Ich stoppe keine Zeiten mehr und habe auch aufgehört zu zählen, aber als er losgelaufen ist, habe ich auf die Uhr auf dem Kaminsims gesehen. Und als er wiederkam, ist mein Blick zufällig auch auf sie gefallen. Ich sage:
»Wie war's?«
Dell atmet sehr, sehr schwer. Er hält eine Hand hoch. Das weltweite Zeichen für *Stopp*.
Ich gebe ihm Zeit, bis er wieder einigermaßen zu Atem gekommen ist. Schließlich sagt er:
»Sehr hart. Ich bin wohl ein bisschen außer Form.«
Vom Sofa her kommt wieder dieses Glucksen.

Übers Wochenende schreibe ich für Quang-ha ein fünfseitiges Referat über Mark Twain.
Gegen bestimmte Aspekte des Lernens ist er sozusagen immun.

Zwar gehe ich davon aus, dass er einen Großteil des Unterrichtsstoffs begreift, nur an jeder Form von Hausaufgaben, die mit Arbeit verbunden ist, hat er kein Interesse.
Vielleicht ist er einfach zu müde, weil er immer so lange Fernsehen guckt.
Ich glaube nicht, dass Pattie weiß, dass er das Gerät wieder anschaltet, sobald sie eingeschlafen ist.
Irgendwie hat er sich Kopfhörer besorgt, sodass der Ton niemanden weckt.
Ich weiß das, weil ich nachts so oft wach liege.

Quang-ha ist clever genug, den ersten Absatz des Mark-Twain-Referats zu löschen, dann durch das Dokument zu scrollen und ein Dutzend Rechtschreibfehler einzubauen, bevor er das Ganze ausdruckt.
Aber das war offensichtlich nicht genug, denn heute ist er sehr schlecht gelaunt nach Hause gekommen.
Man hat ihn aus dem normalen Englischunterricht herausgenommen und in eine Art Begabtenkurs gesteckt.
Wofür ich wirklich nichts kann.

KAPITEL 44

Pattie musste unbedingt eine Aufgabe für Willow finden.
Anders konnte man sie nicht davon abbringen, einfach ins Leere zu starren.
Pattie gefiel Willows Gesichtsausdruck nicht. Das Mädchen wurde so still. Wie eine Statue.
Oder wie eine Tote.
Im Salon könnten die Kundinnen Angst vor ihr kriegen.
Also gab Pattie Willow den Mietvertrag für das Studio und das Mädchen las ihn durch. Sie entdeckte drei widersprüchliche Passagen und erstellte ein Dokument, das Pattie bei ihrem nächsten Treffen mit dem Vermieter verwenden sollte.
Es war unmöglich, von so was nicht beeindruckt zu sein.
Als Pattie beiläufig erwähnte, dass sie gern Platz für eine weitere Nagelpflegerin hätte, entwarf Willow einen Plan zur besseren Raumnutzung, der vorsah, den Empfangstresen und drei der vier Manikürestationen zu versetzen. So ergab sich Raum für einen neuen Stuhl und einen neuen Pediküre-Platz.
Pattie machte sich sofort an die Arbeit.
Und das Verrückte war, dass es allen sogar weniger beengt vorkam, als die neue Mitarbeiterin erst da war.

Das Mädchen war besessen von Krankheiten und Infektionen.
Es sah Probleme, die nicht existierten, und das zehrte an Patties Nerven.
Schließlich bat sie Willow, ihre Ängste einfach aufzuschreiben.
Als Willow ihr am nächsten Tag einen detaillierten Bericht über das

Infektionsrisiko bei Maniküre und Pediküre übergab, wurde Pattie wütend. Noch nie hatte sich eine Kundin wegen eines Gesundheitsproblems bei ihr beschwert.
Pattie ging der Zwölfjährigen für den Rest des Tages aus dem Weg und schickte sie früh zurück in die Wohnung.
Aber in dieser Nacht hatte Pattie einen Traum.
Es war ein böser Albtraum, in dem all ihre Kundinnen mit dem Gesicht zuerst auf die Maniküretische kippten.
Am nächsten Morgen bat sie Willow, den Infektionsbericht mit ihr durchzugehen.
Ihr quollen die Augen über, als Willow von neuen, medikamentenresistenten Bakterien sprach, aber das Wesentliche kriegte sie mit.
Noch am selben Nachmittag wurden neue, stärkere Desinfektionsmittel für die Becken und Foot Spas besorgt.
Willow bestand darauf, dass sie anders als früher niemals ins Abwasser gelangten.
An diesem Abend ließ Pattie alle Handpflegerinnen eine Stunde länger bleiben und Willow gab ihnen eine Einführung (was alleine schon deshalb beeindruckend war, weil sie ihren Vortrag auf Vietnamesisch hielt).
Am Montag drauf, als die neuen Abläufe bereits in Kraft gesetzt waren, bat Pattie Willow, die zehn wichtigsten Hygieneregeln zu formulieren, nach denen sich jedes Nagelstudio richten sollte.
Pattie hängte Willows Manifest ins Schaufenster und sie übernahm auch den Slogan, den das Mädchen vorgeschlagen hatte:

WIR SETZEN DIE STANDARDS
FÜR GESUNDHEIT UND SICHERHEIT IN KALIFORNIEN

Dennoch war Pattie überrascht, als neue Kunden kamen.
Aber Willow hatte prophezeit, dass das passieren würde.

Dell aß keinen Hackbraten mehr.
Er wünschte sich, dass seine Mutter das noch hätte erleben können.
Er war sicher, dass sie sich bis ins Grab Sorgen über seine Sucht nach Hackfleischfertiggerichten gemacht hatte.
In ihrem Adressbuch hatte er eine Liste gefunden, die sie wenige Wochen vor ihrem Tod geschrieben hatte.
Sie lautete:

1. *Ein Paar High Heels finden, in denen meine Füße nicht wehtun.*
2. *Die Lebensversicherung kündigen.*
3. *Dell dazu bringen, nicht mehr so viel minderwertiges Fleisch zu essen.*

Es hatte ein Jahrzehnt gebraucht, bis er ihre spinnenartige handschriftliche Liste entdeckt hatte, aber jetzt war sie eine Tatsache.
Seine Hackfleischsucht war Vergangenheit.
Er bereitete sich sein Essen nicht mehr selber zu, deshalb war er sich nicht sicher, ob er sich dieses Verdienst anrechnen konnte.
Trotzdem.
Es gab weitere Verbesserungen in seinem Leben.
Er hatte einen neuen Computer.
Technisch gesehen, war es ein alter Computer oder zumindest ein Rechner aus Resten, aber er war schneller und leistungsfähiger als jedes andere Gerät, das er je besessen hatte.
Willow hatte ihn für ihn gemacht.
Als er den neuen alten Computer ins Apartment Nummer 22 hinübergebracht und Sadhu gesehen hatte, wie gut er funktionierte, waren ihm fast die Augen aus dem Kopf gefallen.
Das machte Dell stolz.
Jetzt schob er das Kissen in seinem Rücken zurecht und öffnete auf dem Rechner seinen Geheimordner.
Es war spät und er konnte nicht schlafen.

Aber anders als früher lag das nicht an seinem Magen.
In seinem Zimmer bei Sadhu Kumar hatte er keinen Fernseher, also musste er lesen oder arbeiten.
Er klickte auf den Bildschirm und das Dell-Duke-Beratungssystem erschien.
Er musste eine neue Kategorie einfügen.
Dells Finger glitten über die Tasten und er tippte:

MUTANT
Farbcode: blau

Das war seine Lieblingsfarbe.
Neben MUTANT tippte er das Wort: ICH.
Dell klappte den Computer zu und starrte an die Decke.
Er veränderte sich. Er war dazu fähig.
Er kam zu dem Schluss, dass er sein Leben lang von dem, was ihn umgab, beeinflusst worden war.
Jetzt lebte er mit einem verschrobenen Mann zusammen, der eigentlich aus dem Pandschab stammte. Und wenn er nicht bei ihm war, war er den Flur runter bei den kalifornischen Vietnamesen.
Er hatte so was wie Selbstvertrauen.
Da er normalerweise eher zu selbstzerstörerischem Verhalten neigte, fühlte sich das seltsam an.
Aber er wusste, er war jetzt ein anderer.
Und das zeigte sich nicht nur an kleinen Dingen.
Sicher, er hatte sich den Bart getrimmt. Was seine Körperhygiene anging, hatte er die Messlatte in vielen Bereichen höher gelegt.
Aber darin bestand die Mutation nicht.
Es war mehr. Es war in ihm.
Denn in Wahrheit musste er, so sauer und frustriert er anfangs auch gewesen sein mochte, zugeben, dass er sich, seit sein Müll weg und sein übriger Kram geordnet war, stärker fühlte.

Pattie hatte seine Wohnung übernommen und ihn den Flur runter verfrachtet, aber auch das hatte seine gute Seite.
Denn so lange Dell zurückdenken konnte, war es das erste Mal, dass er irgendwo dazugehörte.
Selbst wenn man hinter seinem Rücken über ihn redete, so war er doch Teil der Gruppe.
Sie spielten im selben Team.
Pattie hatte Knöpfe an seine Hemden genäht und ihm eine kostenlose Pediküre im Studio angeboten (bei einem der Mädchen, das noch in Ausbildung war).
Weil Dell sich aber dort nicht blicken ließ, sah sie ihn streng und finster an, was ihn veranlasste, sich die Zehennägel so kurz zu schneiden, dass es sogar wehtat, wenn er sich nur die Socken anzog.
Aber dann gab sie ihm eine Fußlotion und Puder, das er in die Schuhe streuen konnte, und das ließ seine Füße so frisch wie Lavendel oder etwas Süßes riechen.
Davor hatten seine Füße ziemlich vergammelt gerochen.
Und dann das Joggen.
Es hatte als Lüge begonnen. Er hatte nicht vorgehabt, irgendwohin zu laufen.
Aber jetzt lief er schon seit zwei Wochen.
Jeden Tag kam er nach der Arbeit in den Wohnkomplex. Er zog den orangefarbenen Trainingsanzug an, den er schon seit der Schule besaß. Er passte nicht mehr, aber er konnte sich immer noch in die Hose zwängen, wenn er den Hosenbund nur nicht zu hoch zog.
Dann stellte er seine Uhr auf 22 Minuten ein und ging aus der Tür.
In seinen Comics hatten Mutanten geheime Kräfte.
Es war möglich, dachte er jetzt, dass er selbst auch welche hatte.
Hatten er und Pattie es nicht geschafft, sich um Willow Chance zu kümmern?
Für jemanden, der noch nicht einmal eine Zimmerpflanze am Leben erhalten konnte, war das ziemlich beeindruckend.

KAPITEL 45

Die Sonnenblumen kommen.

Wir haben dreiundzwanzig Behälter bepflanzt, die die Küche ziemlich übernommen haben. Und in allen sprießt es.

Ich habe keine Tabelle angelegt und auch keine Statistik erstellt, weil ich so was nicht mehr mache.

Aber es kommt mir in den Sinn, es wieder zu tun. Was ich interessant finde.

Dell und Mai sind ganz aufgeregt, als sie die kleinen grauen Setzlinge entdecken. Bevor ich ihn aufhalten kann, wird Dell ganz kümmerig und überwässert alles.

Quang-ha tut so, als könnte sein Desinteresse nicht größer sein, dabei ist sein einsamer Setzling schon größer als alle anderen.

Ich entdecke eine Zeichnung des Setzlings auf einem Stück Papier neben dem Fernseher.

Sie ist ziemlich genau, Quang-ha muss also ganz nah herangegangen sein und einen genauen Blick auf ihn geworfen haben.

Auf seinem Bild wächst der Setzling aus dem großen Kopf eines Mannes.

Ich habe keine Ahnung, warum mich das derart freut. Ich sage:

»Quang-ha, glaubst du, ich könnte diese Zeichnung haben?«

Er starrt weiter in den Fernseher. Er macht ein Geräusch, das ich nur als eine Form von Grunzen beschreiben kann.

»Heißt das Ja?«

Er winkt in meine Richtung.

Ich werte das als zustimmende Geste, weil keine ausgestreckten Finger im Spiel sind.

Ich hänge das Bild von dem Mann mit dem keimenden Hirn an meine Wand, wo ich es sehen kann, wenn ich mich im Bett umdrehe. Mai ist froh, dass ich jetzt etwas an der Wand hängen habe, auch wenn es bloß eine Zeichnung ihres Bruders ist.
Sie selbst schmückt hier alle möglichen Wände von Tag eins unseres Einzugs an.

Den *Helianthus annuus* geht es gut in ihren Behältern, aber jetzt müssen sie umgepflanzt werden.
Quang-ha hört, dass ich die Sonnenblumen so nenne, und lacht.
Männliche Teenager sind so leicht zu erheitern.
Aber bald werden die *H. annuus* mehr Platz brauchen.
Dennoch vermeide ich das Thema Umzug. Es ist so unbehaglich.
Meine Sozialarbeiterin hat mir erzählt, dass sie aktiv auf der Suche nach Pflegeeltern für mich sind.

Ich bin mir bewusst, dass ich nur vorübergehend hier bin, aber jeder Tag gibt mir mehr Zeit, mich der neuen Realität anzupassen.
Ich muss also dankbar sein.
Daran arbeite ich.
Dell kommt zum Abendessen rüber und wir essen *bún riêu* und *bánh cuõn*. Ich habe den Eindruck, dass Dell Geschmack an diesen Gerichten findet, von den Reisbällchen nimmt er sich nämlich nach.
Ich stochere auf meinem Teller herum, und als der richtige Moment gekommen ist, sage ich:
»Ich möchte mich bei euch allen bedanken für das, was ihr für mich getan habt.«
Niemand sagt etwas.
Es ist, als hätte ich einen verdorbenen Fisch aus dem Kühlschrank geholt und auf den Tisch gelegt. Meine Worte riechen.
Alle gucken von unbehaglich bis peinlich berührt und dann steht Quang-ha auf, nimmt seinen Teller und verlässt den Tisch.

Mir ist klar, dass er nicht zu meinen größten Fans zählt.
Aber merken sie denn nicht, wie viel sich für mich – dank ihnen allen – geändert hat?
Oder vielleicht wissen sie es doch und behalten dieses Wissen nur für sich?

Ich gehe früh schlafen, wache aber jede Stunde auf.
Am Morgen habe ich die Erkenntnis, dass ich mir, was meine körperliche Ertüchtigung betrifft, einen schlechten Dienst erwiesen habe.
Oder um es mit anderen Worten zu sagen: Da stundenlange Reglosigkeit wohl nirgendwo als Sportart durchgeht, habe ich in sportlicher Hinsicht einige Defizite.
Meines Erachtens weckt jemand, der etwas Neues anfängt, in seiner Umgebung automatisch Interesse, selbst bei Leuten, die eigentlich neben sich stehen und in ihrer eigenen Welt leben.
An diesem Nachmittag kommt Dell verschwitzt und mit rotem Gesicht vom Training nach Hause.
Das weckt mein Interesse.
Ich mache also einen großen Schritt und sage:
»Ich überlege, ob ich auch joggen soll.«
Quang-ha hört mich und kriegt wieder sein irres Glucksen. Ich sehe nicht zu ihm hinüber. Ich halte den Blick auf Dell gerichtet, der sagt:
»Echt?«
Ich fahre fort:
»Was ich sagen wollte, ist, dass ich gern damit anfangen würde. Und ich habe gehofft, dass du mir helfen könntest.«
Quang-ha kichert jetzt richtig, er bemüht sich nicht mal mehr, es zu unterdrücken.
Aber da kommt Mai aus unserem Zimmer. Sie wirft Quang-ha einen bösen Blick zu und sagt:
»Ich mache auch mit.«
Und damit beginnt unser Jogginguntericht.

Ich brauche Laufschuhe.
Ich trage immer nur meine Arbeitsstiefel und in denen kann man nicht joggen. Mai hat schon Turnschuhe, weil sie die für den Sportunterricht in der Schule braucht.
Am nächsten Tag gehen sie und ich zum Secondhandladen der Heilsarmee.
Sie deutet auf drei Regale mit gebrauchten Schuhen und verschwindet dann, um sich einen Regenmantel anzuschauen.
Es regnet hier nicht gerade viel, aber Mai hat ein ausgeprägtes Modebewusstsein und eine Art Designer-Regenmantel erspäht.
Ich gehe an den Regalen vorbei und entdecke zu meiner Überraschung ein Paar Laufschuhe, die passen.
Mein altes Ich wäre über dem Gedanken, dass gebrauchte Schuhe Krankheitserreger übertragen könnten, schier verrückt geworden.
Mein neues Ich war schon mal Patient in einem Krankenhaus und hat dabei viele Erfahrungen gesammelt.
Mein einziger Einwand gründet sich darauf, dass diese Laufschuhe hellrosa sind mit purpurroten Schnürsenkeln.
Sobald ich sie anziehe, fühle ich mich wie ein Flamingo.
Mit Ausnahme von Rot trage ich aus Tarnungsgründen ausschließlich Erdfarben. Für Naturbeobachtungen ist das entscheidend.
Aber ich bin in keiner Position, mich beschweren zu können, also lächele ich mit schmalen Lippen und behaupte, die Flamingoschuhe seien *super*.
Normalerweise verwende ich Worte wie »super« nicht, womöglich ahnt Mai also, dass ich gewisse Bedenken habe.
Aber sie geht nicht darauf ein.
Morgen werden wir zum ersten Mal zusammen joggen.

Als ich nach Hause komme, lerne ich mit Quang-ha Biologie.
Ich gebe ihm ein einseitiges Dokument mit einer Zusammenfassung dessen, was er für den anstehenden Test wissen sollte. Ich versuche, ihm ein paar Eselsbrücken zu bauen.
Ich halte es für möglich, dass ich über pädagogisches Talent verfüge.
Das ist keine Aufschneiderei.
Das ist eine Tatsache.
Quang-ha macht gewisse Fortschritte.
Zwar hat er versucht, einen kürzlich geschriebenen, unangekündigten Test vor mir zu verbergen, aber ich habe ihn in seinem Hausaufgabenheft gefunden. Er hatte 91 von 100 Punkten. An den oberen Rand hatte der Lehrer geschrieben:
Deine neuen Bemühungen zahlen sich aus!
All das bringt mich auf meine eigenen Fortschritte.
Ich gehe ins Netz und erstelle einen Laufplan. Ich zeige ihn Mai und sie wirkt interessiert.
Sie sagt, dass wir uns auf den Weg machen, sobald Dell zurück sei, weil er dabei sein möchte.
Ich habe einen Rundkurs von einer Meile ausgewählt, der uns von Glenwood Gardens aus zunächst acht Blöcke nach Süden führt.
Dann geht es drei Blöcke nach Westen.
Gefolgt von acht Blöcken nach Norden.
Und schließlich drei Blöcken nach Osten.
Auf der Karte sieht es nicht nach viel aus.

Ich bin froh, dass ich noch lebe.
Nach zwei Häuserblocks tat mir die linke Seite so weh, als wäre unter Rippe 7 soeben ein Messer implantiert worden (einzelne Rippen haben keine Namen, man nummeriert sie nur von 1 bis 12 durch, linke Seite, rechte Seite).
Meine Beine – oder genauer gesagt, meine Waden – prickeln und irgendwie habe ich gar keine Kraft mehr.

Meine Knöchel sind steif.
Die Luft um mich wird ganz dick.
Ich durchlebe derart viele besorgniserregende Zustände – schnelle Herzfrequenz, erhöhter Blutdruck, trockener Mund, Lungenschock, Muskelspasmus –, dass es mir unmöglich ist, auch nur die verschiedenen Stadien meines körperlichen Zusammenbruchs festzuhalten.
Die traurige Wahrheit ist, dass ich nicht einmal acht Blöcke weit joggen kann (und das war der erste Abschnitt).
Bei Block sechs stolpere ich.
Mein Gefühl sagt mir, dass eine Ohnmacht droht (und da ist weit und breit kein metallener Kaffeetisch in Elefantenform, der meinen Fall bremsen könnte).
Mai legt ihre Hand auf meinen Arm und sagt:
»Bleib locker, Willow. Atme einfach.«
Ich weiß, es klingt verrückt, aber als ich meinen pfeifenden Atem unter Kontrolle kriege, passiert etwas.
Die Benommenheit weicht dem Gefühl der Dankbarkeit dafür, am Leben zu sein.
Es muss sich um ein Blutdruckphänomen handeln.
Dell und Mai gehen mit mir zurück nach Glenwood Gardens.
Es wäre schön, wenn einer von beiden mir Mut machen würde. Aber das tun sie nicht.
Beim Betreten des Hauses sage ich:
»Morgen versuche ich es noch einmal.«
Mir entgeht nicht, dass Mai und Dell besorgte Blicke tauschen.
Und in diesem Moment beschließe ich, dass ich (sofern die Zeit es erlaubt) für den Rest meines Lebens jeden Nachmittag trainieren werde.
Vielleicht bin ich kämpferischer, als ich dachte.

Ich habe Muskelkater, weil ich diese Woche jeden Tag gejoggt bin. Mit Ausnahme von Tag vier, wo ich einen Rückschlag erlitten habe und mehr oder weniger auf Händen und Knien zurückgekommen bin, habe ich Fortschritte gemacht.
Dennoch muss ich ehrlicherweise zugeben, dass ich wohl niemals eine gute Läuferin werde.
Und hier kommt eine noch weitreichendere Einsicht: Ich bin, was körperliche Bewegung angeht, absolut kein Naturtalent.
In diesem Moment der Klarheit begreife ich auch, warum ich nie getanzt habe.
Ich erinnere mich, dass man mich in der vierten Klasse zu ein paar wenigen Volkstanzschritten gezwungen hat, und erst jetzt begreife ich, dass ich wohl sogar dabei auf tragische Art und Weise unkoordiniert gewesen bin.
Lustig, wie gut ich diese Erinnerung verdrängt habe.
Muss ich, um den Übergang von einer Zwölfjährigen zu einem Teenager und dann zu einer Erwachsenen erfolgreich zu meistern, meine Hüften im Takt eines Lieds wiegen können?
Allein beim Gedanken daran bricht mir der Schweiß aus.
Deshalb ist das Joggen so wichtig.
Ich glaube, dass die *Überwindung,* die einen die körperliche Ertüchtigung kostet, wichtiger ist als das Ergebnis.
Und das behaupte ich nicht allein deshalb, weil mir Sportlehrer das früher gesagt haben.
Nein, eine neue Wirklichkeit eröffnet sich vor mir.
Und eigentlich mag ich meine rosaroten Flamingoschuhe.
Könnte es sein, dass die Erschütterungen beim Joggen mein Urteilsvermögen beeinträchtigen?
Ich weiß auch, dass intensives Training Einfluss auf die Hirnchemie hat. Doch in meiner derzeitigen Situation kann ich mir nichts Besseres wünschen.

KAPITEL 46

Auf dem Weg in die Waschküche werfe ich einen Blick unter die Lavasteine draußen im Innenhof.

Ich entferne einen kleinen Teil der erstaunlich dreckigen roten Steine und ziehe dann eine Ecke der zerschlissenen Plastikfolie zur Seite.

Wie erwartet (wegen des Unkrauts, das dort wächst) befindet sich darunter Erde.

Einen extrem kurzen Moment stelle ich mir vor, die Steine zu entfernen und einen Teich auszuheben, um Wasserlilien und rote Sumpfblumen zu pflanzen.

An der Nordseite würde ich Bambus pflanzen, der in die Höhe sprießen und das Dach verschatten würde. Plötzlich sehe ich Ranken und üppiges Grün vor mir und in der Luft liegt der Duft von Leben.

Aber nur einen Augenblick später ist die Vision dahin.

Ich starre auf schmutzige rote Steine und Disteln.

Ich gehe zurück in die Wohnung, um von meiner Entdeckung zu berichten.

Dell sitzt mit Quang-ha auf dem Sofa. Mai liegt auf ihrem Bett und liest ein Buch. Pattie ist im Nagelstudio. Ich sage:

»Ich habe eine Idee. Ich möchte die Sonnenblumen unten pflanzen.«

Mai hört zu, denn sie ruft aus dem anderen Zimmer herüber:

»Wo denn unten?«

Ich lasse es raus:

»Wir könnten den Haufen roter Lavasteine entfernen. Darunter ist Erde. Ich habe nachgesehen. Stellt euch vor – ein Hof voller Sonnenblumen.«

Dell wirkt auf der Stelle beunruhigt.
»Auf gar keinen Fall. Wir werden überhaupt nichts entfernen. Das gehört hier alles der Bank.«
Mai kommt herein.
»Die roten Steine sind ganz schön eklig.«
Quang-ha drückt auf der Fernbedienung herum und stellt den Fernseher lauter.
Dell muss jetzt die Stimme heben:
»Niemand rührt die roten Steine an.«
Ich sage:
»Vielleicht nur einen Teil von ihnen.«
Quang-ha sagt, auch wenn es ihn nicht interessiert:
»Meine Sonnenblume ist größer als alle anderen. Sie schlägt bestimmt Wurzeln.«
Dell wedelt mit den Armen.
»Niemand macht irgendwas. Die Blumen bleiben, wo sie sind, sie können meinetwegen verzwergen. Oder was immer mit Pflanzen passiert, die nicht genug Platz haben.«
Mai gefällt nicht, wie das klingt.
»In Sozialkunde haben wir stundenlang darüber geredet, wie man gemeinnützige Projekte genehmigt kriegt.«
Dell sieht sie wild an.
»Das ist kein gemeinnütziges Projekt.«
Mai erwidert:
»Natürlich ist es das.«
Dell ändert seine Strategie:
»Ich bin im Moment viel zu beschäftigt, um von allen die Erlaubnis für alles einzuholen.«
Er sitzt einfach mit Quang-ha auf dem Sofa und keiner von beiden sieht so aus, als würde er viel tun. Jemals.
Schließlich sage ich:
»Ich mache das. Ich kann die Zustimmung von der Bank einholen.«

Dell wirkt jetzt nur noch verwirrter. Er sagt:
»Wie willst du das denn machen?«

Ich schicke Jairo von *Mexicano Taxi* eine E-Mail und er antwortet sofort.
Er wird mich bei *Happy Polish Nails* abholen und morgen um zehn zum Rathaus von Bakersfield fahren.
In seiner Nachricht steht, dass er Neuigkeiten hat. Er hat darauf gewartet, dass ich mich bei ihm melde.
Am nächsten Morgen warte ich hinter dem Schaufenster auf Jairo. Normalerweise bin ich jetzt hinten, allein hier vorne zu stehen macht den Tag zu etwas Besonderem.
Pattie sagt:
»Ich bin froh, dass du etwas vorhast.«
Ich nicke.
Ständig versucht sie, mich zurück in die Schule zu kriegen, ohne dabei den Anschein zu erwecken, als wollte sie mich nicht hierhaben.
Es ist ein schmaler Grat zwischen Ermutigung und Wegschicken.
Ich verstehe das.
Ich verrate ihr nicht, dass mir bei der Vorstellung, das sichere Studio zu verlassen und ins Unbekannte aufzubrechen, regelrecht schwindlig wird.
Im Moment komme ich mit Veränderungen nicht sehr gut zurecht.
Ich ertrage es nicht mal, meine Joggingstrecke zu variieren.
Gestern hat Mai vorgeschlagen, einfach mal andersrum zu laufen.
Für mich war das die radikalste Idee der Welt.
Ich kann nicht riskieren, in eine Richtung zu laufen, die mir wie die falsche vorkommt.

Jairo steigt aus dem Taxi und kommt rein, um sich bei Pattie vorzustellen.
Dass ich mit einem fremden Mann im Auto davonfahren will, ge-

fällt ihr gar nicht. Ich habe ihr erklärt, dass der Taxifahrer und ich keine Fremden sind, aber ich verstehe ihre Besorgnis.
Jairo trägt ein T-Shirt vom Bakersfield College.
Das freut mich sehr.
Ich wusste gar nicht, dass Pattie Spanisch spricht, aber das ist die Sprache, in der sich die beiden unterhalten.
Ich spreche auch Spanisch, also verstehe ich, was Pattie sagt:
»Dieses kleine Mädchen hat viel durchgemacht.«
Jairo sagt:
»Dieses kleine Mädchen hat mein Leben verändert.«
Pattie nickt, sagt aber nichts mehr. Dann gibt sie Jairo ihre Handynummer. Falls es Probleme gibt, soll er anrufen.
Mir kommt das komisch vor, denn eigentlich sollte doch ich es sein, die sich bei Problemen meldet.
Aber ich schaue bloß aus dem Fenster und lasse ihnen die Freude.
Oder was immer es sonst ist.
Ich stelle fest, dass Jairo der erste Mensch ist, mit dem Pattie spricht, ohne ihn herumzukommandieren.
Das ist interessant.
Im Wagen, auf dem Weg zum Rathaus, fragt Jairo:
»Hast du mein Bild in der Zeitung gesehen?«
In den vergangenen Monaten habe ich keinerlei Nachrichten verfolgt.
Jairo ist plötzlich sehr aufgeregt. Fast schon nervös. Ich hoffe sehr, dass er auf den Verkehr und die Verkehrsregeln achtet. Er sagt:
»Ich habe zwanzigtausend Dollar gewonnen. Mit denen bezahle ich das College.«
Ich schnappe nach Luft. Das ist mal wirklich eine Nachricht.
Für den Rest der Fahrt spricht er pausenlos davon, dass ich ein Engel bin, und ich muss zugeben, dass ich, als ich vor dem Rathaus aus dem Taxi steige, voller Zuversicht für sein zukünftiges Leben bin.

Jairo sagt, er warte draußen, und ich erkläre ihm, dass es dafür zu lange dauern könnte.
Ich verspreche, ihn anzurufen, wenn ich fertig bin, und endlich gibt er nach.
Ich mag ihm nicht sagen, dass ich nicht sein Engel bin.
Ich bin niemandes Engel.
Aber ich sage ihm, dass er ein guter medizintechnischer Assistent werden wird. Das ist eine Wachstumsbranche.
Jairo möchte Pattie anrufen und ihr sagen, dass ich sicher angekommen bin.
Ich glaube eigentlich nicht, dass das nötig ist, sage aber:
»Ja, ich bin mir sicher, dass sie deinen Anruf erwartet.«
Mir war nicht klar, dass ihn diese Bemerkung zum Lächeln bringen würde, aber genau das tut sie.

Von draußen sieht das Rathaus interessant aus.
Die Architektur öffentlicher Gebäude finde ich grundsätzlich stimulierend.
Ich trete ein, gehe zum Informationsschalter und warte, bis die Frau am Empfang zu telefonieren aufhört. Endlich legt sie auf und meine Mission beginnt:
»Ich würde gern die Akten sämtlicher Bauvorhaben einsehen, die der Zustimmung des Stadtrats bedürfen.«
Meine Bitte scheint einfach. Die Frau hinter dem Schalter findet das aber offensichtlich nicht. Sie sagt:
»Wie bitte?«
Ich wiederhole:
»Ich würde gern die Akten sämtlicher Bauvorhaben einsehen, die der Zustimmung des Stadtrats bedürfen.«
Die Frau wirkt nach wie vor verwirrt. Sie sagt:
»Wie alt bist du?«
Ich antworte:

»Zwölf.«
Mir ist klar, dass ich im Begriff bin, Opfer einer Altersdiskriminierung zu werden. Die Frau spricht offenkundig gerne nach.
»Zwölf?«
Ich wiederhole:
»Zwölf.«
Sie sagt:
»Warum bist du dann nicht in der Schule?«
Ich habe eine Antwort parat, auch wenn sie nicht hundertprozentig der Wahrheit entspricht:
»Zurzeit werde ich zu Hause unterrichtet.«
Ich würde gern noch hinzufügen, dass ich jedes Mal, wenn sie den Mund aufmacht, eine Lehrstunde in Bürokratie kriege, sage aber stattdessen:
»Ich würde gerne wissen, wie solche Bauanträge aussehen, und meines Wissens sind sie öffentlich zugänglich.«
Die Frau bleibt misstrauisch. Und wenig entgegenkommend. Sie macht wieder den Mund auf. Diesmal sagt sie:
»Wo sind deine Eltern?«
Alles in mir und um mich herum erstarrt. Meine Augen werden feucht und in mir höre ich eine Stimme.
Ich wiederhole laut, was sie sagt, sage es der Welt, diese Frau eingeschlossen:

»Eine verlorene Welt,
eine ungeahnte Welt,
ruft zu neuen Orten,
wo kein Weiß (verloren) so weiß ist,
wie die Erinnerung an Weiß.«

Und dann füge ich hinzu:
»William Carlos Williams. *Der Abstieg.*«
Ich verrate ihr nicht, wie sehr ich dieses Gedicht mag, das, glaube

ich, vom Altern und nicht vom Tod handelt. Aber ich werde umstandslos zum Amt für Bauwesen und Gebäudesicherheit geschickt.

Letztlich spreche ich mit vielen verschiedenen Leuten.
Schließlich werde ich einem Mann mit einem großen rechten und einem beinahe nicht existenten linken Ohr vorgestellt.
Es ist eigentlich nur ein Knubbel.
Auf der Knubbelseite hat der Mann eine Narbe am Hals.
Wie ein Kämpfer sieht er nicht aus, also nehme ich an, dass er einen Unfall hatte.
Menschliche Ohren sind schon erfolgreich auf dem Rücken von Ratten gewachsen und dann an den Kopf eines Menschen transplantiert worden.
Das bringe ich besser nicht zur Sprache.
Würde ich aber gern.
Der Mann mit dem Ohrproblem geht nach hinten und kehrt mit einem Band voller Anhörungsprotokolle zurück.
Einen Moment lang finde ich das Wort interessant. Er ist für die »Anhörungen« verantwortlich – und etwas ist mit der äußeren Hülle des Organs, mit dem er hört, passiert.
Aber ich lasse mich nicht davon ablenken.
Der Mann mustert mich sehr eindringlich, während ich die Protokolle durchblättere.
Das Ergebnis meiner Recherchen: Man braucht keine behördliche Erlaubnis, um den Garten im Zentrum unserer Wohnanlage umzugestalten. Aber jegliches Schreiben, das ich an die Bank richte, sollte äußerst professionell wirken.

Einen Großteil der nächsten beiden Tage verbringe ich damit, einen Vorschlag für einen Gebäudegarten zu formulieren.
Ich lege einige Zeichnungen bei (die Quang-ha unter meiner Aufsicht angefertigt hat, im Tausch gegen meine Biologie-Lernkarten).

Ich füge außerdem einige Studien zum örtlichen Klima, den am besten geeigneten Pflanzen sowie über den Nutzen von Grünanlagen in Wohngebieten hinzu.

Ich nehme auch Bezug auf den Bebauungsplan für Glenwood Gardens, um nachzuweisen, dass es auf dem Hof geeignete Abflüsse gibt und dass die Originalpläne keine Lavasteine, sondern Grünpflanzen vorsehen.

Es ist mein erstes richtiges Projekt seit Vorher.

Nach zwei Tagen kann ich dem Bankvorstand einen prall gefüllten Ordner vorlegen.

Hoffentlich enthält er nicht zu viele Informationen.

Was genauso falsch sein kann wie zu wenige.

Aber ich kann einfach nicht aufhören, mehr und mehr Material anzuhäufen.

Ich stelle den Antrag in Dells Namen, weil er der Mieter ist und weil zweifelsohne die Alarmglocken läuten würden, wenn ein derart detaillierter Plan von einem Kind käme.

Ich präsentiere Dell die schwarze Mappe.

»Ich bin so weit. Du solltest damit zur *North South Bank* gehen. Frag nach dem Geschäftsführer. Stell dich vor und gib ihm das.«

Dell öffnet schweigend die Mappe und sieht hinein. Es dauert nicht lange, bis er sagt:

»Ich kann das nicht.«

Er schließt die Mappe und will sie mir zurückgeben.

Dell Duke ist kein schlechter Mensch. Er ist nur schlecht darin, ein Mensch unter anderen zu sein.

Und er hat ein Problem mit Autoritäten.

Zumindest ist er schnell eingeschüchtert von jedem, der Autorität hat. Ich sage:

»Wir wollen kein Geld. Wir wollen nichts anderes als die Erlaubnis, einen Schandfleck zu entfernen und einen gemeinschaftlichen Platz umzugestalten. Es wäre ein Fortschritt.«

Ich habe kaum zu Ende gesprochen, als Mai durch die Wohnungstür kommt. Sie war bei ihrer Freundin Kalina.

»Was ist denn los?«

Mein Blick wandert von Dell zu ihr hinüber und ich sage:

»Ich habe einen Antrag formuliert und jetzt muss Dell ihn bei der *North South Bank* abgeben.«

Mai hat eine irre Macht über Menschen. Es braucht nur ein Wort von ihr.

»Dell …«

Er ändert den Kurs wie der Wind in einem Wüstensturm.

»Ich bringe es morgen während meiner Mittagspause vorbei. Seid ihr beiden damit einverstanden?«

Wir nicken.

Quang-ha ruft vom Sofa rüber:

»Ich habe die Zeichnungen gemacht.«

Das Gartenprojekt hat begonnen.

Zumindest auf dem Papier.

KAPITEL 47

Der neue Gerichtstermin stand fest.
Pattie hielt das Dokument in den Händen.
Bis zu ihrem achtzehnten Geburtstag waren die Behörden für Kinder wie Willow verantwortlich. Willow musste also noch sechs Jahre durch diese Gewässer navigieren.
Pattie erinnerte sich an die Notiz, die Willow an dem Tag geschrieben hatte, an dem sie ihre Sozialarbeiterin im Salon kennengelernt hatte. Sie konnte sich nicht vorstellen, dass irgendein anderes Kind etwas derart Präzises hätte hervorbringen können.
Willows Hirn lief auf Hochtouren. So viel war klar.
Was macht die Welt mit einem zwölfjährigen Mädchen ohne Familie und ohne Netz aus engen Freunden? Welche Möglichkeiten hatte es?
In dem großen Umschlag, den die Sozialarbeiterin geschickt hatte, stieß Pattie auf eine neue Broschüre über die nächste staatlich unterstützte Adoptionsmesse.
Augenscheinlich hatte das Ganze Ähnlichkeiten mit Speed Dating. Die Messen wurden in einem Park abgehalten. Potenzielle Eltern kamen und mischten sich unter Busladungen voller Kinder, die mit Sozialarbeitern anreisten.
Hot Dogs und Hamburger wurden serviert. Normalerweise fand ein Softballturnier statt. Alles sollte ganz ungezwungen sein, eine Gelegenheit zum Kennenlernen.
Der auf der letzten Seite präsentierten Statistik zufolge fanden so Familien zusammen. Und klar, manchmal ging bestimmt alles gut.
Pattie hatte das sichere Gefühl, dass die kleinen Kinder, vor allem

die Niedlichen, die ganze Aufmerksamkeit kriegen würden, da sie vor allem in der Broschüre abgebildet waren.
Den älteren Kindern hingegen, sogar den ein wenig kontaktfreudigeren, die sich selbst zu vermarkten versuchten, würde es wie den Schlangen im Streichelzoo ergehen. Bei ihnen hielten die Leute wahrscheinlich Abstand.
Es war schwer, sich Willow Chance in so einer Umgebung vorzustellen, aber wer weiß, vielleicht würde sie alle überraschen.
Hatte sie das nicht schon ihr ganzes Leben lang getan?

Mai ging gerne shoppen. Sogar der wöchentliche Gang mit ihrer Mutter zum Bauernmarkt gab ihr Gelegenheit zum Stöbern.
Pattie kaufte beim Bioeierstand immer Hühnerfüße. Der Mann bewahrte sie in einem besonderen Kühler auf. Sie nahm die gelben Geflügelkrallen für eine Suppe, die, das musste Mai zugeben, köstlich war, aber sie schmeckte noch besser, wenn man nicht sah, was drin war.
Während ihre Mutter die Einkaufsliste abarbeitete, ging Mai durch die Gassen des auf einem Parkplatz aufgebauten Marktes und begutachtete Biohonig und lila Rüben.
Willow hatte erzählt, dass sie früher alles, was hier verkauft wurde, in ihrem eigenen Garten angebaut hatte.
Mai betrachtete den Salat und die Kartoffeln und die Zwiebeln und den Rotkohl.
Es kam ihr unmöglich vor.
Aber Willow log nicht.
Sie log nie.
An Ende der letzten Gasse spielte ein Mann auf einem Banjo. Mai trat näher heran, um ihm zuzuhören.
Die Sonne schien, aber es war nicht so anstrengend heiß wie im Sommer oder im Spätfrühling. Die Luft war noch kühl.
Mai hockte sich auf den Bordstein und lauschte.

Sie konnte nicht anders, als sich zu den Tönen der gezupften Saiten tanzende Hühner vorzustellen.
Und dann hatten die Vögel in ihrer Traumwelt plötzlich keine Füße mehr.
Mai stand auf.
Sie spürte Panik in sich aufsteigen und sah sich hektisch nach ihrer Mutter um.
Es war nicht nur der Gedanke an die Vögel ohne Füße, der sie stresste; plötzlich sah sie auch an fast allen Ständen Kübel voller Sonnenblumen zum Verkauf.
Sie hatte sie vorher gar nicht bemerkt.
Jede Blüte war für sich eine einzigartige Möglichkeit.
Willow hatte ihr erzählt, dass die kleinen Sonnenblumen zu Hause verkümmern würden, wenn sie nicht bald in den Boden gepflanzt würden.
Sie hatte gesagt, dass sie, um wirklich zu gedeihen, ein Wurzelwerk ausprägen müssten.
Müssen wir das nicht alle, dachte Mai, während sie zu ihrer Mutter eilte.
Müssen wir das nicht alle?

KAPITEL 48

Großartige Neuigkeiten.
Meine Mappe hat funktioniert, die Bank hat grünes Licht für die Umgestaltung des Gartens gegeben.
Aber der Brief (aus dem Büro des stellvertretenden Vorstandsvorsitzenden) geht über die Erlaubnis, den Steinhaufen abzutragen, weit hinaus.
Jemand bei der *North South Bank* denkt in großen Dimensionen, denn wie es in dem Brief heißt:

Initiativ zu werden und als Mieter das Grundstück aufzuwerten ist ein Bekenntnis zu den Werten, die wir bei der North South Bank *hochhalten.*
Nie in der Geschichte der Bank ist uns ein so gründlich durchdachter Vorschlag unterbreitet worden.
Aus diesem Grund, Mr. Duke, möchten wir Ihnen mit der Bewilligung Ihres Antrags, im zentralen Innenhof einen Garten anzulegen, zugleich unsere Bitte zukommen lassen, in Zukunft als Gebäudebeauftragter für das Gebäude Glenwood Gardens zu wirken.

Ich glaube nicht, dass Dell jemals vorher gebeten wurde, als irgendetwas zu wirken.
Er sieht aus, als hätte er im Lotto gewonnen.
Es ist eine seltsame Mischung aus heller Aufregung und tiefer Besorgnis.
Ich denke über seine Eltern nach.

Vielleicht haben sie ihn als Kleinkind bei kaltem Wetter für längere Zeit in einen Holzschuppen gesperrt.
Und er sieht aus, als hätten sie ihn gerade erst rausgelassen.
Als ich ihn den Brief zum sechsten Mal laut vorlesen höre, wird mir bewusst, dass er sozusagen weint.
Ich versichere ihm, dass die Ernennung zum Gebäudebeauftragten eine große Ehre ist, die er absolut verdient.
Und dann ist er plötzlich unten auf dem Parkplatz und bringt vor der besten Parkbucht ein Schild an, auf dem steht:

RESERVIERT FÜR DEN GEBÄUDEBEAUFTRAGTEN
DELL DUKE, WOHNUNG 28

Ich glaube, er versteht einfach nicht, dass es bei seiner neuen Position um Dienstleistung geht.

Jetzt, da wir die Erlaubnis haben, kann der Plan umgesetzt werden.
Es ist Samstag und wir sind alle da, außer Pattie, weil sie am Wochenende die meisten Kunden hat.
Ich frage Quang-ha, wie wir seiner Meinung nach die roten Lavasteine entfernen sollen. Insgeheim denke ich mir, dass er vielleicht an alldem teilhaben möchte.
Er ist nicht im Entferntesten interessiert.
Aber offensichtlich hat er etwas aus *Tom Sawyer* gelernt, auch wenn er das Buch gar nicht gelesen und das Referat über Mark Twain auch nicht selbst geschrieben hat.
Er sagt nur:
»Verschenk die Steine. Die Leute lieben alles, was sie umsonst kriegen.«
Das scheint mir nur allzu wahr.
Ich gehe den Flur runter, um die Idee mit Dell zu besprechen. Sadhu ist dort im Wohnzimmer.

Er ist viel netter zu mir, seit ich Dell einen Computer zusammengebaut habe. Er hat sogar meine Meinung zu ein paar technischen Fragen eingeholt.
Und ich durfte mir seine Fünfzehn-Watt-Lötpistole borgen.
Als ich Dell erkläre, dass ich vorhabe, die Steine zu verschenken, sagt Sadhu:
»Stell das Angebot online. Dann sind die Steine im Handumdrehen weg.«

Ich poste ein Angebot über kostenlose rote Lavasteine zur Gartengestaltung.
Ich schreibe, dass der, der sie abholt, alle haben kann.
Nur sieben Minuten später kriege ich die erste Antwort.
Quang-ha scheint recht zu behalten.
Die Vorstellung, etwas umsonst zu bekommen, scheint intuitiv etwas Anziehendes zu haben.
Auch wenn kostenlose Dinge niemals kostenlos sind.
Die Last des Eigentums zu tragen heißt, einen Preis zu bezahlen.
Ich glaube, das ist der Grund, warum richtig reiche und berühmte Menschen auf den meisten Fotos immer so niedergedrückt und mürrisch wirken.
Sie wissen, dass sie wachsam sein müssen. Sie haben, was andere gern hätten.

Ich habe den Leuten am Telefon gesagt, dass die roten Steine nach dem Windhundprinzip vergeben werden. Das bedeutet, dass derjenige, der zuerst kommt, alles kriegt.
Bevor ich weiß, wie mir geschieht, sind vier Leute da, die sich um das Zeug streiten.
Diese Lavastein-Enthusiasten machen mir Angst.
Da Dell jetzt der Gebäudebeauftragte ist, schicke ich ihn runter, damit er sich um die Leute kümmern kann.

Ich habe keine Ahnung, was er sagt, aber Mai und ich hören alle möglichen Arten Gebrüll.

Einzig entscheidend ist, dass alle Steine innerhalb von zwei Stunden weg sind, und das Gleiche gilt für die zerschlissene Plastikplane darunter.

Ich habe gesagt, dass sie auch umsonst ist.

Wir gehen alle nach unten (sogar Quang-ha will mal gucken) und starren auf die soeben freigelegte Fläche.

Geblieben ist nur noch die platt gedrückte Erde. Sie ist nicht einmal braun. Sie ist staubgrau.

Vielleicht haben die Bauarbeiter hier ein paar übrig gebliebene Säcke Zement ausgeschüttet.

Meines Erachtens denken wir alle das Gleiche, aber es ist immer Quang-ha, der dem Unausgesprochenen eine Stimme gibt. Er sagt:

»Hier wird überhaupt nichts wachsen.«

Pattie ist gerade erst von der Arbeit gekommen und wirkt erschöpfter als sonst. Sie steht mit uns da und starrt auf das große Rechteck aus gar nichts. Schließlich sagt sie:

»Es sieht viel größer aus, wenn die Steine nicht darauf liegen.«

Dell stimmt ihr zu:

»Und es ist ein größeres Projekt, als wir alle gedacht haben.«

Pattie seufzt und geht zur Treppe.

»Das ist meistens so.«

Es ist durchaus möglich, dass sie dabei über mich und nicht über die hässliche, entblößte Fläche reden, die das neue Zentrum des Innenhofes ist. Dieser Gedanke zieht mich runter.

Mai legt mir die Hand auf die Schulter. Sie sagt:

»Lass uns zum Abendessen gehen. Morgen bei Tageslicht sieht alles besser aus.«

Bei strahlendem Sonnenschein sieht es sogar noch schlimmer aus.
Ich gehe früh nach unten und es sind jetzt nur ich und der nackte Erdboden da, der, wie ich jetzt feststelle, eine raue Oberfläche hat, so als ob jemand grobkörniges Meersalz auf einen grauen Cracker gestreut hätte.
Selbst wenn ich sämtliche Bewohner der Anlage dazu brächte, mir hier mit Gartengeräten zu Hilfe zu eilen, glaube ich nicht, dass wir es schaffen würden.
Hinzu kommt, dass ich nur ein paar der anderen Mieter kenne. Und sie sehen nicht gerade wie Leute aus, die gern eine Spitzhacke schwingen.
Normale Erde ist eine verrückte Mischung aus allem, von feinen Felsbrocken bis hin zu Wasser, Luft, Insekten und sogar Bakterien und Pilzen.
Es ist alles notwendig.
Ich erinnere mich, wie ich zum ersten Mal eine Messerspitze Erde aus meinem eigenen Garten unter dem Mikroskop gesehen habe.
Das war ein Schock.
Plötzlich, während ich diesen leeren Fleck betrachte, weiß ich, was zu tun ist.
Tief in die Erde zu pflügen ist normalerweise keine gute Idee, es sei denn, man hat es mit der Sorte Boden wie bei uns in Glenwood Gardens zu tun.
Die Situation schreit also nach schweren Maschinen.
Wir müssen eine Bodenfräse mieten.
Ich kann das aus vielerlei Gründen nicht selber machen, unter anderem deshalb, weil man so ein Gerät erst ab achtzehn bedienen darf.
Ich gehe wieder hoch, und als Mai aufwacht, erkläre ich ihr die Lage.
Sie sieht nicht so aus, als hätte sie auch nur die leiseste Vorstellung, wovon ich rede, und das selbst dann noch, als ich klarstelle, dass eine Bodenfräse eine Maschine mit scharfen Klingen ist, die mechanisch Erde zerkleinert.

Ein bisschen aber versteht sie doch, denn sie sagt:
»Also brauchen wir einen Erwachsenen, eine Kreditkarte und ein Auto, ja?«

Dell will nichts damit zu tun haben.
Mai hat sich den Mund fusselig geredet, aber am Ende ist es der Mann aus Nummer 11, der den Anstoß gibt.
Ein Typ namens Otto Sayas – ich würde alles für ein Palindrom als Namen geben – klopft an die Tür.
Er möchte wissen, was es mit dem »großen Dreckfleck im Hof« auf sich hat.
Otto Sayas sieht nicht sehr glücklich aus, weil seine Wohnung direkt zur Hofseite rausgeht.
Aus seiner Haltung glaube ich schließen zu können, dass er bislang kein Problem mit dem roten Lavasteinhaufen und dem Unkraut hatte.
Als Gebäudebeauftragter muss Dell mit ihm reden. Ich höre ihn erklären:
»Es wird alles begrünt. Sie werden schon sehen. Wir stecken mittendrin in dem Projekt.«
Ich mustere den immer noch finster dreinblickenden Otto Sayas. Er blafft:
»Da wird ganz sicher nichts wachsen.«
Dann kommt der magische Teil, denn Dell wirft sich gewissermaßen in die Brust und sagt:
»Warten Sie nur ab!«

KAPITEL 49

Eine Bodenfräse ist wie ein Presslufthammer, nur für Erde. Und wir kriegen so ein Teil.

Quang-ha kommt am Samstag nicht mit zu *Sam's U-Rent,* weil er zum Bowling geht.

Ich hatte keine Ahnung, dass er bowlt.

Aber vielleicht ist es so mit dem Bowling. Man macht es und vergisst es dann auch gleich.

Ich glaube, Dell wäre lieber zum Bowlen als zu *Sam's U-Rent* gegangen.

Aber er hat sich dazu bereit erklärt.

Das Gerät, das wir mieten, verlangt bei der Bedienung viel Kraft im Oberkörper, vor allem wenn es harte Böden in Angriff nehmen soll.

Also kommt nur Dell infrage.

Dell ist ziemlich teigig um die Taille und sein großer Bauch vibriert, als würde man ihn in einem dieser Mischgeräte im Farbengeschäft durchschütteln.

Die gute Nachricht ist, dass der harte Boden regelrecht pulverisiert wird.

Die schlechte Nachricht ist, dass Dell die Knochen hinterher so wehtun, dass er vermutlich eine Woche lang nicht laufen kann.

Ich prüfe die frisch gefräste Erde in unserem zukünftigen Garten.

Beim Abendessen verkünde ich die gute Nachricht:

»Ich habe die Bodenwerte gemessen. Neutral. Der Boden hat den perfekten pH-Wert 7.«

Mai und Pattie und Dell sehen von ihren Tellern auf. Quang-ha schaufelt das Essen weiter in sich hinein.
Pflanzen (und Menschen) gedeihen, wenn das Gleichgewicht stimmt.
Wenn die Erde zu säurehaltig ist, also »zu sauer«, dann sollte man den pH-Faktor senken.
Das geht, indem man Kalk hinzugibt.
Wenn die Erde zu alkalisch ist, was man sich als »zu süß« vorstellen kann, dann muss man Schwefel hinzufügen.
Ich erkläre das, merke aber, dass es die Menschen, mit denen ich zusammenlebe, nicht gerade fesselt.
Dell sagt:
»Hast du die Erde gegessen, um es herauszufinden?«
Ich weiß nicht recht, ob Dell das als Witz gemeint hat, aber er bringt Quang-ha damit zum Lachen.
Was, wie ich feststelle, immer eine Art Erleichterung ist.
Wenn Quang-ha lacht, ist das wie ein Dammbruch.
Pattie sagt:
»Das ist ja toll, Willow.«
Dann murmelt Quang-ha:
»Genau genommen zählt man die Wasserstoffionen.«
Er scheint von seiner Bemerkung genauso überrascht wie ich.
Schuldbewusst, so als wären seine Fortschritte in Biologie ein Verbrechen, gießt er sich noch mehr Soße über sein Schweinefleisch.
Am Tisch herrscht Schweigen.
Dann sagt Mai:
»Und die 7 ist doch deine Lieblingszahl, Willow.«
Ich verrate ihr nicht, dass ich nicht mehr in 7er-Schritten zähle, aber ich weiß die Schönheit der Zahl noch immer zu schätzen.
Ich denke, morgen, wenn wir pflanzen, werden alle mehr Begeisterung zeigen.
Und ich stelle fest, dass ich mich richtig darauf freue.

Es gab da einen X-Faktor.
Eine Unbekannte.
Ein sehr kleines Risiko.
Und genau dieser Fall trat ein.
Schlafen gingen wir in dem Bewusstsein, dass es im Hof ein großes Viereck frisch gepflügter, feinpulvriger Erde gibt.
Eine schöne Vorstellung.
Zumindest für mich.
Aber dann, mitten in der Nacht, kam ein Santa-Ana-Wind auf. So was passiert hier manchmal.
Aufgrund bestimmter Druckverhältnisse treibt ein Strom trockener Luft von den Bergen zur Küste.
Wir wachten in einem Wüstensturm auf.
Ich habe noch nie so viel Staub gesehen.
Wände und Fenster im Erdgeschoss sind jetzt mit einer Schicht Erde bedeckt.
Ich gehe nach unten und starre.
Es ist, als wäre ein Dreck-Tornado über uns hinweggefegt.
Nachdem ich es Dell gezeigt habe, humpelt er zum Parkplatz und entfernt die Parkplatzreservierung für den Gebäudebeauftragten. Niemand soll wissen, wo er wohnt.
Nach seiner Begegnung mit der Bodenfräse kann sich Dell vor Schmerzen kaum rühren.
Aber vielleicht nimmt ihn auch der viele Dreck so mit.
In seiner Wohnung wickelt er sich in ein Laken, legt sich auf den Fußboden und schließt die Augen. Er sieht aus wie eine Mumie.
Ich würde gerne ein Foto machen, nehme aber an, dass sich das nicht gehört.

Mai hat einen Plan.
Als Erstes stellt sie unten ein großes Schild auf. Darauf steht:

WEGEN ANFALLENDER BAUARBEITEN BITTEN WIR SIE, ETWAIGE UNANNEHMLICHKEITEN ZU ENTSCHULDIGEN

Ich habe das Gefühl, wir sollten Dell sagen, was wir vorhaben, aber Mai meint, wir sollten ihn besser in Ruhe lassen.
Als Nächstes geht Mai zu ihrer Mutter, um mit Dells Auto zu *Sam's U-Rent* zu fahren, wo wir die Bodenfräse abgeben und diesmal eine Power-Spritze mieten.
Mai und Dell haben einen unterschiedlichen Ansatz bei sämtlichen Dingen des Lebens.
Mai ist die ultimative Pragmatikerin. Vielleicht hat sie das von ihrer Mutter.

Power-Spritzen haben Power. Daher der Name.
Ich hatte noch nie mit einer zu tun, also ist das alles neu für mich.
Wir fahren zurück nach Glenwood Gardens und Mai geht hoch und zieht ihren neuen (gebrauchten) Regenmantel an.
Sie hat den Designermantel gekauft, als ich meine Laufschuhe bekommen habe, und ich hatte das für Geldverschwendung gehalten. Jetzt wünschte ich, ich hätte auch einen.
Als wir gerade anfangen wollen, kommt Quang-ha runter.
Er wirkt interessiert, vielleicht weil das gemietete Gerät Ähnlichkeit mit einem Maschinengewehr hat.
Quang-ha würde die Hochdruckspritze gern ausprobieren.
Er wirft das Gerät an und es macht den Eindruck, als hielte er eine *Uzi*. Bei einem so hohen Wasserdruck braucht man viel Kraft.
Ein Fluss aus Dreck entspringt.
Ich sehe aus sicherer Entfernung zu und es braucht eine Weile, bis ich begreife, dass die Fassade nicht nur gereinigt wird.

Die rosa Farbschicht unter dem Dreck wird ebenfalls entfernt.
Dasselbe gilt für die den bröckligen Putz darunter.
Ein eindrucksvoller Beweis dafür, dass alles mit allem zusammenhängt.
Nicht wie ein mathematisches Gesetz natürlich, aber in realweltlicher Hinsicht.
Mit der Entfernung der roten Lavasteine und der schwarzen Plastikplane kam die festgetretene Erde zum Vorschein.
Als die erst gelockert war und der Wind sie an die Fassade gefegt hatte, kam die Power-Spritze zum Einsatz, die nicht nur den Dreck, sondern auch das grauenhafte Rosa abtrug.
Darunter kam ein angenehmes, natürliches Grau zum Vorschein.
Jetzt müssen wir das ganze Haus mit der Power-Spritze bearbeiten, damit alles zusammenpasst.
Oder aber das Gebäude neu anstreichen.
Alles hängt zusammen.
Eins führt zum anderen.
Oft ganz unerwartet.

KAPITEL 50

Wir wechseln uns ab.
Wenn die Spritze auf der niedrigsten Stufe steht, kann sogar ich sie bedienen.
Quang-ha bearbeitet eine große Fläche und tut dabei so, als spielte er ein Videospiel.
Dann bin ich dran, aber leider bin ich lausig unproduktiv.
Es fällt mir derart schwer, die Düse unter Kontrolle zu halten, dass ich mich kaum bewegen kann.
Ich bin die Kleinste, aber ich gebe mein Bestes. Ich bin mir ziemlich sicher, dass mich der Rückstoß, würde ich nachmittags nicht joggen, ziemlich schnell umhauen würde.
Leider läuft das dreckige Wasser die Fenster runter. Jedes Mal, wenn wir einen Abschnitt fertig haben, müssen wir erst die Scheiben putzen. Mit der Power-Spritze geht das nicht.
Wir arbeiten alle, sogar Dell, als plötzlich Jairos Taxi aufkreuzt.
Ich sehe ihn und Pattie eine Weile am Straßenrand stehen.
Seltsamerweise finde ich es gar nicht verwunderlich, dass auf der Rückbank des Taxis lauter Lappen und gleich drei von diesen Fensterabziehern liegen.
Jairo treibt sogar eine ausziehbare Leiter auf und übernimmt die Sache mit den Fenstern.

Es ist dunkel und wir sind immer noch am Werk.
Nicht mal Quang-ha hat aufgegeben.
Abwechselnd hocken wir uns auf Milchkästen und leuchten mit Taschenlampen am Gebäude hoch.

Ein Mann kommt heraus und wir glauben schon, dass er uns anbrüllen will. Aber er ist nett und schenkt jedem von uns ein Pfefferminzbonbon.
Er spendet sogar einen Weihnachtsstern für den Garten. Er hat ihn seit fast einem Jahr und kann gar nicht fassen, dass er immer noch lebt.
Mit dem Innenhof sind wir mittlerweile fertig. Jetzt arbeiten wir an den Außenwänden der Wohnanlage.
Mit Besen leiten wir das herabfließende Wasser um, einen rosabraunen Strom aus abgesprengtem Putz.
Wenn man nicht gerade eine Taschenlampe hält, fegt man das Schmutzwasser in den Gully.
Jairo putzt seit Stunden Fenster.
Quang-ha ist Spieler des Tages im Team Hochdruckreinigung.
Er ist der Einzige, der die Power-Spritze wie ein Sportgerät verwendet.
Was mich wundert, weil ich ihn noch nie habe Sport treiben sehen und Bowling nicht wirklich ernst nehme.
Körperliches Durchhaltevermögen ist für jeglichen Führungsanspruch unerlässlich, selbst in der heutigen Zeit, in der man beim Pflügen keine Ochsen mehr lenken muss.
Es zu können beeindruckt nämlich noch immer.

Als es richtig spät wird, holt Dell einen seiner alten Gartenstühle vom Balkon.
Er entspannt sich.
Vielleicht wirken jetzt aber auch nur die entkrampfenden Tabletten, die Pattie ihm gegeben hat.
Allmählich scheinen sich die Mieter mit dem Gartenprojekt anzufreunden. Vielleicht gefällt ihnen aber auch bloß, dass endlich jemand ihre Fenster putzt.
Der Himmel über uns ist voller Sterne.

Es sind mehr Sterne, als ich je zuvor gesehen habe, dabei habe ich viel Zeit damit verbracht, nachts den Kopf in den Nacken zu legen und die verschiedenen Konstellationen zu analysieren.
Ich habe Quang-ha in den letzten zehn Stunden öfter lachen gesehen als in den letzten zehn Wochen.
Er findet gerade einfach alles witzig.
Bis vor Kurzem habe ich nicht gewusst, dass Gefühle derart ansteckend sind.
Jetzt weiß ich, warum Komiker für eine Gesellschaft so wichtig sind.
Mitten in der Nacht auf einer Milchkiste zu sitzen und mit einer Taschenlampe ein gigantisches Haus-Entfärbungsprojekt zu beleuchten bringt auch mich zum Lachen.

Es ist nach drei Uhr morgens.
Jairo ist weg. Pattie ist zu Bett gegangen, nachdem er gefahren ist.
Mai scheint nicht aufhören zu können, strömendes Wasser von der Fassade zu fegen.
Dell ist immer noch draußen, aber er schläft seit einer Stunde in seinem Gartenstuhl. Als ihm kalt wurde, hat er sich einen schwarzen Müllsack übergezogen. Seine Füße hat er durch den Boden gestoßen und jetzt erinnert er mich an die sprechende Rosine, die ich mal in einem Werbespot gesehen habe.
Ein Typ, der in einer der Wohnungen gegenüber wohnt, hat uns vor ein paar Stunden gesagt, dass wir die Maschine ausstellen sollen, aber Quang-ha hat ihn gar nicht beachtet.
Aber jetzt gibt er uns endlich ein Signal und Mai stellt die Spritze ab.
Sie und Quang-ha und ich treten zurück und leuchten mit unseren Taschenlampen auf unser Werk.
So viele Schichten haben wir abgetragen.
Dreckschichten.
Und rosa Farbschichten.

Und abbröckelnden, klumpigen Putz.
Die komplette Fassade des Gebäudes ist jetzt gleichmäßig glatt.
Alle Risse im Putz sind weg. Die kahlen Stellen, wo der Putz schon abgebröckelt war, sind auch verschwunden.
Die seltsame Architektur des Gebäudes, seine hohen Fenster und die kastenartige Gestalt, wirkt plötzlich futuristisch und zukunftsweisend.
Wenigstens auf mich.
Und zu behaupten, dass Glenwood Gardens gerade das sauberste Gebäude in ganz Bakersfield ist, ist auch nicht übertrieben.

Drei Tage lang kriegen wir vor lauter Muskelkater kaum die Arme hoch.
Wir laufen herum wie Plastiksoldaten, die Arme eng am Körper.
Nachts gehe ich runter und wässere die Erde, damit sie nicht wieder fortgeweht wird.
Und ich bereite den Boden vor. Ich dünge ihn mit einem löslichen Granulat, das mir Dell im Baumarkt gekauft hat.
Mitte nächster Woche sind wir bereit für den nächsten Schritt.
Wir haben über vier Dutzend Sonnenblumen in dreiundzwanzig Behältern, einen nicht gerade prächtigen Weihnachtsstern und mehrere Säcke Mulch.
Sobald wir die Sonnenblumen in der Erde haben, sollten sie sprießen.
Sie werden ihre Wurzeln bis zu einem Meter achtzig tief in die Erde strecken. Jeder einzelne Stängel wird im Laufe der nächsten Wochen eine einzelne Blütenknospe hervorbringen.
Ich weiß, wie das alles funktioniert.
Etwa einen Monat später werden sie bis zu zwei Meter vierzig hoch sein und die große flache Scheibe, die die Blüte ist, wird sich entfalten.
Sie wird eine Woche lang blühen.

Bienen werden kommen und die vielen Einzelblütchen bestäuben, die wir für eine einzige Blume halten (die sich aber in Wirklichkeit aus vielen, vielen kleinen Blüten zusammensetzt).
Eine Woche später, wenn die Blütezeit vorbei ist, werden sich die Einzelblütchen in Samen verwandeln und reifen.
Alle Energie wird auf diese nächste Generation übergehen.
Die Pflanze hat ihr Leben der Zukunft geschenkt.
So läuft das. Von den Bakterien in der Spüle bis zu den Fruchtfliegen, die die Schüssel mit den Bananen umschwirren. Wir machen alle das Gleiche.
Aber wenn die Menschen es so betrachteten, wie es wirklich ist, würden sie dann morgens noch aus dem Bett kommen?
Schon bald wird mein Garten voller Sonnenblumen sein, doch in nur wenigen Wochen muss er neu bepflanzt werden.
Und so geht es auch mir.
Die nächste Bepflanzung sollte von größerer Dauer sein.
Jetzt im Moment bin ich die Sonnenblume.
Ich bin hier nur *vorübergehend* und klammere mich doch an den Boden unter meinen Füßen.
Wie immer ist es der Garten, der mir abverlangt, mich mit meiner eigenen Lage auseinanderzusetzen.
Mein Gerichtstermin ist nächste Woche.
Ich werde bereit sein. Ich bin mir nicht ganz sicher, wofür.
Aber vielleicht ist es ja genau das, was *bereit* bedeutet.

KAPITEL 51

Dell bog auf den Parkplatz.

Es gab keinen Platz für ihn, für seinen Wagen, für seinen mittlerweile ständig muskelverkaterten Körper.

Nachdem er eine Weile frustriert herumgekurvt war, stellte er sich vor die einzige Parklücke, die er finden konnte.

Sie war winzig, auf der einen Seite ein kleiner Schulbus der Bezirksverwaltung, auf der anderen Seite war der Maschendrahtzaun, der das ganze Gelände umschloss.

Dell trat auf das Gaspedal, mit der Absicht, langsam vorzufahren.

Stattdessen rutschte sein Fuß ab.

Jedes einzelne Haar an seinem Körper stand zu Berge, als das hässliche Geräusch von Metall auf Metall erklang und der Zaunpfahl über die komplette rechte Seite seines Wagens schrammte.

Er würgte den Motor ab, brüllte und fluchte und schlug mit der Faust statt auf die Polster versehentlich auf das Armaturenbrett (was ganz schön wehtat).

Unwillkürlich dachte er an Willow. Sie hätte ihm vorher gesagt, dass die Parklücke zu klein war. Sie hätte deren Volumen oder sonst was berechnet.

Dell schob den Gedanken an das Mädchen beiseite und öffnete die Tür.

Er wurde mit einer weiteren harten Realität konfrontiert.

Obwohl er an der Beifahrerseite fast den Zaunpfahl entwurzelt hatte, stand er immer noch so dicht neben dem Minibus, dass er ernste Zweifel hegte, überhaupt aus dem Auto zu kommen.

Aber irgendwie musste er es hinkriegen.

War es nicht genau das, was das Leben ihn gerade lehrte?
Dell biss die Zähne zusammen und zwängte erst das linke Bein und dann die linke Hüfte durch den Spalt.
Aber sein Bauch, auch wenn er ihn einzog, war ein echtes Problem.
Er hoffte einfach das Beste und atmete aus. Sein Bauch wucherte in jede erdenkliche Richtung, stieß gegen die Tür, deren Kante sich daraufhin in die Seite des Minibus bohrte.
Schon wieder das hässliche Geräusch von Metall auf Metall.
Mit weit aufgerissenen Augen begutachtete Dell den angerichteten Schaden.
Der Minibus war wie aus Pappe!
Dell schlug seine Tür zu und setzte zur Flucht an.
Doch als er sich seinen Weg durch die Autoreihen bahnte, schoss ein dunkles Etwas hinter einem Reifen hervor und schlitterte direkt zwischen seine wackligen Beine.
Dell spürte Fell an seinen Knöcheln und kreischte wie ein verängstigtes Kind.
Hinter den Fenstern des niedrigen Backsteingebäudes, in dem ein Großteil der Bezirksverwaltung untergebracht war, tauchten plötzlich Köpfe auf.
Dell ließ sich auf den Asphalt fallen, um den prüfenden Blicken der Beamten zu entgehen.
Und in diesem Moment sah er die haarige Kreatur, die ehemals als Cheddar bekannt war, aus nächster Nähe.
Der Kater war dünn und räudig, hatte ein kahles Ohr und an seinem mittlerweile krummen Schwanz fehlte ein Stück.
Aber das Tier war nicht bloß vernarbt und dreckig; es war verzweifelt und ohne Hoffnung.
Im Bemühen, gefährlich zu wirken, machte Cheddar einen Buckel und bleckte die spitzen Zähne. Seine hellgrünen Augen nahmen die Farbe von Jade an.
Dell lief ein Schauer über den Rücken.

Er hatte Cheddar adoptiert und dann hatte er das Tier auf dem Parkplatz sich selbst überlassen.
Er hatte nicht einen einzigen Versuch unternommen, ihn zu retten.
Dell starrte in die Augen der verängstigten Katze und etwas in ihm machte Klick.
Er musste mehr Verantwortung zeigen für das, was er tat.
Und er würde mit diesem Kater anfangen.
Dell packte Cheddar im Nacken, überrascht, wie einfach es war, das Tier einzufangen. Cheddar war keine wilde Katze.
Er war mit Menschen aufgewachsen und schien erleichtert, in die Welt der Menschen und des Dosenfutters zurückzukehren.
Dell ging über den Parkplatz zu seinem Auto und quetschte sich und Cheddar in den Wagen.
Als Dell den Motor anwarf, sprang Cheddar nach hinten.
Dell konnte jetzt ein neues Geräusch hören. Leise, aber deutlich.
Der Kater schnurrte unter dem Sitz.
Dell stieß aus der Parklücke und seltsamerweise berührte der Zaunpfahl den Wagen nicht mal.

Dell brachte Cheddar zu einem Tierarzt in der Central Avenue, wo er ein Flohbad und eine gründliche Untersuchung bekommen sollte.
Am Abend würde er das Tier wieder abholen.
Dann fuhr er zurück zur Bezirksverwaltung und diesmal parkte er auf der Straße und ging zwei Blocks zu Fuß.
Dann ging er direkt zum Empfang und erklärte, dass er den Minibus beschädigt hatte.
Es stellte sich heraus, dass die Behörde versichert war, die Frau am Empfang sagte, er müsse sich keine Sorgen machen.
Mit federnden Schritten ging Dell ins Büro.
Vielleicht lag es am Joggen. Er hatte fast acht Kilo abgenommen.
Aber vielleicht war es auch das Wissen darum, dass er bei Cheddar das Richtige getan hatte.

KAPITEL 52

Die Katze ist wieder da.

Das ist mal eine Nachricht.

Zumindest für mich.

Sadhu hat eine Allergie; deshalb wird Cheddar bei uns in Nummer 28 wohnen.

Fürs Erste.

Ich bin verrückt nach dieser Katze.

Was insofern okay ist, als Cheddar auch irgendwie nach mir verrückt ist oder sich doch wenigstens sehr für mich interessiert, was in der Welt der Katzen zweifellos an Verrücktheit grenzt.

Der Kater schläft in meinem Bett und kuschelt sich dicht an meinen Körper.

Wenn er tief und fest schläft, röchelt er.

Wenn ich früh aufstehe, um ins Bad zu gehen, zuckt sein krummer Schwanz im Schlaf.

Seine Pfoten beben.

Er läuft.

Ich wüsste gern, was er träumt.

Wenn ich nachmittags aus dem Nagelstudio nach Hause komme, wartet Cheddar gleich vorn auf dem Fensterbrett auf mich.

Vielleicht genießt er auch nur den Ausblick. Aber dass es so aussieht, als würde er auf mich warten, ist Fakt.

Meine gesamten Ersparnisse befinden sich in einer Metallkiste unter meinem Bett.

Ich habe versucht, mich jede Woche an den Essenskosten zu beteiligen (ich betrachte es als umgekehrtes Taschengeld), aber Pattie weigert sich, das Geld anzunehmen.

Ich versuchte, Dell welches zu geben, aber er sagte auch Nein.

Sein Nein ist nicht so bestimmt wie ihres, aber er macht seinen Standpunkt deutlich.

Heute ist also der erste Tag, an dem ich etwas von meinem Bargeld ausgebe.

Ich gehe in das Tiergeschäft in der 7th Street.

Ich wähle ein lindgrünes Katzenhalsband mit Sicherheitsverschluss.

Es reflektiert stark und leuchtet im Dunkeln.

Ich zahle zwei Dollar extra, um den Namen *Cheddar* in das Halsband einprägen zu lassen. Für Notfälle füge ich Patties – nicht Dells – Telefonnummer hinzu.

Ich bestehe außerdem darauf, dass ein Glöckchen an dem Halsband angebracht wird. Freigänger richten großen Schaden in der Vogelwelt an.

Allerdings glaube ich, dass Cheddar seinen Willen bekommen und seine Pfoten für den Rest seines Lebens auf nichts anderes als Teppich setzen wird.

Ich habe extra die Tür aufgelassen, aber er zeigt nicht einmal Interesse, auch nur den Flur zu begutachten.

Seit Cheddar das neue Halsband trägt, beschwert sich Quang-ha über »das lästige Gebimmel«.

Aber selbst er muss zugeben, dass die Anwesenheit des Katers (mit seinem kahlen Ohr und dem krummen Schwanz) einem irgendwie gute Laune macht.

In meinen wöchentlichen Sitzungen sprechen Dell und ich jetzt über praktische Dinge.

Ich habe zwei Anliegen.

Erstens mache ich mir Sorgen um meinen Pflegestatus.

Und zweitens sorge ich mich um die Sonnenblumen.

Die Pflanzen sind in den letzten Wochen gewachsen und sie haben geblüht.
Quang-has ist die größte. Sie misst weit über zwei Meter. Ich glaube, dass die Mieter Gefallen an dem Spektakel gefunden haben.
Ein paar Leute haben sich allerdings über die Bienen beschwert.
Aber man kann es unmöglich jedem recht machen.
Jetzt haben die Pflanzen das Ende ihres Lebenswegs erreicht. Ich muss überlegen, was zu tun ist, wenn sie erst fort sind.
Wenn man von den meisten gängigen Pflanzen ein Stück abschneidet – diese reife Pflanze lässt sich als Elternteil betrachten – und diesen abgetrennten Teil dann pflegt, wird er wachsen.
Das nennt man einen Ableger.
Mir fehlen (da meine Ersparnisse nicht hoch sind) die finanziellen Mittel, um den großen Flecken Erde im Innenhof zu gestalten.
Der Bank habe ich erzählt, dass wir einen Plan haben, und den habe ich in den beigelegten Zeichnungen präsentiert.
Aber das war hypothetisch.
Und das hier ist die Wirklichkeit.
Ich werde nehmen müssen, was ich hier in Bakersfield finden kann, um den Platz zu gestalten.

Ich fange klein an.
Ein Korb. Eine Schere.
Nasse Papierhandtücher (um meine Ableger feucht zu halten).
Ein paar kleine Ableger in Wassergläsern am Fenster treiben schon Wurzeln aus.
Aber ich muss größer denken.

Dell fährt am Samstag mit mir zur Gärtnerei *Southside Plant* und wir kaufen Wurzelpuder und drei große Säcke Blumenerde.
Während wir dort sind, entdecke ich Henry E. Pollack. Er leitet den Laden.

Ich kannte ihn schon, als ich noch sehr klein war.
Er und mein Dad haben immer über Football geredet und er hat uns jahrelang Preisnachlässe eingeräumt.
Früher habe ich ihn bei Pilz- und Insektenbefall beraten.
Und ich habe beim Pfropfen von Obstbäumen geholfen.
Ich bin gerade hinten im Laden und schaue mir den neuen *Pittosporum tenuifolium* an, als ich bemerke, wie Dell sich mit Henry in einer Ecke unterhält.
Irgendwie sieht es nach einem ernsten Thema aus, was mich nervös macht.

Im Auto frage ich Dell, was es zu flüstern gab, und er sagt:
»Henry wollte wissen, wie es dir geht.«
Die Leute fühlen sich unwohl, wenn sie einem Kind diese Frage stellen. Also fragen sie Erwachsene.
Aber diese Erwachsenen haben oft keinen blassen Schimmer, wie die Antwort lautet.
Ich sehe aus dem Fenster auf all die Pflanzen in den Gärten und verliere mich darin.
Aber später, an der Ampel, sage ich:
»Ich versuche, keine Wurzeln zu schlagen. Vielleicht ist es das, was du Menschen wie Henry über mich sagen kannst.«

Quang-ha sitzt auf dem Sofa und schaut eine Sendung über einen Typen, der in einem Cabrio durchs Land fährt und dabei Cheeseburger mit Bacon isst.
Mai blättert einen Katalog für Badeanzug-Enthusiasten durch.
Dell trimmt seinen Bart. Er hält sich eine Papiertüte unters Kinn (damit die Haare nicht im Zimmer rumfliegen).
Cheddar schläft.
Pattie ist im Nagelstudio.
In letzter Zeit hat sie oft Überstunden gemacht. Ich habe Bedenken

deswegen, aber sie mag es nicht, wenn man ihr Terminmanagement kritisiert.

Ich stehe mitten im Wohnzimmer und erläutere meinen Plan, in die Stadt zu fahren und Ableger von interessanten Pflanzen zu sammeln.

Quang-ha sieht mich nicht an, schafft es aber zu sagen:

»Ist das eventuell Diebstahl?«

Mich ermutigt das. Immerhin habe ich seine Aufmerksamkeit gewonnen.

»Das ist eine interessante Frage. Wenn wir dabei auf Privatgelände vordringen, schon.«

Quang-ha murmelt etwas Unverständliches.

Also fahre ich fort:

»Grundsätzlich gelten für Pflanzen die üblichen Eigentumsrechte. Aber was, wenn sie auf Bürgersteigen wachsen? Oder auf einem öffentlichen Grundstück, in einem Park oder im Garten einer Bibliothek oder eines Verwaltungsgebäudes?«

Quang-ha stiert weiter auf den Fernseher und sagt:

»Wie wäre es, wenn du etwas nach links rücken würdest? Du versperrst mir die Sicht.«

Ich trete einen Schritt zur Seite.

Stille.

Nur der Fernseher und die Geräusche von Dell, der mühevoll seinen furchtbar drahtigen Bart trimmt.

Und dann sagt Quang-ha:

»Nimm doch was aus den Biotonnen der Leute. Gartenabfälle und so. Da ist die Arbeit für dich schon gemacht.«

Ich sehe ihn voller Bewunderung an.

Quang-has Mutter ist die härteste Arbeiterin, die ich jemals kennengelernt habe. Und sie hat ihrem Sohn etwas Einzigartiges weitergegeben. Ein ganz und gar eigentümliches Verhältnis zur Arbeit.

Wenn ihn etwas nicht interessiert, tut er alles, um sich davor zu drücken.
Ich meine es ernst, als ich zu ihm sage:
»Quang-ha, du könntest später mal als Manager Karriere machen.«
Wie um das zu beweisen, sagt er:
»Wenn im Eisschrank noch Eis ist, nehme ich eins.«
Es hat nie Eis im Eisschrank gegeben, aber ich weiß, dass ich bei nächster Gelegenheit welches kaufen werde.

KAPITEL 53

In den kommenden 17 Tagen reifen Mai, Dell und ich zu Biotonnen-Experten heran.

In unserer Stadt wird der Müll getrennt, die blauen Tonnen sind für Recyclinggüter und die grünen für alles, was aus dem Garten kommt. Die schwarzen sind für den Rest.

Meine erste Beobachtung: Die grünen Behälter enthalten nicht immer nur geschnittenes Gras und welke Blumen.

Ich habe Spaghetti darin gefunden. Und alles mögliche andere ekelhafte Zeug.

Manches davon war mehr als gruselig.

Aber zum größten Teil befolgen die Einwohner von Bakersfield, Kalifornien, die Regeln, was bedeutet, dass sie ihre Gartenabfälle in jene Tonne werfen, in die sie gehören.

Und diese Abfälle sind meist noch am Leben.

Pattie möchte keine Becher oder Behälter mehr in der Wohnung. Sie hat ein Machtwort gesprochen. Und Dell hat nur sein Zimmer bei Sadhu, bei dem es ebenfalls strenge Regeln gibt.

Wieder ist es Quang-ha, der eine Lösung weiß.

»Bring alles rauf aufs Dach. Da geht niemand hin.«

Er ist nicht mehr oben gewesen, seit wir das Oberlicht mit Scherben dekoriert haben, aber offenkundig erinnert er sich, wie viel Platz da oben ist.

Jetzt stehen auf der weiten Fläche lauter Töpfe und Behälter.

Mit dem Wurzelpuder, reichlich Sonnenschein und Wasser habe ich eine Mini-Pflanzschule zum Laufen gebracht.

Und dann verlieren wir fast alle Pflanzen.

Es regnet leicht und jemand namens S. Godchaux aus Nummer 21 meldet eine kleine undichte Stelle an seiner Badezimmerdecke.
Er ruft die Bank an – und die benachrichtigt nicht ihren Gebäudebeauftragten, sie benachrichtigt ihren Handwerker.
Pattie und ich sind im Salon und natürlich erfahre ich erst davon, als alles zu spät ist.
Ein Dachdecker kommt und wird nicht schlau aus all den Behältern mit den Ablegern.
Für ihn sieht es einfach wie ein großes Durcheinander aus, das ihm beim Teeren im Weg ist.
Er setzt sich wieder mit der Bank in Verbindung und offensichtlich erklärt ihm jemand namens Chad Dewey, dass da oben gar nichts sein sollte.
Also sammeln die Dachdecker alles, was wächst (oder zumindest Wurzeln auszutreiben versucht), ein und bringen es nach unten, wo sie es in den Müllcontainer werfen.

Ich kehre an einen Tatort zurück.
Heute wurde der Müll abgeholt.
Ich muss die Abfolge der Ereignisse nachträglich erschließen und erreiche, als ich der Sache auf den Grund gehe, den Boden der Tatsachen. Für mich ist der Verlust der Pflanzen nicht allein eine Niederlage; er ist ein Zeichen.
Ich werde nicht mehr lange in Glenwood Gardens wohnen.
Sehr bald werde ich zu einer Pflegefamilie gebracht.
Ich werde zurück in die Schule geschickt.
Was hier geschieht, wird zu Ende gehen.
Zumindest für mich.
Als ich am nächsten Tag meinen Termin bei Dell habe, erkläre ich ihm:
»Es gibt keinen Weg zurück in die Vergangenheit. Ein Garten im Hof ist nicht dasselbe wie mein Garten zu Hause.«

Dell nickt nur. Und sieht verschwitzt aus.

Als Dell zum Abendessen rüberkommt, sehe ich, wie er Pattie einen Brief gibt. Und als ich schließlich ins Bett gehe, finde ich die Nachricht auf meinem Kopfkissen wieder. Sie lautet:

Liebe Willow!

Wenn sie einen Platz für dich finden (und ich weiß, dass es ein toller Platz und für dich genau richtig sein wird), möchte ich, dass du versuchst, Cheddar mitzunehmen. Ich werde Lenore anrufen und ihr erklären, dass der Kater so was wie ein Therapiehund ist.

In Freundschaft
Dein Dell Duke

Er hat gesagt, dass der Kater eine Art Therapiehund ist.

Ich weiß seine Unterstützung zu schätzen, hoffe aber ernsthaft, dass er diese Show nicht abziehen wird.

Zwei Tage vergehen, und anstatt vom Nagelstudio mit dem Bus nach Hause zu fahren, gehe ich zur Gärtnerei *Southside Plant*.

Ich stöbere Henry auf und erzähle ihm von den Sonnenblumen und dem Verlust meiner Ableger und frage um Rat.

Er muss nach hinten in den Laden, weil ein Lkw eine Lieferung bringt.

Ich warte.

Auf der Ladentheke stehen Schachteln mit Marienkäfern zum Verkauf und ich beschließe, eine mitzunehmen.

Normalerweise sind sie eher orange, aber als ich durch das kleine Gitter spähe, wirken die Käfer, die in den Holzspänen herumkrabbeln, feuerrot.

Ich weiß, was Pattie jetzt sagen würde.

Glück gehabt.

Und recht hätte sie auch, denn nur ein paar Minuten später kommt Henry zurück und sagt, dass er mir helfen will. Er wird nach der Arbeit vorbeikommen und einen Blick auf mein Projekt werfen.

Ich bin erleichtert.

Auf dem Rückweg nach Glenwood Gardens bewege ich mich ganz behutsam, weil ich die Marienkäfer nicht durchschütteln will.

Als ich durch die Tür komme, sieht Quang-ha, der wie üblich auf dem Sofa sitzt, die Schachtel in meiner Hand und fragt:

»Hast du was zu essen mitgebracht?«

Ich sage:

»Ich habe Insekten mitgebracht.«

Aber ich lächele und merke es nicht einmal, bis ich mich im Spiegel sehe.

Ich sehe anders aus, wenn ich lächele.

Vielleicht ist das bei allen Menschen so.

An diesem Morgen gehe ich nicht ins Nagelstudio.

Ich bleibe, um auf die Pflanzenlieferung zu warten.

Henry war gestern da und hat sich umgesehen. Er hat gesagt, dass er mir ein paar Sachen vorbeibringe.

Aber es ist nicht der übliche Lieferwagen der Gärtnerei, der um 10:07 ankommt.

Was kommt, ist ein großer Laster. Und er hat einen Gabelstapler dabei. Es folgt ein Lieferwagen mit vier Arbeitern.

Ich gehe raus auf die Straße und Henry und sein Cousin Phil lassen gerade die Heckklappe runter.

In dem Lkw entdecke ich eine große Kiste Bambus. Er wird liegend transportiert. Aufrecht wäre er über sechs Meter hoch.

In dem Lkw sind noch andere Pflanzen:

Neuseelandflachs.

Eine große Auswahl an blühenden Kletterpflanzen (um an den Metallstangen an der Fassade hochzuwuchern).

Bodendecker.
Sogar eine drei Jahre alte Heckenkirsche.
Ich bin überwältigt.
Aber weil jetzt viel zu tun ist, bleibt keine Zeit, das zum Ausdruck zu bringen.
Die vier Arbeiter mähen die Sonnenblumen ab.
Eigentlich müsste das traurig sein, nur dass es diesmal gar nicht traurig ist.
Wir beschließen, die langen Stängel an das Geländer der Außengalerie im Obergeschoss zu hängen. Die Blüten haben die Größe von Menschenköpfen. Die knallgelben Blätter der Blüte sind jetzt trocken und zur Mitte hin ganz dunkel.
Henry gibt mir dafür grünes Garn und ich bin für das Projekt verantwortlich, solange die Arbeiter unten ein tiefes Loch graben. Der Bambus, den sie mitgebracht haben, ist nämlich eine ernste Sache.
Während ich die Sonnenblumenstängel an das Geländer binde, kommt Henry, um mir zu sagen, dass das alles ein Geschenk ist.
Ich möchte mich bedanken, aber die Worte bleiben mir im Hals stecken.
Mein Mund steht offen und plötzlich bin ich so etwas wie ein Fisch auf dem Trockenen. Man kann den Haken nicht sehen, aber er muss in meiner Wange sein.
Aber vielleicht steckt er auch in meinem Herzen, denn dort spüre ich den Ruck.
Henry legt mir den Arm um die Schultern und flüstert:
»Gern geschehen.«

Es dauert fast vier Stunden, bis alles eingepflanzt ist.
Aber der Tag ist noch nicht vorbei.
Als weitere Überraschung bringt Lorenzo von *Bakersfield Electric* einen Satz solarbetriebener Lampen, die in der Nacht durch das Laub in den Sternenhimmel leuchten.

Es ist alles so viel mehr, als ich mir erhofft hatte.
Lorenzo sagt, dass die Jungs von der Gärtnerei ihn angerufen haben.
Er erzählt irgendwas von einer »Bank für kleine Gefallen«.
Ich habe noch nie davon gehört, aber ich gewinne langsam den Eindruck, dass ich zurzeit bei vielen Leuten so ein Konto habe.
Ich sehe zu, wie Lorenzo die Leuchtkörper platziert, aber dann kann ich einfach nicht anders und hantiere selber so lange herum, bis sie genau da sind, wo sie meiner Meinung nach sein sollten.
Ich erkläre, dass ich den Weltraum gerne in Form von dreieckigen Ausschnitten sehe. Er hört eine Weile zu und lacht dann.
Als wir fertig sind, reicht er mir seine Karte und sagt, dass er mit mir gern über ein großes Beleuchtungsprojekt reden würde, für das er sich bei einem neuen Einkaufskomplex bewirbt.
Ich sage ihm, dass ich mir gern seine Entwürfe ansehe.
Das wird meine »Bank für kleine Gefallen« übernehmen.

Als er weg ist, wässere ich alles mit einem Schlauch, den Henry mir dagelassen hat.
Ich bin gerade fertig damit, als Mai sich auf dem Bürgersteig nähert.
Ich gehe ihr entgegen und führe sie in den Hof. Ich wünschte, Henry und Phil und Lorenzo und die Jungs wären geblieben.
Sie hätten es verdient, ihr Gesicht zu sehen.

Wir sitzen auf der Treppe und beobachten, wie die Leute nach Hause kommen.
Alle sind ziemlich verblüfft.
Ich beschließe, heute nicht zu joggen, damit ich da bin, wenn Quangha nach Hause kommt.
Er sagt kein einziges Wort.
Ich warte. Er setzt sich neben mich auf die Treppe und sagt immer noch nichts.

Noch mehr Stille.
Schließlich dreht er sich zu mir um und sagt:
»Ich möchte nicht wissen, wie du das hingekriegt hast. Ich schätze, du kannst zaubern.«
Vielleicht liegt es daran, dass er älter und ein Junge ist, und vielleicht auch daran, dass er nicht wirklich dafür war, dass ich bei ihnen bleibe, jedenfalls schwappt da etwas über mir zusammen, als er das sagt. Ich glaube, man nennt dieses Gefühl Anerkennung.

Wir sitzen alle drei auf der Treppe, als Dell erscheint.
Ich glaube, er wusste, dass so etwas passieren würde. Er sagt, dass Henry ihn angerufen hat. Ich hätte ihm nicht zugetraut, ein Geheimnis zu bewahren.
Dell ist sehr, sehr glücklich, als er die Pflanzen sieht.
Mai benutzt Dells Handy, um ihrer Mom zu sagen, dass sie heute früher kommen soll. Sie möchte, dass sie den Garten bei Tageslicht sieht.
Gerade als der Horizont sich rot färbt, schafft Pattie es nach Hause. Über ihr sind noch farbige Streifen, als sie in den dunkel werdenden Himmel sieht.
Sie sagt:
»Jetzt ist es nicht mehr verkehrt, dass dieser Ort Glenwood Gardens heißt.«
Wir gehen zusammen nach oben und ich nehme Cheddar und lege mich auf mein Bett.
Ich bin erschöpft.
Genau wie Cheddar, glaube ich, aber Schlafen ist sein Standardmodus, daher bin ich mir nicht sicher.
Ich schlafe ein, obwohl ich nicht zu Abend gegessen habe und es draußen gerade erst dunkel geworden ist. Ich wache vom Geräusch des Fernsehers auf und vom Duft nach Popcorn.
Quang-ha taucht im Türrahmen auf und sagt:

»Dell hat den besten Parkplatz wieder für den Gebäudebeauftragten reserviert.«
Wir sehen uns an.
Wir lachen, aber mit den Augen.

KAPITEL 54

Dell hatte den Brief bekommen.

Er bekam sonst nur ärgerliche Post, also ließ er manchmal Tage verstreichen, bevor er sich die Mühe machte, den kleinen spitzen Schlüssel hervorzuholen und den Metallkasten unten an der Tür aufzusperren.

Der Briefkasten war voll.

Wie sonst auch lagen da längst fällige Rechnungen zwischen Wurfsendungen, deren billiger Druck seine Finger schwarz färbte.

Aber heute war da noch etwas.

Er hielt einen an Pattie Nguyen adressierten Brief in der Hand.

Sie bekam hier sonst keine Post.

Er überprüfte den Absender.

KERN COUNTY JUGENDAMT

Und plötzlich wurde ihm übel.

Vielleicht sollte er einfach abhauen.

Er könnte wegfahren und einfach nie mehr wiederkommen.

Zumindest wäre dann für den Kater gesorgt. Er konnte sich keine Welt vorstellen, in der Willow keinen guten Platz für dieses Fellbündel finden würde.

Dell übergab Pattie den Brief. Und dann verschwand er geradewegs den Flur runter in sein Zimmer.

Jetzt lag er im Bett, mit aufgeklapptem Laptop. Er starrte auf die Homepage des Jugendamts von Kern County.

Im Staat Kalifornien konnte eine Person vorübergehend, das hieß einige Wochen oder, unter besonderen Umständen, einige Monate lang das Sorgerecht für ein Kind unter staatlicher Fürsorge übernehmen.

Das eigentliche Ziel aber war eine dauerhafte Lösung. Es galt, einen Vormund zu finden.

Dell spürte, wie sein linkes Bein zuckte.

Und dann ruckte es, als würde er gegen einen Fußball treten.

Seit er zu joggen begonnen hatte, schienen seine Glieder unabhängig vom Rest des Körpers zu funktionieren.

Sogar wenn er, wie jetzt, ausgestreckt dalag, schienen seine Füße einen Schritt machen zu wollen.

Konnte er Vormund einer Zwölfjährigen werden?

Selbst wenn er gewollt hätte (und er wollte eigentlich nicht, oder?), er hatte Schulden und keinen richtig sicheren Job und hatte es bisher noch nicht mal geschafft, sich in dem kleinen Laden, wo er sich morgens einen Kaffee holte, seine Bonuskarte abstempeln zu lassen.

Aber hatten sich die Dinge nicht geändert?

War er jetzt nicht der Gebäudebeauftragte von Glenwood Gardens?

Hatte er die beiden Nguyen-Kinder nicht jeden Morgen zur Schule gefahren?

War nicht er es gewesen, der die größte bauliche Veränderung, die jemals an diesem Mietshaus vorgenommen worden war, beaufsichtigt hatte?

Gut, vielleicht hatte er sie nicht beaufsichtigt, aber immerhin war er beteiligt gewesen. Er hatte die Bodenfräse bedient.

Dell klappte seinen Laptop zu.

Aber seine Beine zuckten noch immer.

Niemand wusste, dass sie sich nähergekommen waren.

Und jetzt war Jairo der Mensch, mit dem Pattie zuerst reden musste.

Sein Handy klingelte, aber er ging nicht dran. Sie wusste, dass er nicht abnehmen konnte, wenn er fuhr.

Aber er würde sie zurückrufen und sie würden herausfinden – sie beide –, was zu tun war.

Es war Dezember und die brutale Hitze, die monatelang die einzig echte Konstante gewesen war, hatte seit einer Woche nachgelassen.

Es war, als hätte jemand einen Schalter gedrückt und die Jahreszeit gewechselt.

Die Nächte waren plötzlich kühl und die Ventilatoren und Klimaanlagen waren endlich in den elektrischen Winterschlaf entlassen worden.

Pattie schlüpfte aus ihren zu engen Schuhen (ihre Füße schienen größer zu werden) und sie starrte auf den Brief vom Staat Kalifornien.

Es ging um die Sorgerechtsanhörung.

Sie war zweimal verschoben worden.

Jetzt gab es kein Entrinnen mehr.

Jetzt würde sich etwas entscheiden.

Sie faltete den Brief und sagte sich, dass es hoffentlich das Richtige sein würde.

KAPITEL 55

Als wir in unser Etagenbett klettern, erkläre ich Mai, dass gerade alle Pflanzen unter Schock stehen. So ist das, wenn man eine Pflanze umsetzt.

Ich weiß aus Erfahrung, dass manche schließlich blühen und andere welken.

Nur die Zeit wird weisen, wie es kommt.

In der Natur ist das Gleichgewicht ausschlaggebend.

Ich koste noch immer den Gartentriumph aus, als mich am Tag drauf die Nachricht erreicht.

Ich mag Lenore Cole vom *Jamison-Kinderzentrum* nicht, aber die Fairness gebietet es zu sagen, dass sie immerhin ihren Job macht.

Sie hat einen Platz für mich gefunden.

Dauerhaft.

Sie ist heute zu *Happy Polish Nails* gekommen, um es mir persönlich zu sagen.

Wir reden draußen auf dem Parkplatz, aber Pattie muss es erfahren.

Ich bin jetzt seit fast drei Monaten hier.

Es war immer nur vorübergehend gewesen.

Bis zu dem Tag, als ein Laster vom medizintechnischen Lieferdienst über eine rote Ampel fuhr, hatte sie mich nie gesehen.

Ich weiß besser als jeder andere, wie viel sie für mich getan hat.

Das sind die Fakten.

Ich soll in einer Pflegegruppe in der 7th Street untergebracht werden.

Es passt immerhin, dass es nicht die achte oder neunte Straße ist.

Sie sagt, dass ich ruhig weinen soll.

Ich sage ihr, dass es mir gut geht.
Ich sage, dass ich in die Bibliothek möchte, und sie bietet an, mich zu fahren.
Ich habe gerne Bücher um mich.

Als Lenore und ich losfahren wollen, sagt Pattie, dass Dell mich nach der Arbeit von der Bibliothek abholen wird.
Ich muss nicht den Bus nehmen.
Ich bedanke mich und wir gehen zu Lenores Wagen hinüber.
Ich bin wie betäubt.
Aber ich gehe weiter.
So jedenfalls nennt es Lenore, als wir in ihr Auto steigen. Ihre genauen Worte sind:
»Es ist an der Zeit, dass es weitergeht.«
Es hört sich an, wie wenn man mittags in der Cafeteria in der Schlange steht und es einfach nicht vorangeht.
Und dann fügt Lenore noch hinzu:
»Veränderungen sind wichtig. Wir möchten, dass du morgen den Vormittag im *Jamison* verbringst und nachmittags zur Anhörung gehst.«
So also ist das, wenn man *weitergeht.*
Es bedeutet *sofort.*
Und das überrascht mich.
Erst habe ich gedacht, sie meint *in fünf Tagen* oder *in zwei Wochen.*
Aber doch nicht *morgen.*
Lenore ist ein Profi, sie hat in diesen Dingen bestimmt Erfahrung.
Möglicherweise ist es genauso wie beim Pflasterabreißen.
Macht man es sofort, tut es nicht so weh, weil ein Großteil des Schmerzes auf Antizipation zurückzuführen ist.
Vielleicht hat sie es mir deshalb erst jetzt gesagt.
Ich verabschiede mich von Lenore und gehe in die Bibliothek.
Drinnen bedecke ich mein Gesicht mit den Händen.

Ich atme zu schnell. Aber ich weine nicht.
Ich denke an Mai und Quang-ha und an Pattie und Dell.
Sie nehmen mich weg von diesen Menschen.
Und ich glaube nicht, dass ich ohne sie leben kann.

Ich gehe gleich zu meiner Lieblingsstelle, die Treppe hoch in die Ecke neben dem Fenster.
Das Licht überflutet diesen Flecken.
Ich nehme mir ein Buch über Astrophysik. Ich habe schon lange nicht mehr über das große Ganze nachgedacht.
Vielleicht habe ich mich zu sehr mit den kleinen Dingen befasst.
Gedanklich war ich auf Kleinigkeiten fixiert.
Wenn ich von Galaxien und kosmischen Mikrowellen lese, kann ich leichter atmen.
Ich relativiere meinen Platz im Universum.
Ich bin Sternenstaub.
Nur für Menschenaugen bin ich goldbraun.
Ich bin bloß ein winziger Teil einer gewaltigen Ausdehnung.

Als es an der Zeit ist, setze ich mich draußen auf die Treppe. Ich denke über die Nguyens nach.
Werden sie aus Glenwood Gardens wegziehen? Wird Dell wieder in Nummer 28 wohnen? Vielleicht können sie ein anderes Apartment mieten und im Haus bleiben.
Mai wird nicht nur mich vermissen; das Etagenbett und der Schrank werden ihr echt fehlen.
Wenn sie hierbleiben, kann ich sie an den Wochenenden besuchen.
Ich könnte immer noch im Garten helfen.
Ich könnte zu Fuß gehen oder Jairo anrufen, damit er mich mit dem Taxi hinfährt.
Ich könnte meine Ausdauer verbessern und eine Joggingstrecke ausarbeiten, die mich direkt zu Glenwood Gardens führt.

Plötzlich taucht Dell auf.
Ich habe ihn nicht kommen sehen. Hat er sich angeschlichen oder bin ich plötzlich blind?
Er hockt sich neben mich.
Er sagt kein Wort.
Dann legt er den Kopf auf die Knie und weint.
Es klingt, als würde ihn jemand erwürgen.
Ich sitze direkt neben ihm und ich tue, was meine Mutter getan hätte.
Ich lege den Arm um seine Schulter und flüstere leise:
»Ich bin in Ordnung. Es wird mir gut gehen.«
Das lässt ihn völlig zusammenbrechen.
Er weint lauter.
Er hebt den Kopf und sieht mich an. Ich habe immer noch meinen Arm um seinen krummen Rücken gelegt.
Und ich sehe etwas in seinen Augen.
Er ist todunglücklich.
Ich kenne den Blick.

KAPITEL 56

Pattie schloss den Salon früh und nahm den Bus nach Hause.

Der Himmel war bedeckt und der Wind fegte ins Tal. In der Luft waren Staub und Sand und sie spürte die Körner, als sie die Zähne zusammenbiss. Sie konnte sie schmecken, als sie schluckte.

Pattie trat durch die Wohnungstür und sah Quang-ha am Tisch sitzen und Hausaufgaben machen.

Er machte seine Hausaufgaben nie am Tisch.

Er sah kaum auf, als sie eintrat.

Er sagte kein Wort.

Pattie bemerkte, dass sein Fuß zuckte. Vor und zurück. Kein Zittern, aber nahe dran.

Sie sah den Flur hinunter.

Mai war in ihrem Zimmer auf dem oberen Etagenbett. Sie lag mit dem Gesicht dicht an der Wand und hatte den Kater fest an ihre Brust gedrückt.

Sie wussten es also.

Pattie ging den Flur runter und blieb im Türrahmen stehen.

»Wir kriegen das hin.«

Sie ging zum Bett hinüber und legte ihrer Tochter die Hand auf das seidige Haar.

»Das ist nur vorübergehend.«

Plötzlich war Quang-has Stimme zu hören. Sie war laut.

»Das sagst du zu allem. Vorübergehend. Aber wenn etwas lange genug dauert, gilt das nicht mehr.«

Pattie ging zurück ins Wohnzimmer und stellte sich vor ihren Sohn.

Mai tauchte hinter ihr auf.

Quang-ha sah sie beide an. Seine Augen waren groß und trotzig. Aber seine Stimme war die eines kleinen Jungen, nicht die eines Teenagers.

»Wir dürfen sie nicht gehen lassen.«

Pattie legte den Arm um ihren Sohn und so blieben sie lange Zeit stehen.

Mai trat zu ihnen und lehnte sich gegen sie.

Draußen nahm der Wind zu. In der Küche stand ein Fenster offen und sie konnten ein Geräusch hören. Es war anders als sonst. Es war etwas Neues, es fügte sich in den Klang der Straße und der Menschen.

Es war der Bambus in dem neuen Garten.

Sie konnten das Rauschen von tausend Blättern hören.

Dell wachte mitten in der Nacht auf.

Er versuchte, wieder einzuschlafen, wälzte sich aber so oft herum, dass es sich wie Sport anzufühlen begann.

Um 2:47 Uhr war er ausgepowert, aber immer noch wach, also stand er auf.

Er blieb in seiner Jogginghose und dem T-Shirt, zog aber Schuhe und einen Anorak an.

Dann ging er nach unten in den Hof.

Es war kalt draußen und er konnte seinen Atem sehen, als er zu dem aufgerollten grünen Schlauch hinüberging.

So kalt es auch war, Dell nahm sich die Zeit, Willows neuen Garten zu gießen.

Er stand im Licht des Halbmonds und sah dem Wasser zu, das sich in einem Strom eiskalten Silbers ergoss.

Die Heckenkirschen waren schon größer als er, und als er sie sich genau ansah, bemerkte er, dass eine der Knospen sich zu öffnen begann.

Ganz sicher würde sie sich prächtig entwickeln.

KAPITEL 57

Ich öffne die Augen. Ich höre Mai im Bett über mir leise atmen, sonst aber ist es ganz still in der Wohnung.

Das ist ungewöhnlich. Die Welt von Pattie Nguyen ist immer voller Geräusche.

Es wird gekocht, Geschirr wird abgewaschen, der Staubsauger oder die Dusche laufen.

Aber jetzt nicht.

Denn es ist sehr früh.

Gestern Abend hat mich Dell ins *Happy Greens* eingeladen. Das ist ein vegetarisches Restaurant.

Er hat versucht, mich aufzuheitern.

Er hat mir erzählt, dass sie an einer Art Vereinbarung arbeiten.

Als wir nach Glenwood Gardens zurückkehrten, habe ich mich sehr bemüht, glücklich auszusehen.

Ich schaue auf die Uhr. Es ist 4:27 Uhr.

Quang-ha schläft auf dem Sofa.

Im Wohnzimmer sind die Rollos zur Straße runtergelassen.

Der Vollmond steht direkt über dem Oberlicht und der Mondschein ist kräftig genug, um kleine Schatten auf den Teppich zu malen.

Früher habe ich diese Schatten als Zeichen der Hoffnung verstanden.

Jetzt sehen sie wie Schmutzflecken aus.

Ich nehme mein Kissen und die flauschige Decke mit und hocke mich ins Badezimmer.

Ein paar Minuten später schleicht Cheddar herein. Er rollt sich auf

dem Saum der Decke zusammen, lehnt sich gegen meinen Rücken und schläft ein.
Hier drin ist ein Fenster und von meinem Platz auf den Fliesen sehe ich zu, wie die Sonne aufgeht und die Welt in orangefarbenes Licht taucht.
Die Sterne am Himmel über Bakersfield verlöschen.
Ich schließe die Augen.
Und schließlich, als der Schlaf mich holt, schwirren lauter Kolibris über meinen inneren Bildschirm.
Sie wissen, wie man sich bewegt.

Ein paar Stunden später wache ich auf und habe keine Ahnung, wo ich bin. Es dauert einen Moment (der sich wie eine Ewigkeit anfühlt, in Wirklichkeit aber nicht länger als eine Sekunde währt), bis ich begreife, dass ich im Badezimmer bin und dass ich von heute an nicht mehr in Glenwood Gardens leben werde.
So ist das mit der Zeit.
Eine Sekunde kann sich wie eine Ewigkeit anfühlen, wenn du weißt, dass dir in der nächsten Sekunde das Herz bricht.

Ich bin sehr, sehr müde, steige aber unter die Dusche und wasche mir die Haare.
Ich lasse sie trocknen, wie sie wollen, das heißt als Wust dunkler Locken.
Ich binde sie nicht zurück und flechte sie nicht, ich bändige sie überhaupt nicht.
Sie sind, was sie sind.
Ich bin, was ich bin.
Ich ziehe meine alten Gartensachen an.
Ich stecke die Eichel, die Mai mir geschenkt hat, in meine Tasche.
Vielleicht bringt sie Glück. So weit bin ich gekommen. Und das will etwas bedeuten.

Meinen roten Hut werde ich heute nicht tragen. Ich bin ja drinnen. Aber ich werde ihn mitnehmen, weil Rot eine Glücksfarbe ist und für die Natur von großer Bedeutung.

Beim Frühstück ist alles wie immer.
Ich nehme eine Banane mit lauter braunen Flecken.
Sie sieht wie das Fell einer Giraffe aus.
Ich wünschte, ich wäre alt genug, um einfach im Amazonasgebiet zu leben und die Pflanzen dort zu erforschen, schließlich ist es ohne Weiteres denkbar, dass eine von ihnen den Schlüssel zur Heilung von Krebs in sich trägt.
Aber die Hindernisse sind unüberwindbar.
Ich habe noch nicht mal einen Pass.
Wir beginnen gerade zu essen, als Dell früher als sonst den Flur runterkommt.
Er und Pattie wollen etwas aus dem Wagen holen und gehen zum Parkplatz.
Ich bin mir sicher, dass sie über mich reden.
Nach ein paar Minuten kommen sie wieder, sagen aber bloß, dass wir aufbrechen müssten, weil Mai sonst zu spät zur Schule käme.
Ich frage Pattie, was bei der Anhörung geschehen wird.
Sie sagt, ich soll mir keine Sorgen machen.
Ich halte diese Antwort für wenig hilfreich.
Wer würde sich nicht Sorgen machen?
Außerdem kenne ich sie mittlerweile. Ich habe wochenlang einen großen Teil des Tages mit ihr verbracht. Und so verrät mir ihr Gesichtsausdruck, dass sie sich auch Sorgen macht.

Mai will am Nachmittag zur Anhörung ins Gericht kommen.
Ich sage zu ihr:
»Das musst du nicht. Du solltest in der Schule sein. Ich schaffe das. Ich bin vorbereitet. Ich bin jetzt stärker.«

Und dann stehe ich auf und gehe ins Bad.
Lenore erscheint nur Minuten später.
Pattie sagt, dass das kein Lebewohl ist.
Es ist *Hẹn gặp lại sau.*
Das heißt: »Bis später.«
Ich sage:
»Ja. Ich sehe euch alle später.«
Ich muss raus hier, bevor es zu dramatisch wird.
Ich umarme Mai und versuche, tapfer zu sein, hauptsächlich weil sie es ist, die zuerst die Fassung verliert.
Sie ist immer die Taffste gewesen, aber jetzt, als ich gehe, bricht ihr Panzer.
Ich umarme Dell und dann umarme ich Pattie. Ich nicke Quang-ha zu.
Dann drehe ich mich zu Cheddar um.
Er sitzt auf der Rückenlehne des Sofas und beobachtet uns. Ich wollte mich von ihm verabschieden. Das war mein Plan. Aber ich kann das jetzt nicht.
Ich wende mich ab.
Und ich höre das Glöckchen an seinem Halsband bimmeln.
Das Einzige, was ich sagen kann, ist:
»Bitte gießt die Pflanzen im Hof. Vor allem den Klebsamen. Sobald ich kann, komm ich vorbei und sehe mir den Garten an.«
Ich höre Mai aus dem Zimmer und den Flur runtergehen. Sie kann es nicht ertragen.
Ich drehe mich noch einmal um, bevor ich die Wohnung verlasse.
Cheddar sitzt in den bunten Lichtflecken, die die Scherben auf dem Oberlicht werfen.
Sein Gesicht sieht deshalb aus, als würde es sich bewegen.
Aber vielleicht liegt das auch an den Tränen in meinen Augen.

Ich steige in Lenores Wagen und sehe an dem Gebäude hoch.
Cheddar sitzt jetzt am Fenster.
Ich flüstere:
»Auf Wiedersehen.«
Ich habe meiner Mom und meinem Dad nie Lebewohl gesagt. Ich hatte keine Gelegenheit. Sie waren da und dann waren sie fort.
Bedeutet es etwas, wenn man Lebewohl sagt?
Beendet es wirklich etwas?
Ich habe sie an jenem Morgen nicht umarmt, als ich zur Schule gegangen bin.
Deshalb möchte ich nicht dahin zurück.
Mit den anderen Schülern und den Lehrern und alledem komme ich klar, aber nicht mit der Erinnerung.
Ich kann nicht an diesem Ort sein, denn immer, wenn ich es mir erlaube, an meinen letzten Tag dort zu denken, verliere ich die Fassung. Dann löse ich mich von dieser Welt.
Dann zerbreche ich in eine Million Stücke.
Ich mache mir Sorgen um Quang-ha.
Ich weiß, dass er diese Woche viele Hausaufgaben aufhat. Ich hoffe, er versucht, wenigstens ein paar davon zu machen.
Und dann Dell. Wird er wieder Sachen in den Schrank stopfen? Wird er wieder aus dem Fenster starren und darauf warten, dass sein Leben anfängt?
Wird Pattie weiter so viel arbeiten? Ich weiß genau, dass die Nagellackdämpfe schlecht für sie sind.
Ich stelle fest, dass ich mir Sorgen um sie alle mache.
Das ist besser, als mir Sorgen um mich selbst zu machen.
Das ist eines der Geheimnisse der letzten Monate.
Wenn du dich um andere kümmerst, nimmst du das Scheinwerferlicht von deinem eigenen Leid.

KAPITEL 58

Ich bin mit fünf anderen Mädchen in einem großen Raum im *Jamison*.

Wir haben heute alle eine Anhörung.

Vier der fünf Mädchen schlafen. Oder tun wenigstens so.

Das fünfte Mädchen telefoniert mit seinem Handy.

Ich habe meinen Computer mit, und nachdem ich drei Mal danach gefragt habe, gibt mir die Frau an der Rezeption endlich das WLAN-Passwort.

Niemand sonst hat einen Computer. Ich habe ein schlechtes Gewissen, weil ich meinen benutze, aber die anderen Mädchen scheint es nicht zu kümmern.

Jede in diesem Raum steckt in ihrer eigenen Blase aus Unglück und alle wissen, es ist nicht möglich, es zu teilen.

Ich bin dankbar dafür.

Jetzt, wo ich WLAN habe, beschließe ich, einen Blick auf das interne Netzwerk vom *Jamison* zu werfen.

Das System ist natürlich geschützt, aber die Firewall ist nicht sehr sicher. Ich habe mir viele Codes für Datenpuffer angesehen. Das hier ist kein sehr anspruchsvolles Netzwerk, da ich die Transportschicht sehe und sofort erkenne, dass ich so was schon mal überwunden habe.

Ich glaube nicht, dass die hier schon viel Erfahrung mit Hackerkindern haben.

Ich bin kein Hackerkind, aber ich habe Potenzial auf diesem Gebiet.

Ich komme sofort rein.
Ich gehe zu Lenores Account.
Beim Durchsehen ihrer E-Mails habe ich plötzlich Mitleid mit ihr. Sie scheint gewaltig überarbeitet zu sein. Es gibt E-Mails vom Jugendgericht, von Schulen, von der Polizeidienststelle.
Berge von solchem Zeug.
Ich sehe Hinweise auf alle möglichen medizinischen Dokumente.
Es gibt Berichte über Misshandlungen und kriminelles Verhalten.
Jetzt ist mir übel.
Auf andere Art als vorher.
Ich sollte diese Dinge wirklich nicht lesen.
Sie sind zu persönlich und handeln nicht von mir und überhaupt ist, was ich hier tue, nicht korrekt.

Ich habe Dells Dateien auf meinem Computer.
Als ich seinen Laptop zusammengebaut habe, habe ich alles rübergespielt, aber ich habe mir das Zeug noch nie so richtig angesehen.
Jetzt öffne ich eine seiner Dateien mit dem Namen DDBS. Und darin steht:

DELL-DUKE-BERATUNGSSYSTEM

1 = SELTSAME
2 = AUSSENSEITER
3 = CHAOTEN
4 = EINSAME WÖLFE
5 = GENIES
6 = DIKTATOREN
7 = MUTANTEN

In den meisten Kategorien stehen viele Namen.
Ich gehe sie durch.
Quang-ha ist ein Einsamer Wolf. Und Pattie ist eine Diktatorin. Ich sehe, dass Mai eine Junior-Diktatorin ist.
Dann sehe ich, dass bei MUTANT nur ein Name steht.
Dell Duke hat sich selbst eingetragen.
Erst bin ich entsetzt.
Aber dann merke ich, dass er nur versucht, sich einen Reim auf die Welt zu machen.
Er sucht nach einem Weg, die Dinge zu ordnen.
Er betrachtet Menschen als unterschiedliche Spezies.
Er irrt sich natürlich.
Alle von uns sind alles von dem allen. Ich bin kein Genie. Ich bin so gut wie jeder andere eine Einsame Wölfin und eine Chaotin und eine Außenseiterin und eine Irre.
Und was den Garten betrifft, bin ich eine Diktatorin.
Wenn ich in den vergangenen Monaten eines gelernt habe, dann dass man zwar Begriffe finden kann, um Pflanzen und Tiere zu kategorisieren, dass sich aber einzelne Menschen nicht in Schubladen stecken lassen.
So funktioniert das einfach nicht.

Ich klappe meinen Rechner zu und nur ein paar Minuten später betritt eine Frau den Raum und teilt uns mit, das Mittagessen sei fertig.
Ich habe keinen Hunger, folge der Gruppe aber in den Essbereich.
Für Vegetarier gibt es keine große Auswahl, doch ich wage mich an einen Salat und etwas Spinat mit einer bedenklich orangerot leuchtenden Käsesoße.
Zumindest glaube ich, dass es Käsesoße ist.
Besser, man fragt da gar nicht erst nach.
Alle anderen an meinem Tisch essen einen Hot Dog.

Als wir fertig sind, bringen sie uns einen Becher Vanilleeis mit bunten Streuseln.
Als das Mädchen neben mir die Streusel sieht, fängt es an zu weinen.
Ich frage mich, ob sie Angst vor den langfristigen Nebenwirkungen künstlicher Lebensmittelfarbe hat.
Dafür gäbe es gute Gründe.
Ich vermute dann aber doch, dass sie nicht deswegen weint, da sie eine schreckliche Brandwunde am Arm hat und, während sie weint, im Eis herumstochert.
Die Brandwunde hat die Größe einer Kirsche.
Bei der Vorstellung, dass jemand ihr das angetan hat, kriege ich ein ganz übles Gefühl im Bauch.
Vielleicht ist sie sogar deswegen hier.
Ich schließe die Augen und versuche mir, so gut ich kann, vorzustellen, dass ich im neuen Garten bin.
Und ehe ich michs versehe, sieht mein Schälchen Eis wie eine Suppe aus.
Und die bunten Streusel sind alle gesunken.

Lenore kommt mich holen. Sie sagt, ihr gefalle, wie ich heute mein Haar trage.
Seit sie mich abgeholt hat, hat es sich nicht verändert, also versucht sie vielleicht nur, nett zu sein.
Ich lächele aber trotzdem.
Ich stelle fest, dass es ein echtes Lächeln ist.
Ich werde in die Welt hinausgehen und mein Bestes geben, um die Tochter zu sein, die meine Eltern gerne großgezogen hätten.
Dabei bin ich gar nicht tapfer, mir sind nur die Alternativen ausgegangen.
Lenore bringt mich zu einer Trauerbegleiterin (sie heißt Mrs. Bode-Ernst).

Als ich in ihrem Büro sitze, stelle ich fest, dass ich keine Angst habe.
Vor nichts.

```
N I E M E H R
I I
E   E
M     M
E       E
H         H
R           R
```

Genau 7 Buchstaben.
Reiner Zufall.
Bis vor Kurzem hatte ich noch große Angst vor vielem.
Jetzt fühlt es sich an, als gäbe es nicht mehr viel, vor dem man Angst haben müsste.
Lenore sagt:
»Heute geht es um lauter Formalien. Du wirst den Richter kennenlernen. Kann sein, dass er ein paar Fragen stellt. Dann braucht es ein paar Unterschriften.«
Mrs. Bode-Ernst lächelt und ich begreife, dass sie das für eine gute Nachricht hält.
Aber vielleicht lächelt sie auch nur, um mich zu ermutigen.
Ich teile ihren Optimismus nicht.
Die Trauerbegleiterin sagt:
»Aller Anfang ist schwer. Ich weiß, dass du viel durchgemacht hast. Wir sorgen dafür, dass du wieder in die Schule kommst. Du wirst viele neue Freundschaften schließen. Ehe du dichs versiehst, bist du wieder mitten im Leben.«
Ich überlege, ob ich ihr sagen soll, dass meine Schulzeit eigentlich nie besonders toll war und dass ich, von Margaret Z. Buckle einmal abgesehen, nie richtige Freunde hatte, bis ich Mai und Quang-ha kennengelernt haben und nach Glenwood Gardens gezogen bin.

Aber ich möchte sie nicht verärgern.
Woher soll sie auch wissen, dass ich nie *mitten im Leben* war?

Lenore und ich gehen zurück zu ihrem Wagen.
Sie erklärt mir, dass der Richter meine Vormundschaft übernehmen wird.
Ich hoffe, es ist eine Frau und eine Afroamerikanerin, die mich sieht und die versteht, dass ich anders und sogar seltsam (wie Dell Duke herausgefunden hat), aber trotzdem etwas wert bin.
Ab jetzt bestimmt das Gericht, wo es langgeht.
Ich weiß, dass Lenore sich mies fühlt.
Aber nichts von alledem ist ihre Schuld.
Ich möchte, dass sie das weiß.
Ich möchte ihr sagen, dass sie sich nicht mies fühlen soll. Stattdessen berühre ich ihren Arm.
Nur mit den Fingerspitzen.
Danach habe ich nichts mehr zu sagen. Ich weiß, dass sie versteht.

Im Gericht gehe ich auf die Damentoilette.
Ich brauche ein paar Minuten für mich.
Der Spiegel hier drin ist nicht aus Glas.
Es ist eine aluminiumhaltige Polyesterfolie, die perfekt über ein rechtwinkliges Brett gespannt ist.
Diesen Spiegel kann man nicht zerbrechen.
Ich nehme an, dass Leute, die hier gelandet sind, nicht noch mehr Unglück brauchen.
Ich öffne den Mund und starre mein Spiegelbild an.
Weil meine Haut dunkel ist, wirken meine Zähne sehr weiß. Sie sind gerade und haben, glaube ich, eine gute Größe.
Ich schließe die Augen.
Ich kann meine immer lächelnde Mutter und meinen starken Vater sehen.

Ich kann ihre Stimmen hören. Seit ich denken haben, haben sie versucht, mich zu beschützen.
Haben sie zu viel auf mich aufgepasst und zu wenig auf sich? Oder gibt es so viele Zufälle im Leben, dass der bloße Gedanke an Vorsicht vergebens ist?
Wenn die letzten Monate etwas bewiesen haben, dann dass ich nicht noch mehr Theorie brauche, sondern lieber etwas mehr praktische Erfahrung.
Obwohl die Dosis, die ich bekommen habe, für ein ganzes Leben reicht.
Wenn ich den Richter treffe, möchte ich eine positive Einstellung zeigen, aber zugleich meinen Blutdruck und andere Vitalparameter überwachen.
Es hat schließlich Fälle von Stress-Kardiomyopathie gegeben, auch bekannt als Gebrochenes-Herz-Syndrom.

KAPITEL 59

Dell machte sich fertig.
Er suchte eine rote Krawatte aus. Und zog seinen Anzug an. Es war das erste Mal, dass er seinem Chef den wahren Grund genannt hatte, warum er nicht zur Arbeit kam.
Er würde zum Jugendgericht gehen, um für eines der Kinder da zu sein, das er beriet.
Anstatt sich wie ein fauler Drückeberger zu fühlen, glaubte er, Bewunderung in der Stimme seines Vorgesetzten zu hören.
Aber vielleicht unterdrückte der Kerl auch nur ein Gähnen.
Als Dell jetzt die Anzughose hochzog, war er überrascht, dass er den Hosenbund zuknöpfen konnte.
Beim letzten Mal hatte er eine Sicherheitsnadel gebraucht, um die Hose zuzumachen.
Das war der eindeutige Beweis, dass er Gewicht verloren hatte. Nicht genug, um aus dem Auto zu klettern, wenn es zu dicht neben einem Minibus stand, trotzdem war es ein gutes Gefühl, dass sein Bauch schrumpfte.

Im Flur in Nummer 28 überlegte Pattie, was sie anziehen sollte, und entschied sich für eine weiße Seidenbluse mit zwei gestickten Tauben. Sie war aus Vietnam.
Sie trug bereits einen schwarzen Rock aus dem Discounter.
Und rote Slipper.
Die Tauben waren ein Symbol für die Liebe.
Der schwarze Rock zeigte Respekt.
Und die roten Slipper brachten natürlich Glück.

Wahrscheinlich würde niemand bei der Behörde die Symbolik bemerken, wenn aber doch, dann wollte Pattie keinen Zweifel an ihren Absichten lassen.

Auf der anderen Seite der Stadt saß Mai im Geschichtsunterricht und starrte aus dem Fenster.

Es war nicht fair.

Von allen war am ehesten sie es, die da sein sollte.

Sie hatte die Sache ins Rollen gebracht.

Die Zeiger der Uhr über dem Kopf der Lehrerin hatten sich, so kam es ihr vor, seit einer Ewigkeit nicht mehr bewegt.

Die Frau hörte nicht auf, über das alte Rom zu reden, dabei war Mai lange klar, dass das Einzige, was von Belang war, im Gerichtsgebäude in der Innenstadt von Bakersfield passierte.

Als es klingelte, war ihr Entschluss gefallen.

Mai erklärte der Frau im Sekretariat, dass es einen Notfall in der Familie gebe.

Und dann griff sie zu einer List. Sie redete Vietnamesisch. Wie ein Schnellfeuergewehr.

Das verunsicherte die Leute.

Und gleich hatte sie die Erlaubnis, Quang-ha aus dem Biologieunterricht zu holen (wo er tatsächlich interessiert einem Kurzfilm über die Teilung von Zellkernen folgte).

Und nur Minuten später gingen die beiden Nguyens aus dem Schultor Richtung Innenstadt.

Mai sah sich um und entdeckte einen Aufkleber an einem Klassenfenster.

Es war eine Sonnenblume. Durchflutet von grellem Licht, leuchtete sie, als wäre sie aus Gold.

Mai hielt das für ein gutes Zeichen.

KAPITEL 60

Das Familiengericht hat seinen eigenen Bereich im Obergeschoss des Rathauses.
Ich hätte eine Million Fragen zum weiteren Verfahren, aber ich habe beschlossen zu gehen, wohin der Wind mich trägt.
Und draußen weht ein starker Wind. Sollte das ein Zeichen sein, werde ich womöglich sehr weit fortgeweht.
Lenore kennt sich hier aus und wird von vielen Leuten begrüßt. Ihre Hand liegt die ganze Zeit auf meiner Schulter, was eine nette Geste ist. Sie sagt, dass sie für mich da sein wird.
Ich werde in einen Wartebereich gebracht.
Im Hauptraum gibt es keine Plätze für Kinder – und das macht ja auch Sinn.
Ein kleiner Junge kommt herein und weint. Er ist winzig. Er sieht aus, als wäre er höchstens 7 Jahre.
Ein Mann holt ihn ab und flüstert ihm etwas ins Ohr, aber er weint ununterbrochen.
Ich bin froh, dass ich nicht hören kann, was da geredet wird.

Ich glaube, das Warten ist das Schlimmste.
Andererseits ist es mir recht, denn ich habe es ja nicht gerade eilig.
Lenore geht aus dem Raum und ich nehme zur Kenntnis, dass ich jetzt weglaufen könnte.
Ich könnte einfach durch die Tür und immer weitergehen.
Aber das tue ich nicht. Und zwar nicht nur, weil ich müde bin.
Ich habe nachgegeben.
Das ist was anderes als aufgeben.

Nach einer langen Zeit taucht eine Frau auf und sagt, dass ich jetzt beim Richter dran bin.
Ich weiß nicht, was mit Lenore passiert ist, und habe den Eindruck, dass ich besser auf sie warten sollte.
Aber die Frau sagt, dass Lenore mit einem Notfall zu tun hat.
Ich zucke bloß die Achseln.
Meines Erachtens hat Lenore ausschließlich mit Notfällen zu tun.
Ich folge der neuerdings zuständigen Frau durch einen Korridor, dann biegen wir ab und betreten das Richterzimmer.
Und dann sehe ich sie.
Sie stehen.
Dell trägt einen Anzug, der ihm zu eng ist.
Auf seiner einen Seite steht Quang-ha.
Auf der anderen steht Pattie.
Und neben Pattie steht Jairo. Er trägt auch einen Anzug, deshalb erkenne ich ihn beinahe nicht.
Und davor, mit einem großen Tulpenstrauß im Arm, steht Mai.
Ich sage nichts. Und ich rühre mich nicht. Ich bin völlig bewegungslos.
Und ich weiß, wie das geht.
Hinter einem Schreibtisch erhebt sich eine Frau. Sie trägt, was ich für eine *Richterrobe* halte, es sieht aber aus wie ein Kostüm für den Chor. Ich zwinkere noch nicht einmal, als sie sagt:
»Willow, ich bin Richterin Biederman. Und ich gehe davon aus, dass du die anderen Anwesenden kennst.«
Ich weiß nicht, was ich tun soll.
Ich merke, wie mir Tränen die Wangen runterlaufen, aber ich heule nicht. Ich bin nur gefühlsduselig.
Die Richterin fährt fort:
»Heute ist bei Gericht ein formeller Sorgerechtsantrag eingegangen. In dem von Mr. Jairo Hernandez und Ms. Dung Nguyen gestellten Antrag …«

Pattie unterbricht die Richterin.
»Bitte, ich heiße Pattie.«
Richterin Biederman fährt fort und ich glaube nicht, dass sie sonst sehr oft unterbrochen wird, denn sie rümpft ein wenig die Nase.
»Mr. Hernandez und Ms. *Pattie* Nguyen streben diesen Sorgerechtsantrag partnerschaftlich an …«
Danach höre ich nichts mehr.
Muss ich auch nicht.
Ich weiß, dass Lenore den Raum betritt.
Und irgendwann legt sie den Arm um mich. Ich sinke auf einen Stuhl und vergrabe mein Gesicht in meinem roten Hut und bin mir nicht sicher, ob ich lachen oder weinen soll.
Ich höre Mais Stimme.
»Es wird alles gut. Nicht weinen, Willow.«
Ich antworte auf Vietnamesisch.
»Được hơn là bình thường.«
Was heißt:
»Es ist mehr als gut.«

Pattie und Jairo sind nicht verheiratet oder so etwas.
Sie haben eine Art Beziehung, die auf mich den Anschein macht, als wären sie mehr als nur Freunde.
Wir finden heraus, dass Pattie nicht die ganze Zeit so lange gearbeitet hat.
Sie und Jairo sind abends essen und sogar ein paarmal ins Kino gegangen und einmal zu einer Dichterlesung im *Bakersfield College*.
Wir haben alle den gleichen Ausdruck im Gesicht, als wir diesen Teil der Neuigkeit hören.
Quang-ha (natürlich) ist es, der sagt:
»Dichterlesung? Willst du mich verarschen?«
Dell wollte ebenfalls einen Vormundsantrag stellen, aber er ist – obwohl ich neulich einige Daueraufträge für ihn eingerichtet habe,

um etwas Ordnung in seine Finanzen zu bringen – ziemlich pleite, weshalb er nicht infrage kommt.
Jairo hat dagegen etwas Geld auf dem Konto (von seinem Gewinn), aber die wahre Entdeckung ist, dass Pattie Ersparnisse gewissermaßen hamstert.
Während Dell Jahre damit verbracht hat, Plastikteller zu stapeln, hat Pattie richtiges Geld angehäuft.
Sie hat das vor allen geheim gehalten, aber jetzt, da sie vor Gericht sämtliche Konten offenzulegen hat, muss sie zugeben, dass sie, wie Quang-ha es nennt, »Geld wie Heu« hat.
Ich sollte das eigentlich gar nicht mitkriegen, aber Pattie und Jairo haben viele Papiere falsch eingereicht, und das heißt, dass Lenore sie abermals vorlegen muss, während ich im Raum bin.
Richterin Biederman sagt, dass sie die rote Karte für diesmal stecken lassen wolle.
Dabei gefällt Pattie die Idee einer »roten Karte« sichtlich.
Was ganz bestimmt nur daran liegt, dass sie die Farbe mag.
Ich kann mich nicht erinnern, je von einer »roten Karte« gehört zu haben. Ich nehme mir vor, das später zu recherchieren.

Lenore leistet die nötige Unterschrift schon jetzt, sagt aber, dass Pattie und Jairo wiederkommen und einige noch fehlende Unterlagen vorlegen müssen.
Das Wichtigste aber ist, dass ihnen heute – und zwar nicht *vorübergehend* – das gemeinsame Sorgerecht für ein Mädchen namens Willow Chance zugesprochen worden ist.
Das ist jetzt rechtsgültig.
Als die Richterin das offiziell verkündet hat, geht Dell wie für einen Spagat zu Boden.
Es soll wohl ein Freudentanz werden.
Aber dabei reißt seine Hose im Schritt, was nicht nur superpeinlich für ihn ist, sondern Quang-ha zum Lachen bringt.

Es ist sein schrilles Kichern.
Und das steckt alle an.
Und ich bin jetzt ein Teil davon. An der säuerlichen Miene der Richterin lese ich ab, dass wir jetzt besser verschwinden sollten.

Draußen drückt Mai mich ganz fest.
Dann legt Quang-ha mir den Arm um die Schulter und ich weiß, dass er gleich etwas Bedeutendes sagen wird.
Er senkt die Stimme und ich höre:
»Ich habe bis Donnerstag in Englisch ein Referat über *Moby Dick* auf. Ich hoffe, du hast Zeit, das Buch zu lesen.«
Dann gehen wir über den offenen Platz und steigen in Jairos Taxi.
Drei von uns sitzen vorne und drei hinten.
Vorschriftsmäßig sieht das nicht aus, aber es gibt für alle Mitfahrer Sicherheitsgurte.
Wir beschließen, zu *Luigi's Restaurant* zu fahren (eines von Dells Lieblingsrestaurants, und ihm liegt viel an gutem Essen).
Ich bestelle *Sacco Beans,* das sind in Essig, Öl und zerstoßenem roten Pfeffer marinierte Pintobohnen.
Alle anderen bestellen Sandwiches mit pikant eingelegter Zunge.
Ich esse grundsätzlich kein Fleisch. Und auf Innereien möchte ich erst recht niemals herumkauen.
Aber ich lächele, als sie mir alle einen Bissen anbieten.

KAPITEL 61

Im Taxi, auf dem Rückweg, verkündet uns Pattie die nächste große Neuigkeit.

Sie will ein Haus kaufen.

Glenwood Gardens.

Wir alle denken, dass sie einen Scherz macht, aber offenbar hat sie schon mit jemandem von der Bank gesprochen und ein Angebot gemacht.

Ich weiß nicht, was ich davon halten soll, aber Dell wirkt begeistert.

Ich glaube, dass er hofft, niemals zwangsgeräumt zu werden, wenn ihr das Haus gehört.

Ich bezweifle allerdings, dass er dann seinen Job als Gebäudebeauftragter behalten würde.

Quang-ha fixt die Nachricht am meisten an. Ich glaube, er hatte große Sorgen, zurück in die Garage hinter dem Nagelstudio zu müssen.

Geht es nach ihm, wird am Haupteingang eine Skateboard-Rampe gebaut, wenn seiner Mom erst das Haus gehört.

Ich wusste gar nicht, dass er Skateboard fährt.

Es weckt mein Interesse.

Pattie sagt, dass noch gar nichts sicher ist.

Gar nichts sicher. Das ist die zutreffendste Behauptung, die ich je gehört habe.

Am späten Nachmittag, als alles sich beruhigt hat, ziehe ich meine Gartenklamotten aus und jogge meine Meile.

Dann setze ich mich neben den Bambus im Hof.

Ich weiß, dass ich noch oft an diesen Tag denken werde.

Dann stelle ich fest, dass heute der 7. ist. Und ich bin nicht im Mindesten überrascht.
7 ist eine natürliche Zahl.
Und eine Primzahl.
Es gibt 7 Katastrophen.
Und 7 Tage in der Woche.
Isaac Newton bezeichnete die 7 Farben des Regenbogens als:
Violett
Indigo
Hellblau
Grün
Gelb
Orange
Rot
Dell steckt Menschen in 7 Kategorien:
Außenseiter
Chaot
Einsamer Wolf
Irrer
Genie
Diktator
Mutant
Ich habe mein eigenes Ordnungssystem.
Glück ist eine Gleichung mit 7. Ich glaube, dass es in jedem Lebensabschnitt 7 Menschen in deiner Welt gibt, die zählen.
Das sind Leute, die du in dir trägst.
Das sind Leute, die täglich dein Leben verändern.
Für mich zähle ich:

1. *Meine Mom (immer)*
2. *Und mein Dad (ewig)*
3. *Mai*

4. Dell
5. Quang-ha
6. Pattie
7. Jairo

Ich beschließe, dass ich von jetzt an immer, wenn mein Kopf zu hämmern beginnt, die Augen schließen und bis 7 statt in 7er-Schritten zählen werde.
Für mich sind diese Menschen die Farben meines Regenbogens.
Sie sind lebendig und einzigartig.
Und sie haben einen festen Platz in meinem Herzen.

Wenn der Bauträger mehr Geld gehabt hätte, wäre dieser Bereich im Innenhof wahrscheinlich ein Swimmingpool geworden.
Ist er aber nicht.
Es ist ein Garten.
Ich verlagere mein Gewicht und spüre plötzlich etwas in meiner Tasche.
Es ist meine Glückseichel.
Ich stehe auf und wähle einen Fleck, von dem ich weiß, dass dort etwas Großes wachsen könnte. Ich stecke meinen Finger in die Erde, mache ein kleines Loch und lege die hellbraune Frucht hinein.
Ich gehe zurück zur Treppe, und wie ich da im Licht der Wintersonne sitze, finden zwei kleine Vögel ihren Weg zu den Heckenkirschen, die direkt neben dem Bambus gepflanzt sind.
Sie reden mit mir, nicht mit Worten, sondern durch ihre Anwesenheit.
Sie sagen mir, dass das Leben weitergeht.

DANK

Ich möchte mich bei meinen Lektorinnen Jennifer Baily Hunt und Lauri Hornik bedanken. Sie haben dieses Buch gemacht. Ich war bei vielen Gelegenheiten in Versuchung aufzugeben. Sie haben mich nicht gelassen. Mein ganzer Dank gilt ihnen.

Beim Schreiben des Buches hatte ich zwei Agenten. Ken Wright und Amy Berkower. Jeder Mensch auf der Welt sollte so viel Unterstützung haben, wie diese beiden Menschen Autoren gewähren.

Ich hatte viele großartige Lehrer, aber 7 haben mein Leben verändert. Sharon Wetterling (Condon Elementary School, Eugene, Oregon), Harriet Wilson (South Eugene, High School), Arnie Laferty (Roosevelt Middle School, Eugene, Oregon), Ray Scofield (Roosevelt Middle School), Wayne Thompson (Roosevelt Middle School), Dorothy Iz (Robert College in Istanbul, Türkei) und Addie Holsing (Willard Middle School, Berkeley, Kalifornien). Danke, dass ihr den Kindern so viel von euch gegeben habt.

Ich habe viele Autoren unter meinen Freunden. Mehr als 7. Die Autorenfreunde (neben meinem Mann), die mich persönlich Tag für Tag inspirieren, sind Evgenia Citkowitz, Maria Semple, Aaron Hartzler, Lucy Gray, Mart Crowley, Gayle Forman, Charlie Hauck, Henry Murray, Allan Burns, Nadine Schiff, Elaine Pope, Henry Louis Gates, Diane English, Nancy Meyers, Bill Rosen, Stephen Godchaux, Ry Cooder, David Thomson, Amy Holden Jones und John Corey Whaley.

Bei allem, was ich zu tun versuche, ist meine Mutter Robin Montgomery für mich da. Und ich danke ihr für all ihre Einsichten, für ihre Weisheit und für ihren Humor. Ich hatte das Glück, 7 weitere

Mütter zu haben, als ich aufwuchs, und so füge ich meiner »Danke, Mom«-Liste Bertie Weiss, Ann Kleinsasser, Risha Meledandri, Jane Moshofsky, Donna Addison, Mary Rozaire und Connie Herlihy hinzu.
Ich bin Thu Le und Minh Nguyen, die mir mit der vietnamesischen Sprache geholfen haben, zu Dank verpflichtet.
Und schließlich den 7 Menschen, die jeden Tag auf so vielfältige Art gegenwärtig sind. Fairley Ziegler. Tim Goldberg. Randy Goldberg. Anne Herlihy. Max Sloan. Calvin Sloan.
Und Gary Rosen.
In Liebe (7 Buchstaben).